# 跨時空的漢法文化對話

## （上）影響與轉譯

林志芸　主編

中央大學出版中心 | 遠流

# 目次

# 序

　　為慶祝中大法文系成立三十週年，我們於2010年10月8～9日舉辦「漢法文化對話」國際研討會，大會使用語言為中、法文。

　　本系原於研討會公告中訂定討論「傳統與現代」、「父源與母源之文化遺產傳承」、「當代文化與傳統習俗」、「節慶與日常性」、「同一、異化、變異」、「翻譯、轉移、遷徙」、「可理解與不可理解」等七大子題，後來本系「研究發展委員會」委員與主辦人共同開會，依照審查錄用的26篇文章之主題重新編列分組，共開啟研討會當天（一）對話與影響（dialogue et influence）、（二）文化遺產（patrimoine）、（三）同一、異化、差異（identité, aliénation, altérité）、（四）翻譯（traduction）、（五）傳承、轉移和遷徙（transmission et migration）等五組對話主軸。

　　本書《跨時空的漢法文化對話》（*Dialogues transculturels franco-chinois*）收錄研討會部分文章共16篇，依照寫作語言和內容分為上下兩冊。

　　上冊《影響與轉譯》（*Influence et traduction*）以中文寫作，旨在討論中法兩國作家或作品彼此之間的影響，以及法國文學作品的中譯問題：林德祐論述台灣與法國女性詩學中以書寫重塑價值系統的企圖；盛鎧和許綺玲闡明〈一桿「稱仔」〉與〈克拉格比〉在敘事處理上的差別以及兩文作者之文學觀和社會觀；甘佳平以虛、實及社會政治等問題比較《人間喜劇》和《紅樓夢》兩部東西方小說；翁振盛嘗試理解阿鐸如何吸收轉化東方戲劇、哲學和醫學，從而構思一套新的身體理論，實踐理想的「完全劇場」；張彣卉探討程抱一的《天一言》和侯錦郎的畫冊《生命二重奏》中輪迴、死亡、永恆和身分認同等議題；林志芸研究馬里伏「重複對話者的台詞」技巧中的文字遊戲

之翻譯問題；蔡倩玟則比較漢法正式餐宴中飲酒禮儀與酒餚搭配情形。

　　下冊《差異與傳承》（*Altérité et transmission*）以法文書寫，主要研究漢法思想、語言、文化的異同與傳承問題：Sylvain Menant析論孟德斯鳩對中法兩國制度和法律之對等比較，以及其論述對今日法國體制之影響；Geneviève Artigas-Menant檢視夏勒及伏爾泰的作品，闡釋啟蒙思想裡不同面相的「中國神話」之表現；Paul Perron描述魁北克小說書寫與歷史文獻之間的緊密關連性，討論兩者間彼此相互交錯的關係；辛憶卿指出謝閣蘭與中國在思想和情感方面的交會；徐慧韻以中、法諺語流通的意象之相似性和語義上的關聯性呈現兩種文化在意義流通介面上的微妙對應；廖潤珮探討謝閣蘭針對文化相異性所提出之議題；Jean-Yves Hertebise透過中法雙方對彼此的眼光，闡述中法文化對話的可能性和條件；洪藤月探究Proust的母親 Madame Jeanne Proust對他的作家生涯之影響；李招瑩則由貝爾單與北京傳教士的書信往返集了解其文化藝術政策。

　　因為來自不同學門和研究領域學者的參與，本專書討論內容得以豐富而多樣，共觸及漢法文學、社會、文化、哲學和翻譯等議題。每位學者皆於其中貢獻個人研究心得和所學所知，為「漢法文化」交流開啟更多、更廣的研究面向。未來可延續推動的研究議題有：翻譯研究（文化和語言差異所衍生的翻譯問題、法國文學經典譯注）、中法比較文學研究（法國文學對華人作家之影響、中國思想對法國作家之影響、中法文學對話）、文化差異研究（中法文化、民俗對話與比較）。我們期待本書的出版，能有拋磚引玉的作用，為往後國內各領

域的「漢法文化」研究學者開啟更多的研究議題和對話管道。

　　最後，我們衷心感謝各方研究「漢法文化」議題的學者參與，也感謝中大法文系系辦助理林蔚芷小姐於行政方面諸多的協助，讓大家的心血結晶得以出版，與學界朋友分享。

林志芸

# 「在消失的遠方，尋覓孿生心靈的回應……」
## ——胡品清與諾艾依夫人的抒情詩比較研究

林德祐[*]

## 摘要

對胡品清而言，法國世紀末女詩人諾艾依夫人（Anna de Noai-lles）的詩歌美學與抒情風格是值得借鑑的女性書寫典範。諾氏的詩歌承襲雨果、拉馬丁式的浪漫主義傳統，將其中對大自然的禮讚轉化為女性細膩的感性，發展出有別於男性文人的語言。「她的詩作纖麗雋秀，充滿著色彩與形象的鮮活，而情感之細膩綿密又能在讀者心中引起顫悸與共鳴」，從胡品清對諾氏的譯介與研究可以瞥見她對這位法國女詩人的嚮往與認同。再者，胡品清的詩歌創作偏好以植物、大自然傳遞自我形象與生命的反思，透過女性人物入詩的手法表達對愛情的執著與體悟，實可與諾艾依夫人的詩歌構成對話，值得深入一探。然而，如果諾艾依夫人代表某種女性詩人理想的典範，胡品清依然挾帶自身殊異的生活經驗與文字的探索，創造屬於自己的抒情主體，展現出獨樹一格的藝術魅力。

本文擬透過植物、女性人物與愛情書寫等面向，通過文本細讀，探討胡品清作品中與諾艾依夫人對話的可能，析論其中對男性傳統文學挪用或超越等離合關係，透過對照與比較，探討台灣與法國女性詩學中以書寫重塑價值系統的企圖。

**關鍵詞：**胡品清、諾艾依夫人、浪漫主義、抒情主體、女性代面

---

＊中央大學法國語文學系助理教授

# 法文摘要

Conformément à l'esprit du colloque « Dialogues culturels franco-chinois », celui de faire croiser les différentes voix par-delà de la frontière géographique, la présente étude met en parallèle deux poétesses issues des deux cultures en question: Hu Pin-Ching (1921-2006), poétesse contemporaine de Taïwan et Anna de Noailles (1876-1933), poétesse française active dans le premier quart du XXème siècle. En effet, les deux femmes écrivains présentent bien des similitudes à plus d'un titre: tout d'abord, leur œuvre témoigne d'un vif attrait pour les plantes, les saisons et la nature, thèmes chers au romantisme sans doute, mais auxquels elles ont su insuffler une sensibilité toute féminine, un lyrisme aérien; ensuite, nos deux auteurs ont recourt très souvent à des figures féminines mythologiques dont le caractère rebelle et récalcitrant les fascine: Antigone, Ariane chez Noailles, Sirène, la folle et la sorcière dans les poèmes de Hu Pin-Ching; enfin, le thème de l'amour revient d'une manière obsédante dans leurs poèmes et les inscrit, sur le plan de l'écriture, dans une tradition inaugurée par *Lettres Portugaises* où celle qui écrit l'absence de l'autre finit par se concentrer sur le soi intime. On s'intéressera donc au lyrisme noaillien qui se déploie dans l'œuvre poétique de Hu Pin-Ching, en dirigeant une attention spécifique sur la question de la formation du sujet lyrique féminin au sein même de la domination patriarcale. En effet, l'œuvre poétique de Hu Pin-Ching établit un dialogue prégnant avec les textes d'Anna de Noailles et nous permettra de réfléchir, à travers ce périple d'Orient et d'Occident, sur la réception culturelle et littéraire dans la démarche créatrice des femmes écrivains.

**Mots-clés:** Hu Pin-Ching, Anna de Noailles, le romantisme, le sujet lyrique, la *persona* féminine

一棵樹，一棵樹

彼此孤離地兀立著

風與空氣

告訴著它們的距離

但是在泥土的覆蓋下

它們的根伸長著

在看不見的深處

它們把根鬚糾纏在一起

——艾青，〈樹〉


　　胡品清（1921-2006）的詩歌創作始於六〇年代，1962年自法國返台任教中國文化大學法文系之後開始，作品大多發表在《文星》、《藍星》或《葡萄園》等雜誌，後期的作品亦發表於《創世紀》、《乾坤》、《笠》、《秋水》等台灣詩刊。1965年由文星書店出版她的第一部詩集《人造花》，其他的純詩創作集計有：《玻璃人》（1978）、《冷香》（1984）、《另一種夏娃》（1984）、《薔薇田》（1990）與《最後的愛神木》（2003）。[1] 從女性詩史的脈絡來看，胡品清經常與張秀亞、蓉子、敻虹、林泠同被歸類為六、七〇年代婉約派的詩人。[2] 八、九〇年代女性主義崛起，以「荒野地帶」的標誌界定女性詩學有待開發的研究畛域。在這股重新探掘女性話語、平反女性主體邊緣位置的研究風潮下，女性評論家重新探索胡品清詩作，以女性主體的觀點切入作品，捕捉女作家創作主體與女性特質深刻的關聯性。在重塑女性文學史的訴求下，評論家適切地勾勒出台灣

---

1　必須附帶說明的是，胡品清早期的作品經常是綜合各種文類出版成一本書，比方說《晚開的歐薄荷》（1966）、《仙人掌》（1970）、《夢之花》（1975）、《夢幻組曲》（1977）、《芒花球》（1978）和《最後一曲圓舞》（1977）等書中共包含了散文、詩歌、翻譯小說或文學評論等文類。本論文探討的胡品清詩不限於純詩集中的作品，有時亦會提及收錄在這些綜合性文集的詩作，或晚期未收錄成冊，散見於詩刊的零星詩作。

2　根據鍾玲、李元貞、孟樊與李癸雲等學者對台灣女性詩學所勾勒的文學史分期。

女性詩人的歷史，為女性書寫構築一個不從屬於男性文學史的脈絡。

　　除了援引女性主義的觀點，本文認為胡品清對法國文學的熟諳也對她的創作有一定分量的影響。事實上，在胡品清的創作背景中，法國文學始終扮演著引領、認同、接觸、對話的角色，形塑女詩人的風格、美學觀與藝術視野。在胡品清譯介的法國女作家之中，我們可以發現女詩人其實與她翻譯的詩人有藝術技巧上的吸收、轉化與承襲，其中尤以法國世紀末女詩人諾艾依夫人（Anna de Noailles, 1876-1933）對胡品清詩作有深刻的互文關係，值得我們深入探究。[3]

　　諾艾依夫人出生於巴黎，父親是羅馬尼亞貴族後裔，是她崇拜野性原始文化的來源；母親出身希臘詩人藝術家世家，灌輸她對古典希臘羅馬文化的熱愛。多重文化的薰陶成為她日後詩歌靈感的來源，豐富了她的藝術視野與生命。她的詩歌延續以雨果、拉馬丁為主的浪漫主義傳統，作品主要謳歌大自然與生命的熱切。除了浪漫主義，在她詩中也呈現受到波特萊爾、巴拿斯派、象徵詩派等詩人的影響。詩歌文字瑰麗纖細，以浪漫主義的講求格律與文字堆砌為依歸，詞藻華麗，以抒情見長。第一本詩集《多重的心》（Le cœur innombrable, 1901）的主要走向是大自然的崇拜，傾向自然的泛神主義，就形式與大部分的主題審視，諾氏延續歇尼葉（André Chénier）、盧梭（Rousseau）、色南谷（Senancour）、拉馬丁（Lamartine）、雨果（Hugo）、早期的波特萊爾（Baudelaire）等浪漫詩人的精神，通過對自然的頌揚，重拾日漸式微的浪漫主義主題。雖然承襲了許多男性詩人的影響，諾氏也能發揮自己女性感性，締造特殊的風格，從幾個面向可以看出：以女性感官投注對花草植物的熱切、從抒情的文字中

---

3 胡品清在六〇年代初期譯介了一系列的法國十九世紀末到二十世紀初的詩人，起先收錄於文化大學出版部發行的《胡品清譯詩及新詩選》（1962），後於1976年由桂冠出版社就法國詩的部分重新單獨出版成為《法蘭西詩選》，共計詩人二十家，在這二十家中，除了較為人熟悉的波特萊爾、魏爾崙、克羅德爾、阿波里奈爾、聖約翰·波斯等詩人，還包括三位女詩人：瓦爾摩、諾艾依伯爵夫人、克萊爾·戈爾。除了以譯介的方式提及諾艾依夫人，胡品清亦於散文創作中多次談到這位法國女詩人，儼然是自己尋覓的文學知音。

尋覓對抗外界沉淪的拉引、垂注一些被摒除於男性文人傳統的議題，如女性與自然、夢幻的關係。後來的詩集除了延續這份對自然的探索與熱情，死亡的主題開始蔓延，使她的作品出現如古典時期的格言錄的警世風格，探索存在的焦慮與對死亡的迷戀，《日子的陰影》（*L'Ombre des jours*, 1902）、《璀璨集》（*Les Éblouissements*, 1907）、《生者與亡者》（*Les vivants et les morts*, 1913）、《永恆的力量》（*Les Forces éternelles*, 1920）。從天真浪漫的抒情，擁抱大自然、如數家珍的貯藏世界的豐美，以物質面與精神面，到對痛苦與死亡的沉思，她始終以詩人之姿，聆聽大自然，聆聽自己的身體。如果她在以男性為傳統的文學史中的影響力相當有限，她卻吸引了一群女性詩人，在十九世紀末到二十世紀初，美好時代（La Belle époque, 1879-1914）的女性詩人，如：杜薇爾（Gérard d'Houville）、韋葳恩（Renée Vivien）、德拉瑪杜斯（Lucie Delarue-Mardrus）、索娃日（Cécile Sauvage）、杜格特（Marie Dauguet）。但由於文學批評總是由男性觀點對女性作家評論，當時法國多數批評家或者輕描淡寫一筆帶過，或者摒拒主流之外，反映出男性傳統主流對女性詩人的曲解與排擠，也呈顯女性詩人在創作上遭遇到的拘制。

　　文學影響是跨國界、跨現實、跨時空的。作為法國現代詩的翻譯家，胡品清的詩歌創作不能不受到影響，法國詩歌各流派的多重聲音，組成胡品清的抒情主體。在眾多的互文影響支流之中，本文特別針對諾氏抒情作為胡品清詩歌的主要參照，其原因可歸納為三：（1）兩位女詩人皆暴露於浪漫主義、巴拿斯派與象徵主義相互消長的文學思潮中，諾氏透過閱讀主流文學直接吸收挪用，胡品清則透過詩選編譯進入書寫行列；（2）在影響之外，兩位女詩人浸浴東西方文化，詩行中經常可看出中西文化交匯：胡品清詩中西化的意象[4]，諾艾依詩行中東方主義的影子；（3）然而，真正使她們交會的則是

---

4 史紫忱為《玻璃人》撰寫評論時便提及胡品清的詩「用東方精神作骨幹，以西方彩色做枝葉」。

深入挖掘女性特質的書寫，形成男性傳統主流之下或邊緣一種潛在的勢力，通過被邊緣化的範疇主題，從認同主流、抗拒主流進而回返自身，以分裂的、掙扎的、遭驅逐的自我，在書寫中重構自我。

　　本文試圖以女性主義觀點，將胡品清的詩歌創作放置在法國二十世紀初女性詩人的脈絡中，透過互文閱讀的方式重新理解胡品清抒情詩的內蘊，將她的詩作與諾艾依夫人的抒情詩置放於同一文學史的軸線上。各國的文學史縱然有它自己的命運與消長，卻在跨時空、跨語境的情況中出現類似的展演路線。文學的繼承不見得一定從單一民族中審視，值得注意的是，特定地方的文學如何在其他的民族或個人等場域中施展其影響力，通過人類共同的記憶與想像空間，在異地培植出殊異的創作主體。「原有的文化、語言和地理界線變得模糊不清，『越界』成為一種必然的書寫策略」（張曉紅 53）。本文分別從植物書寫、女性人物的寄託與戀愛模式的構築等三個面向陸續探討兩位女詩人的異同與交會。

## 一、花精木魅vs.嗜光植物

　　花草植物等大自然主題是浪漫主義以降的傳統，儘管如此，兩位女詩人卻傾注自身女性感受力，使同樣的主題激盪出殊異的旨趣。花草與女人的相映成趣與舊有的語言系統有疊合的仿效與因襲的套用，但更有分道揚鑣的自我書寫。在諾艾依夫人詩行中，植物經常是自我展示、慾望陳述的托喻，因此與胡品清的詩歌構成第一個對話的空間。胡詩中的植物書寫佔其創作重要比例，以植物為書名者為數眾多：《晚開的歐薄荷》（1966）、《水仙的獨白》（1972）、《芒花球》（1978）、《細草》（1996）、《最後的愛神木》（2003）、《砍不倒的月桂》（2006），突顯植物在胡品清的書寫有不可抹滅的重要性。兩位女詩人的作品展現對植物世界的追求與嚮往；她們的作品充滿拈花惹草的情趣，同時帶來視覺、嗅覺的感官，增添詩中大自

然垂手可得的觸覺樂趣。在諾艾依夫人創作中，童年住在城堡的花園使她細察植物紋理，激發她對文字的打造與探究；而胡品清終日與大自然山林為伍，促使她對植物有敏銳細膩的觀察與直覺。植物的影像甚至對兩位女作家的創作視野有絕對性的影響，有別於浪漫派詩人對大自然的頂禮膜拜、五體投地。兩位女詩人對自然的書寫，在一個其他詩人已經逐漸轉向書寫現代城市景觀，大嘆心靈遭遇現代文明分割的痛苦的時代，顯現出特異獨行的傾向：諾氏崛起的年代法國詩壇早已走出浪漫主義對大自然、自我、上帝的歌誦，轉往以冷靜清明或反諷詆毀的現代詩書寫，我們耳邊依然迴盪著波特萊爾對浪漫主義的反動：「大自然是可憎的」。而胡品清在1965年的《人造花》詩集的自序中則為自己的大自然書寫辯護：「我雖然活於二十世紀，我的寓居卻遠離著工廠林立、煙塵瀰漫的都市，我藏書的小樓面向群山，望中是一片清蔭。我實在不必無病呻吟地高唱心靈在物質分割後感到深沉的痛苦」（3）。[5]

諾艾依作品中的植物經常是感官綻放的場域，慾望書寫的對象，諾氏對大自然懷抱一種趨近性愛的展演，將大自然的一草一木以肉慾感官的文字書寫，呈現出主動、縱情的抒情主體；大自然成為富於動能的空間，還給女性原始的自由，諾氏主動地擁抱大自然，彷彿擁抱戀人。在諾艾依詩中，大自然是召喚，引發攫取的渴求，試讀〈印記〉[6]：「春天原野裡一帶新綠，／還有溪溝畔構成的草地，／將感受我雙手動情的撫摸，／手影像翅膀一樣顫動著飛逝而過」（1991：23）；「凝視與撫摸／翠綠氤氳的花園都不夠／我想化成一張愛戀的嘴唇／品嘗啜飲大地」（1907：264），表達出女詩人想與大自然結合的意圖，透過身體，投大自然以愛戀。女性與大自然植物如此貼合，以致於寫詩的女人就像拈花惹草的女人，蛻變成大自然本身，這種

---

5 話雖如此，胡品清稍晚依然有許多生態詩，描述城市發達之後對大自然的破壞，如《薔薇田》的〈二十世紀的河流〉、〈都市之歌〉、〈山中的話〉或《冷香》中的〈生態學〉。

6 本文中關於諾艾依夫人詩歌之中譯均為筆者自譯，如有例外另行標註。

「女人一植物一戀人」的三項式經常出現在諾氏詩中:「宛如一株盛開的花朵,招蜂引蝶 / 我的生命散播香氣及歌聲 / 我晨起的心如同一只花籃, / 貽你桂冠葉和垂墜的枝椏」(1991: 19)。[7]

　　從盧梭的湖到拉馬丁的山谷,大自然始終代表一面智慧之鏡,反映出宇宙的法規,天地和諧的相映成趣,也映照出詩人的心靈狀態。相反的,諾艾依跨越這種人與大自然智性交映的階段,進駐到藝術家內在共同存有的狀態。她挪用大自然的豐饒華美,將大自然帶往或轉化為創作意識。因此,大自然被吸收、吸吮,用以豐富言說主體的內在。在諾氏的抒情中,這道創作者與自然的緊密融合會以肉慾,甚至情色的方式呈現,這是她有別於傳統浪漫主義的地方。外在的世界經驗與女性私密的經驗交織在一起,大自然不僅僅是用以撫摸或凝視,而是必須以即刻當下的方式被體驗。女詩人就像花精木魅,半是人類,半是植物:「置身大自然宛如一株人形樹, / 播送慾望宛如纍纍的葉簇, / 在平靜的夜晚風暴來臨之際, / 感受世界的汁液湧向掌心」(1901: 73)。在《可見與不可見》(*Visible et invisible*),梅洛龐蒂分析感官經驗,認為那是主體置身世上的一種方式,主體在它內裡感受到這股感性經驗:「身體與世界的界限在哪裡,既然身體即肉體?」(Merleau-Ponty 182)

　　然而,諾氏將大自然肉身化,情色化,使她的作品經常泛著一股「泛神崇拜」(Paganisme)的縱情傾向,指的是對大自然的崇拜,其形式有如多神教信仰,因此被基督教貶為異教。一旦將大自然的形形色色賦予人形,將大自然轉換成感官慾望的媒介,大自然因此變成刻意墮落的同義字,是以,女詩人有時甚至必須以懺悔的姿態談及大自然:「請原諒我愛過灰燼中閃熾的木頭」;「請原諒我曾經祝禱秋日果樹的飄香」;「請原諒我吸吮過冉森教派花園裡濕潤的大麗花香,內心滿溢著悲嗆的酒精」(1907: 185)。但是這種罪惡感卻是代

---

7 該詩的節錄採胡品清譯文。

表著女詩人對世俗強加於女性的道德與規範的反叛與勇氣。

　　因此，雖然諾氏的大自然書寫似乎未脫傳統男性詩人筆下的刻板型態，女性就是大自然的刻板模式，進一步閱讀實可發現她對植物花卉的處理挑戰了傳統男性主導的手法。大自然提供了諾艾依一方相當自由自主的空間，女詩人鬆動原有的「大自然如女人」的固定範式，將之轉換成大自然是情人，女性主動地擁抱，挪用自然使它成為探索自我內在源源不絕的豐富資源。諾氏對大自然的處理與浪漫主義或後浪漫主義的詩人大異其趣，分道揚鑣，女詩人運用敏銳的感官，展演出有如迪奧尼修斯（Dionysos）對大自然神漾般的著迷，沉浸在遊戲的情態中，她的抒情主體便是透過這種無設限、無尺度的感官立足於世界。在詩裡，作家則展示出她對植物名字的著迷與敏感度，植物名稱之繁複有如一本植物彙編，每一莖植物，每一株花草對她而言，都是美學靈感來源，有著「神聖清晰的精神軀體」，是大自然賜予世間最完整、最細緻的作品，引發詩人視覺、觸覺與嗅覺等聯覺的感官盛宴。克利絲提娃（Julia Kristeva）在專書《女性天才：葛蕾德夫人》（*Le génie féminin: Colette*）研究中提及女作家的「變形軀體」（le corps métamorphique），她認為女性特有的變形軀體是沒有性別分野的，「既非人，亦非異物，而是雜揉所有的身分，不斷地變形，穿梭在各種角色中，撤除所有的邊界，無止盡地往宇宙延伸」（263）。其中植物對女作家的想像力與創作更有密切的關係：「每株花朵都是一種蘊含聯覺的花束，被看、被傾聽、被吸吮、被品嘗、被撫摸，花朵掀起所有的感官，並使它們彼此之間對話著」（282），因此，花卉的神祕激起無限的想像空間：「孕育著重生的神祕，花作為隱喻中的隱喻，最能將想像力綻放結晶」（283）。

　　如果諾氏的植物書寫著重身體感官最透徹、最深入的探險，冒著異化、自我邊界消弭的險境，胡品清則在植物身上聆聽沉默的聲音，把植物詮釋為美德的象徵：「植物多麼謙虛，也不囂張。它終年櫛風沐雨，蘊藉著花朵。到了一定的季節裡，就把一串串的美麗擲向號稱

萬物之靈的我們，為我們帶來喜悅，實在是功成不居的典型」
（1978: 34）。因此，在胡品清的詩行中，植物通常被賦予一種專屬
的品質，這種品質由於是人的意識投射到植物身上，往往具備倫理的
內涵，植物因而富於象徵功能：幽蘭象徵著隱逸，攀附在樹幹或牆沿
的爬藤類植物象徵的便是毅力、沉著、堅忍的力量。

　　胡品清詩中的植物傳遞出以執迷愛情為中心的生存方式，透過植
物的向性，表達女性依附攀援戀人的纏繞姿態：「我是貪婪的向日葵
／你是太陽／以萬噸的光熱吸引我／我貪婪的目光永遠轉向你」
（1988: 87-88）。「日換星移處／我曾注意／葉莖如何轉向／以一百
八十之幅度／那是一株熱帶的嗜光植物／恆向陽」（1978：204）。
這樣的意象晚期的詩作依然沿用：「且讓我柔韌披紛之綠莖／向你之
書窗攀援／孤寂地蔓生於山野／非我所願」（〈牽牛花之禱文〉，
《藍星詩學》，No. 21: 88-89），傳遞畢生以愛情為生存依據的特
性，透過植物抒發自我理念的堅持。更進一步說，植物富有顛覆的能
力，陰柔的潛力中具有叛逆性，因此，植物象徵的多重性與基督文明
的從一而終牴觸。兩位女詩人皆意識到植物在自然界具有突變、越軌
的本領，這也使她們純粹浪漫主義式的禮讚大自然有了轉向或切割。
胡詩中經常援引不按時令開放的花卉（晚開的歐薄荷、早櫻），不按
照自然律生息運行的植物（砍不倒的月桂），指涉一股女性內在的叛
逆、突變與異樣，試圖對抗父權文化規範的秩序。試讀《水晶球》中
的一個詩斷片：

　　　　天空下矗著一株高邁的樹，樹梢木葉盡脫。／是什麼火焚斃了
　　　　樹巔的葉子？是什麼病害摧殘了樹杪？它的禿頂是否一種懲
　　　　罰，由於曾經過分地向天空挑戰？……／一個來自沙中的苦行
　　　　僧在向那株樹說教：「是秋天了，你該全然枯死。」而那株樹
　　　　仍然活得固執，拒絕接受苦行僧的忠告。因為那是一株失了頭
　　　　的樹，不再能聆聽，但對大地的誘惑力依然貪戀，用糾蔓的鬚

根吸取沃土深處的養分，讓一部分的枝椏依然清翠，依然著花。（25-26）

文中詩人以一株拒絕死去的樹木為主角，在苦行僧的恫嚇下依然故我，繼續冥頑地活著。在基督教的文明中，人的生老病死全是墮落的過程與結果，樹木的枯萎、「禿頂」於是被視為一種「懲罰」，由於過分的向以天空為象徵的最高權威挑戰。二元對立的分野下，土地象徵罪惡，天空才是應當追求的理想。文中的苦行僧代表父權社會的道德規範秩序，是一個來自「超我」的聲音：「是秋天了，你該全然枯死。」詩人突顯的便是樹木頑固與我行我素的特質。「失了頭」仍「貪戀」，則敘述女詩人背離理體，縱身感官的姿態。胡詩中植物的頑強特徵變成了對愛情的永恆執迷：「機械的日曆寫著深秋／眾葉盡落／我是最後一朵強頑的愛神木花／在長風裡掙扎」（1991: 59）。植物的蔓生象徵越界、越軌、逾越的本能，尤有甚者，植物所綻放的香氣更添所向披靡的越界力量，暗示隱形的動能：「那是一朵寂寞而忍讓的冬花／不事嬌嬈／不事妖冶／不事喧嘩／但有縷縷幽香／自糾蔓的青藤間氤氳升起」（1978: 168）。正如蓉子的維納麗沙，「不需在炫耀和烘托裡完成／──你完成自己於無邊的寂靜中」（3）。

而胡詩經常援引不被列入群芳譜的邊緣植物為自我形象的寫照，更說明女性詩人邊緣的處境，試圖在不被列為大歷史書寫的詩行呢喃中，表達女性獨有的存在處境。如果諾艾依的詩歌經常召喚名貴豔麗，有神話烘托的植物，胡品清經常轉向細草野花，暗示自身雖無系譜但柔韌堅挺的自我寫照。岩花、細草、小野花等植物出現在她筆下，成為自我形象的跳板。胡詩特別聚焦仙人掌、牽牛花、含羞草等尋常的、不列入彙編鑑賞的植物，一方面表達對邊緣植物的憐憫，另一方面也傳達人類乃卑微之造物，以此自勉自勵，一如自喻含羞草，「展示綠色的頡頏」：「沒有重量／也無聲響／就那樣在碧紗窗下／以纖細腰枝／柔韌複臂／因惠風搖曳／低昂／像一隻巨鳥／展示綠色

的頡頏」（〈含羞草之舞〉，《藍星詩學》，No. 18: 60）。在宇宙的形象中，人的詞語似乎經常將人的活力注入物的存在中。小草通過詩人身體的活力，從其卑微中得到救贖。胡品清對自然的興趣絕非單純的對自然風光的迷戀，不是浪漫主義者抒發憂鬱或激昂情緒的熱愛自然，也不是厭倦城市喧囂的人偶爾的親近自然，而是對自然所蘊含的啟示進行深入的思考。這些思考幫助她對生命的進程、對事物的本質、對人類生存狀況以及對人與自然之間關係獲得更清醒和更深刻的認識。

「這些不在人類歷史中心的花草世界，女人樂於化身其中，並發出最美的讚嘆，不僅將花草從歷史或文學中的附庸或素材地位，移轉至詩中成為最閃亮的主體，同時隱然將女性主體位置中心化」（李癸雲 91）。諾艾依的第一本詩集題名《多重的心》實具深刻的意涵：諾氏囑咐詩人必須要能幻化為無數、多重，而植物便具有這種多變、善變、越界、流動的特質，女詩人不免在拈花惹草中發覺到萬物生命無止盡的交織[8]，胡品清寫道：「就讓相思花作你的榜樣／當你碎時／請將自身化為萬頃金粉／織就綺麗地氈／伸向平地／伸向斜坡／讓那原是織夢者的雙足／傲然踏過」（1978: 93）。

## 二、女性「代面」（persona）[9]

除了以植物花草大自然作為間接描繪自身的手段，諾艾依夫人喜歡以女性人物入詩，援引神話人物為發聲者，藉此傳遞自我形象。這也是胡品清詩中的特點之一，尤以早期詩集《人造花》（1965）與《玻璃人》（1978）最為明顯。

西方自十九世紀以來，理性精神迫使人類與大自然分離，同時也

---

8 該詩集即以這句詩行為題銘：「你，盡情地活著吧！請蛻變為無數，藉著慾望，藉著顫動和狂喜的能力！」（1901: 2）

9 「代面」一詞參考古添洪的《不廢中西萬古流：中西抒情詩類及影響研究》書中的譯文。

使人與神話脫離，然而神話卻是結合自然與文化的要素。尼采以來，重返神話的論述不斷啟迪二十世紀的詩人與思想家。尼采哲學鼓吹發展身體，在律動中尋求神性，打破父系文明專斷的疆界與約束，重訪原始野性的大地。在一片回歸自然與神話的氛圍中，女詩人的書寫活動扮演了重要的角色，更何況女性向來被視為與大自然密切交融。諾艾依夫人詩中經常援引神話意象，透過重組、解構再造，重新詮釋女性神話偶像，傳遞自身形象、自我生命價值。謝閣蘭（Victor Sega-len）即把神話視作一種「可重寫的文本」（秦海鷹 257），彷彿它是可以隨意拆裝的語言積木，其價值在於不斷被解構和重構。

諾氏經常援引神話女性人物，出現在她詩行中的有安蒂岡妮（Antigone）、諾西卡（Nausicaa）、雅利安（Ariane）等希臘神話中特異獨行、個性鮮明、行為舉止挑戰了父權社會對女性的規範的人物。諾西卡是希臘神話中阿奇努斯（Alkinoos）國王的女兒，愛戀著尤利西斯，但始終未獲得對方的垂青。在1928年的《童年詩集》一書中的序裡，諾氏曾提及這位女性，並將她視作詩人的典範與靈魂：吸引諾氏的，並非該女子棄婦的形象，而是她的孤寂與自主的性格，對於愛情的追求與犧牲，甚至是愛與慾望能量的極致體現，詩中諾氏並塑造一段諾西卡舞蹈的場景，在尤里西斯到來之前，她赤裸著身軀，隨著音樂節奏跳舞。同樣的，諾西卡面對船難後出現的赤裸的尤里西斯所展現的果敢，也令女詩人深深著迷。在古代，諾西卡經常被描繪成引領冥靈的角色，具有穿梭生死界的能力。但不同於被囚禁於冥府的囚徒，她享有自由。她與奧菲（Orphée）同樣具備這種力量，奧菲是詩人的代表形象，但諾艾依並沒引用這形象，而是援引其他女性，並非試圖顛覆傳統將男性歸為詩歌之源頭，而是奧菲式的企圖超越死亡與諾氏理念「命運之愛」（amor fati）的英雄主義相牴觸。這是諾氏詩中符應尼采的部分，也主導了諾詩對命運與愛情的基本觀點。

在1927年出版的《痛苦的榮耀》（L'honneur de souffrir），諾氏又援引另一位古老的形象，但這回涉及的是一位全然人性的影像，沒有

神性，雖然也是出自神話——索福克勒斯（Sophocle）的安蒂岡妮（Antigone）。諾氏曾引該劇作家為詩集之開端之言：「我要取悅的是埋藏在地底下的亡者，而非這兒的人。」諾氏詩史中最富悲劇性的轉變就是想遁入地底會合亡者的企求，就像之前她並不引用奧菲的形象，諾氏並不企圖超越亡者，相反的，她放棄奧菲神話中永生的夢想，無神論者的姿態越來越篤定，立場也越來越鮮明。不再有之前作品中展現出來的狂喜。下列一首無題詩便可看出這種反叛的立場：

> 他們擬造了靈魂，要我們蔑視
> 肉體——夢想與理性唯一的場所；
> 慾望、影像與聲音之收容所，
> 當肉體停止時，一切也隨之告終。
>
> 他們向我們強申靈魂之重要，為了怯懦地
> 使我們的目光揮別塵土，要我們忘卻
> 在受辱的埋藏之後，
> 葡萄美酒沉澱的陰森的殘渣。
> ——而我，面對你的仁慈，
> 面對你既神祕又肉體性的崇高，
> 啊！被驅逐的肉體呀！渙散的眸子呀！
> 我拒絕背叛你而相信永生那種噓言妄語，
> 我拒絕希冀、升天、羽翼，
> 漠然於世，我只求你冷然的、
> 恐怖的墳塋，如許深沉，如許狹窄
> 在找尋你寬廣徒勞的黑夜之際，我能肯定
> 沒有什麼能超越脈搏之悸動！（1991: 105）

文中使用了一些傳達出存在之物質主義的觀念，這首詩歌遺囑有別於

傳統的哀歌，強調出死亡之真實，肉身之瓦解正具體化這道死亡訊息。詩中的受話者不再是一些被共同推崇為至高無上的偶像，而是一些死去的人（「被驅逐的肉體」、「渙散的眸子」）。甚至文中一些抽象或柏拉圖式的字眼，如「仁慈」、「崇高」通通被肉體化，而「永恆」這個字眼也不再具有語義上充實飽滿的內容，正如詩人強調，沒有什麼能超越「脈搏之悸動」。

女詩人對神話形象的運用，不但不應該被視為思想的嗜古與退化，應當正視的是女詩人對女性特質的探索與平反，訴求那股幾個世紀以來被西方基督文明所隱匿的女性強韌的特質。這種召喚女神再生力量、以特異女性原型突顯女性柔中強韌的手法也出現在胡品清的詩歌，算得上是對諾艾依詩歌的回敬。《人造花》中的岸邊女妖、詩歌女神波蘭妮、波西米亞女郎，《薔薇田》中畫玫瑰的瘋婦，或《玻璃人》詩集以後反覆挪用的夏娃都值得深入研究。胡品清的第一本詩集《人造花》已有許多首詩運用女性人物為主角。[10] 該詩集的第一首詩〈鮫人之歌〉，以海底女妖為歌詠對象，字裡行間隱藏的正是對自己命運的嗟嘆，儼然是一首自傳詩：「一個姣好的容顏／不死在季節裡的容顏／一個綽約的形體／不在歲月中老邁的形體／她沒有國籍，沒有家譜／不屬於任何人／而她的生命無涯／不能讓淚珠與歲月同時流盡」（1965: 6）。女詩人自比擅長歌唱的女妖，在岩岸邊引吭，卻無法獲得王子青睞，只能幽怨以終。詩中胡品清自然是援引西洋神話海底女妖塞壬（Sirène）為母題，抒發自我感慨。荷馬史詩《奧德賽》中，塞壬坐在岩石上，歌聲淒美，經常迷惑過往的水手，使他們昏眩，失去方向，捲入暗流翻船溺斃。詩的第一節透過鮫人這種非人非魚的生物傳遞生存處境的艱辛。擅長唱歌的塞壬在胡品清筆下具有藝術家的特質，那歌聲使人忘記現實，殺人於無形。但是，鮫人之歌注

---

10 參見洪淑苓，〈另一種夏娃——論胡品清詩中的自我形象〉，《國文學報》32期（台北：台灣師範大學國文學系編印，2002年12月）。洪文歸納胡品清的自我形象共分四類：童話故事的人物、鏡中水仙、向光柔韌芳潔的花草與特殊女性人物典型。

定是寂寞的，因為「王子自縛於船桅漠然駛去」，面對這樣的結局與命運，詩在一片孤寂中結束。「依舊是空芒的海面／白鷗嗚咽／宣揚著不祥的預言：／鮫人，虛無將是你終身的伴侶」（1965: 5-11）。

雖然這首詩以一種悲劇性的主調導引出女詩人與外界的格格不入，卻很清楚的提出對女性與藝術的捍衛。文中也暗示女性創作的路途艱辛：「恆無字／她遂能譜就一首清新的歌／恆無聲／而她試圖／自靈魂深處／迸出不朽的音響」。沒有自己的文字，轉而從自己的歌聲索取；歌聲闕如，再往更深層的內在心靈探索，使創作以任何一種形式出現。將詩歌藝術與塞王相比，胡品清同時提點出藝術的聳動性與危險性。水手船員所象徵的父權社會對這些海妖的歌聲做出提防，彷彿意識到一股媚惑人心，軟化意志的歌聲，於是刻意採取抑制的態度，陷海中女妖於雙重的孤寂之中。事實上，沒有一首詩是純粹個人的行為：它是個人對公眾的回應。宣稱自己與社會格格不入的詩人同時也正以一種最特別的姿態重新融入社會。胡品清的女性書寫正體顯這種女性以藝術重新返回社會的姿態。

吉爾伯特和格巴（Gilbert & Gubar）合著的女性作品研究《閣樓上的瘋婦》（*The Madwoman in the Attic: The Woman Writer and the Nineteenth Century Literary Imagination*）正強調女性擅長以迂迴表達其獨特的力量，釋放內心深層的壓抑：「女性作家將她們的憤怒及不安投射於可怕的意象中，為她們及小說中的女主角創造黑暗的替身，因而能同時認同及修訂由父權文化強加於她們身上的自我定義。……因為通常是由於她在某層面上感到自卑，因此那巫婆、怪物、瘋女人變成作者本身重要的化身」（1992: 55）。[11] 女詩人在女性人物身上看到自己的影子、第二個自我，如同鏡中的倒影，使之成為想像力的象徵符碼，通過意義認同與自我表達的形式，使之成為自我另一面向的複製。

---

11 引自李癸雲，《朦朧、清明與流動：論台灣現代女性詩作中的女性主體》（2002: 23）。

兩位女詩人同樣可銘繫在法國自古典文學以來的「女性拒絕」（refus féminin）的傳統中。十七世紀拉法耶特夫人的小說《克萊維王妃》（*La Princesse de Clèves*）透過女性自覺，摒除慾望，尋覓一道超驗的題材，開啟了文學史上女性對男性慾望的反動，作出掙脫父權權威掌控的訴求。到了紀德（André Gide）筆下的《窄門》（*La Porte étroite*），女性的拒絕慾望反而被窄化為宗教導向的意識形態，胡品清在〈我的窄門〉詩中便表達拒絕苟同男性世界對女性的規範，自創一個三度空間，並非要消解慾望的顛擾，而是使自己的慾望得以維持：

> 不，阿麗莎，妳不是我的孿生姊妹
> 妳守住孤獨，守住大寂寞
> 像一枚深邃的貝殼，妳緊緊地關上心靈的門，向日霍姆
> 為的是嚮往天堂美景
>
> 而我，一個沒有身分證的幕後人
> 我守住半世紀的淒楚，一己的自由和滿山風雨
> 我摒棄一切包圍我的外物——榮華，財富或學問
> 為的是能恆常享有一份形式外，典禮外，時空外的溫情
> （1978: 171-172）[12]

胡詩中這種對「形式外，典禮外，時空外」的抽象召喚顯示跨越現成規範的企圖，然而「溫情」二字實則多意，語意呈放射狀，真實的意義不易聚焦，突顯出女詩人語言上的侷限，無法以現有的文字網羅內在世界的感受。也許諾艾依另一本詩集《永恆的力量》的一首詩正好可以回答這種「文字不滿足」的問題：「請別要求她們五體投地真誠

---

12 詩中的阿麗莎與日霍姆即《窄門》中的男女主角。

無私／文字無法服膺於她們廣袤的真理／……請別要求她們謙卑服從／她們強韌的心擅長無止盡的迂迴」（1924: 327）。諾艾依籲求不要以僵化現成的規範將女性置入預設的典範之中，並強調女性的本質超乎任何估量的單位。她也無法提出具體的訴求，但重申女性有其「廣袤的真理」，有「強韌的心」，做為女性的無限潛能，傳遞拓展遭圍囿的女性空間的企圖，以此保有專屬的全然自由。諾氏試圖抵抗女性從屬於男性的處境，「真誠」、「忠心」都是男性社會編造出來的規範，而女性有其「廣袤的真理」，就像男性建構出真理，女性也可以打造她們自己的語言與觀念的空間。「廣袤的真理」實則蘊含無限，超越形式上的文字描述，任何文字敘述都註定是束縛、圍囿、設框，女性可以從外在的擺弄與控制之中解放出來，試圖詆毀父權文化加諸的典範規則，加以質疑，跨越現有認知，並以詩歌做為拓展現有空間、表現異質的手段，邁向自我覺醒，自我發現，打造新身分的可能。

因此，異質性的訴求也經常出現在女性詩人作品中，成為描繪自我嚮往與尋覓異域，探勘深層自我的動機。諾艾依的〈流謫〉（L'exil）一詩正深入刻劃這種異質的特徵，無法精確的定義自身：

> 在這世上，我沒有房屋
> 沒有家庭，沒有床
> 可以將我深切的苦楚
> 溶入習慣與遺忘之中
> 我遠遊，尋覓一個角落
> 或天空的一顆星
> 我孤獨的心是斷片
> 像磁鐵般引曳著星子
> 我往嶄新的黎明尋覓
> 在消失的遠方

*尋覓學生心靈的回應*

*我原非適者*
*我不屬於你*
*因為我的家屋位於*
*不相識的國度！*（1934: 177）

房屋、家庭、床都是屬於日常生活的空間，或甚至可說是歸給女性的場所，也是習慣與遺忘輪番交替的場域。而女詩人拒絕落入這種被指定的、被指派的、被規範好的空間，透過旅遊與尋覓的不確定性她才能證明自己的存在，或者說旅行、出走、流謫才是她立身天地的方式。除了身體的移動，更有精神上的漫游，兩者皆突顯心理上的焦慮，唯有透過永恆的出走，使自己落於不確定的境界中，才能擺脫習慣的披覆與蔓延，不屬於任何人，不屬於任何地方，以保有流動、去編制化的自由。

## 三、以「書信特質」為發聲模式——戀愛觀探討

女性情詩經常植入「我—你」的模式，傳遞自我與他者的關係，而這種手法導引出一些很專斷的效果：「女性的情詩彷彿是我與你的情詩，而非我與他，女詩人並不歌誦『他』的眼睛、『他』的頭髮、『他』的一顰一笑；她們大多著墨於『我』。說來奇怪，某種寫實的感覺從中導出；戀愛對象似乎真有其人，因為他是一個『你』」（Moers 167）。

德國詩人里爾克（Rilke）把諾艾依夫人的情詩放在以莎孚（Sappho）、艾洛依絲（Héloïse）、路易絲‧拉貝（Louise Labé）、瑪莉安（Marianna Alcoforado）為主的女性戀人的文學傳統之下，躊

身女性情詩書寫的聖手。[13] 以書信模式為基底的情詩永遠不脫這種處境：我留下，對方離去。書信中的你恆為不在場的你、遠遊的你。這也是兩位女詩人在情詩中無法擺脫的書信情境。涉及情詩時，諾氏的文本中自然鋪陳出一道「你—我」對立的處境，你是離去的你，我是留下來的，深深銘刻女性對愛情的期待與失落，1913年的《生者與亡者》詩集中收錄一首長詩，〈你存在，我啜飲藍天……〉（Tu vis, je bois l'azur...）便是架構在這種「遠方的情人、女性的傾訴」[14] 的模式：「你離去，而我像這群固執的獵犬，／額頭朝向白熾的太陽閃爍的沙礫，／企圖張著叼懸的大口／捕捉翩翩遷遷的蝶影」（1913: 10）。該詩前七闋敘述對戀者的依賴，戀者的容貌、姿態與行動雖間接提及，依舊無法令讀者具體辨識他的樣貌整體。詩人的企圖自然不在於對某人傾吐愛慕，或勾勒某段愛情的消逝與感慨。相反地，詩人通過對他者的依賴體悟自身的匱乏。愛情在諾氏的筆下始終是匱乏的同義字，與他者的相遇成為發現自身不足的起點。所謂魂不守舍、忐忑不安，戀愛通過他者的闖入使人走出自身的侷圍，但也隨即教人體驗自身的有限性與貧瘠。詩中的情人形象是愛漂泊的浪子，熱切的追隨一道英雄主義，乘風破浪遠遊冒險，大海向「你」褒揚「遠方的世界和燃燒的熱情」。情人時而被比擬作「至愛的船艦」（cher navire），時而被比喻作「流動的波濤」（flot mouvant），突顯出無力留住情人的主題。詩中的兩個通俗意象正刻劃出男女之間相互的態度：女子對待男子的態度被比喻成「獵犬捕捉蝶影」，而男子對待女子的態度則有如「泉水撥開蘆葦」，兀自東流。此外，女性認同的做法，例如自比安多瑪歌（Andromaque）與海倫皇后，也將自我納入這道女性傳統之中，延續不幸女子尋覓愛情的神話。同樣的邏輯之下，男子則扛下了「只愛江山不愛美人」的英雄形象：「如大衛，如

---

13 參閱里爾克的《戀者之書》（Die Bücher einer Liebenden）。引自Angela Bargenda, La poésie d'Anna de Noailles, Paris: L'Harmattan, 1995, p. 215.
14 套用羅蘭巴特《戀人絮語》書中的子標題。

亞歷山大」，是征服者，是勝利者。評者將這種處境統稱為「葡萄牙修女模式」[15]，指涉的是法國十七世紀書信體小說《葡萄牙修女信札》（*Lettres portugaises*）中的女主角。小說中的法國騎士情人總是遠遊，缺席，戀愛中的修女則空守著誓言，空守著上帝不再駕臨的修道院，徒勞的發出冗長的信件，為一個永不發聲的「你」執筆，成為「單音書信體小說」始祖（roman épistolaire monophonique），以獨白的方式，細膩的呈現女性各式情感：哀嘆、抱怨、不解與自棄，也衍生出各式修辭：勸戒、說服、舉證等。換言之，諾氏沿用一種男性傳統文學的閨怨模式，這種建立在葡萄牙修女式的對立模式的女性抒情，在胡品清的作品中俯拾皆是：

> 迎接我的
> 依舊是淡綠色的燭光微微
> 依舊是那張被分享的檯子
> 依舊是自小提琴上溢出的齊瓦哥醫生
> 而你音容遙遠
> 我被遺落在此
> 孤單地 （1978: 111-112）

事實上，隨著書寫的內在驅力，原本試圖收伏對方的論理文字逐漸有了轉變，轉往內部，既然企圖抵達他者的文字注定無法抵達，文字遂蛻變成我的載體，我的力量，我的內在源源不絕的資源，往自我感性獨白的方向駛去。對白的企圖無法實現，獨大的獨白遂變成自我療癒、自我重建的契機。胡品清詩中等信的人在孤單落寞中尋找力量：

---

15 在《女性感性的獨白或虛幻的對話》一書中，Susan Lee Carrell 以單音的《葡萄牙修女情書》為基本原型，將一種專屬女性的悲劇性愛情經驗認定為「葡萄牙修女模式」。

你的錦書不來
唯自囚於現代的咆哮山莊
和叔本華談論消極中的積極
和里爾克商酌死亡（2003: 89）

寫信的女子從哀嘆情人的缺席無形中轉化成對距離的歌誦，迷戀上的反而是一道等待的情境，唯有在這種距離化的詩意處境中獨語才得以延續，諾氏便寫道：

你盈溢著我的生命，而你在它方
遠離著我，你的精神看著旭日昇起
你與外界全然交融在一起
當我聽不見世界時，你的聲音依然在訴說（1913: 108）

表面上等待是一種愛情奴隸式的書寫，透過「你」描繪女性自己的癡情，等待的萬般姿態以及女性自己的言語，然而漸漸地女詩人亦能將等待轉化為生命的動力，搖晃了等待刻板的印象：「我在室內等你／有你等待乃生活中唯一的神蹟」（1991: 34）。等待也許是歸給女性的位置（室內），然而等待所蘊含的動能卻是內在的、無限延伸的，最具體的呈現方式就是時間上的表達，胡品清的〈陽關三疊〉描述對方來了又走了，鐵門開了又關了，囚住一個永恆等待的意識：「我是過去是現在是未來／而你只是俄頃」（1978: 131-2）。法國哲學家馬賽爾（Gabriel Marcel）曾說：「處於等待中，就是處於時間之中」。胡品清的〈自畫像〉末句寫道：「而經驗說／颱風夜的待月草是妳的名字」（1984: 122），把等待溶入自身，暗示等待的女子曠世獨立的身影。

　　孫康宜在〈莎孚的情詩與女性主體性〉一文認為，西元前七世紀的希臘女詩人莎孚的詩充分代表了女性慾望的自主性，因為她的詩解

構了希臘文學裡的男性中心觀，她「標榜愛情，貶低戰爭」，挑戰了傳統史詩中荷馬傳統精神。莎孚在詩中改寫荷馬的《伊里亞德》裡女性只是男人渴望獲得的戰利品的被動形象，轉成為愛死而無憾的多情者，「海倫已從『慾望的客體』轉為『慾望的主體』。所謂主體性含有很大程度的主動性。對莎孚來說，癡情者總是站在主動的位置」（183）。胡品清的〈戀語〉正呈現女性以戀語取代戰爭的主動姿態：「只有／我／頑強的獨行女／恆常／齋戒沐浴／因「你」而撰寫／戀語／另一種聖事／惟一優雅的孤寂」（1991: 24-25）。同樣的，在諾氏的詩中也逐漸顯現這種主動的姿態，再以〈你存在，我啜飲藍天……〉一詩為例，相對於男性永遠為一道遠方英雄式的神聖理念所駕馭，「活著就是要遠遊」，女性也有其廣袤的崇高理念。該詩中的女性抒情主體「我」必須自我膨脹：「你出走，我至愛的船艦！運載你的汪海／向你褒揚遠方的世界和燃燒的熱情，／然而，世界的貨輪／停駐在我遼闊、幽靜的港灣」（1913: 10）。女詩人自比遼闊無垠的港灣，承載世界的旖旎風光，邀人駐足欣賞，有時甚至到了自大、自戀的地步：「除卻我心靈，一切皆屬枯燥、赤裸，／請駐留在我寧靜的風暴中」（1913: 10）。矛盾修辭法（oxymore）的使用（「寧靜的風暴」）強調出女性的矛盾與多面，試圖與男性鍾情的冒險世界抗衡。

詩人更進一步具體化自身孕育的風景百態，自我呈現出的風景：「何種旅行比得過我雙眼所能賜與你的，／當我愉快的眼睛在你的雙眼湧現出／加泰羅尼亞之夜，阿赫丹之森林，／印度河的蓮花？」（1913: 10）真正的旅遊，就戀人而言，是對方。對女詩人而言，真正值得深入窺探旅遊的是戀人的世界，是精神的世界，詩人─戀人的眼睛是開往世界的窗戶，可以映照出東方西方不同的奇妙景觀。胡品清的《另一種夏娃》詩集中出現許多從對方的心靈中窺探宇宙的情詩：「你眼中有城市有萬水有千山／你的音是清澈溪流／是飛瀑是險灘」（1984: 22-23），頗類似回應諾氏「旅行的邀約」的實踐。

然而，諾詩中愛情的追求始終化約為一場幻滅的視野，摒棄任何的理想化，從而呈現一種黯然幻滅的愛情觀。許多諾氏的詩都建立在童年與成人的對立之中，導引出人在愛情前後徹底的質變，〈撕裂〉（Déchirement）詩中便以這樣的幻滅的口吻寫出愛情對人的視野的遮翳：

> ——孩子，請仔細觀看穹圓的平原，
> 苣藚菜，和縈繞周圍的蜂群，
> 請仔細觀看池沼、田疇，在愛情之前，
> 因為愛情降臨後，我們什麼也看不見（1907: 310）

普魯斯特曾寫信給諾艾依夫人表示欣賞這首詩的含意，甚至借取這首詩的概念，使之成為《在斯萬家那一邊》（Du côté de chez Swann）作品組織的潛在原則；這首詩的內涵正指出該書兩個部分〈貢布雷〉（Combray）和〈斯萬的一段情〉（Un amour de Swann）彼此銜接的意義：起初一切都是在大自然中體驗到的無限制的感官情趣，一旦斯萬的嫉妒心啟動了，表示主人翁正進入遭愛情異化的年紀，詩意自發性地沉浸於自然風景已經變成不可能了（Fraisse 15）。另外，在出自《日子的陰影》詩集中的〈玩笑〉（Raillerie）一詩，諾艾依夫人對照了兩個不同時期的「我」：童年無憂無慮的「我」和體驗愛情後的「我」。女子緬懷童年時光，無憂無慮的純真年代，在大自然的懷裡盡情奔馳，手舞足蹈，放聲高歌。如今認識了愛情的苦澀，人彷彿喪失昔日快樂的本能，幾個動作勾勒出戀愛中的愉悅與焦躁，其中對窗在諾詩中是一種被動守候的姿態，是一種被框限的情境：「坐在窗邊，／黎明曉光初放時，／妳望著殘酷的愛神／祂使妳看見他的到來」（1902: 54）。此外，一反昔日的情緒自主、本能駕馭一切，如今悲喜都無由：哭中有微笑，笑中有悲傷；餓了沒胃口，倦了卻無眠；昔日祭祀田野之神潘（Pan），如今服膺於情慾之神愛樂

（Eros）。

在此，胡品清與諾艾依的抒情有了最絕對、最根本的分歧。胡品清詩中常以「不碎的雕像」作為慾望客體的寫照，透露出屬於她的慾望輪廓：雕像實為弔詭的臨現，對立的雙方在此相遇。它既是願望的實現，同時也是對願望兌現無限期的延宕（atermoiement）。〈雕像〉詩中，胡品清勾勒出經營慾望的行動，創作與慾望的關係，享受永遠不完成的未知與神祕：

> 芭琪[16]，妳是皮格馬林[17]的妹妹
> 雕刻吧！尋覓最叛逆的花崗岩
> 任衝力日新又新
> 任狂熱燃燒的雕刻的手，暮暮朝朝
>
> 一旦
> 如妳放下雕琢的刀
> 夢之火從而滅熄
> 雕像也將逃逸
> 於完成時（1978: 12）

必須不斷雕琢，才能邁向使傑作誕生的可能。然而一旦完成，雕像賦予人形便逃逸無法掌控。在石雕堅硬的外表（dure），藝術家決定使她的堅硬持續（durer）。皮格馬林賦予雕像可愛的外表，實乃權宜之計，旨在使兩個相愛的人永久融為一體，或融入一個表象，這個表

---

16　「芭琪」即胡品清的法文名字Patricia。

17　皮格馬林（Pygmalion）即希臘神話中的雕刻家，個性傲岸，但藝技絕倫，後來戀上自己雕塑出的女性人物。胡品清在《水晶球》中的〈神話新編〉亦曾以這位雕塑家為對象，重新編寫一段皮格馬林的傳記，用以嘲嘆自己追求的愛情。除了薛西弗斯（Sisyphus），皮格馬林可說是胡品清最常援用、認同的男性人物。

象因永遠無法穿透而賦予慾望永恆的形狀。一如宇文所安（Stephen Owen）之言，皮格馬林的神話或其後世的變形「總是在到達軟化為有生命的物體並『從此過著幸福的生活』的結局之前就偏離方向。從被阻滯的慾望中產生的石雕，就是那個女人／頑石的形象，被精心打磨修飾」（150）。於是，雕像作為胡品清詩中的恆定式，揭示出這樣的矛盾邏輯：慾望必須止於完成、止於愛情實踐的門前、止於美即將道成肉身之際、止於替代物的耽溺；替代物由於最能擬真，於是勝過真實本身。正如佛洛伊德（Freud Sigmund）所述，人所愛的物件實際上是自己的影子。人們所追求愛的物件都是自戀式尋求認同的過程。自我需要與理想的自我形象結合，或是與自我所匱乏的特質結合，為的是要實踐自我整體之發展。皮格馬林與雕像的神話也因而成為胡品清詩中愛情慾望的固定模式，貫穿女詩人整個作品，成為幸福與拂逆、歡樂與悲傷、自足與匱乏、永恆與瞬間、無限與侷囿等悖論並存循環的心靈空間。諾氏穿透幻象，搗毀鏡像而抵達一個「充滿陰影」、「無風也無綠地」、「陽光和愛情永不走訪的國度」（1901: 8）[18]，而胡品清則恆止於那面鏡子之前，令鏡像與主體、夢幻與實體、表象與深層的界限消弭：「她死於嚮往蜃樓症／不治之痼疾」（〈自撰墓誌銘〉，1978: 221）。

## 結語

譯者與被譯者彼此的創作行為可以具有高度的曖昧性。胡品清就在翻譯與創作之間的無可名狀的地帶捕捉文字的可能性，探測文字的可言與不可言，在「已表達」、「再表達」與「不可表達」等範疇間輾轉流連，文字活動也只有在永不止境的翻轉與遞嬗之中才能尋獲歸位的契機。胡品清與諾艾依作品交織出來的文字互涉現象，可以時空

---

18 採胡品清譯文。

錯置下相仿的兩道抒情主體解釋，也可以是翻譯與創作行為中正在建構中的主體以待譯文字的方式逐漸顯形。諾艾依的抒情提供胡品清更多的自由空間，重組內在的秩序，提供更多文字上的可能，使她能更潛入隱形的、深層的自我，以詩的方式。胡品清在他人的文字與意象中找到自我的影像；而一團陌生的文字，透過閱讀、翻譯的反芻，脫出原時空的限制，在另一道時空座標中孕育出另一道殊異的主體。

# 參考書目

古添洪，《不廢中西萬古流：中西抒情詩類及影響研究》，台北：學生書局，2005。

李癸雲，《朦朧、清明與流動：論台灣現代女性詩作中的女性主體》，台北：萬卷樓，2002。

宇文所安，《迷樓：詩與慾望的迷宮》，程章燦譯，台北：聯經，2006。

胡品清，《人造花》，台北：文星，1965。

——，《水晶球》，台北：水牛，1977。

——，《玻璃人》，台北：學人，1978。

——，《晚開的歐薄荷》，台北：水牛，1966。

——，《另一種夏娃》，台北：文化大學，1984。

——，《薔薇田》，台北：華欣文化，1991。

——，《最後的愛神木》，台北：秀威，2003。

胡品清譯，《法蘭西詩選》，台北：桂冠，1976。

洪淑苓，〈另一種夏娃——論胡品清詩中的自我形象〉，《國文學報》32期，2002。

孫康宜，《古典與現代的女性闡釋》，台北：聯經，1998。

張曉紅，《互文視野中的女性詩歌》，廣西：廣西師範大學出版社，2008。

蓉子，《維納麗沙組曲》，台北：純文學，1969。

謝閣蘭，〈重寫神話〉，秦海鷹譯，收入《文化傳遞與文學形象》，北京：北大，1999。

Bargenda, Angela, *La poésie d'Anna de Noailles*, Paris: L'Harmattan, 1995.

Barthes, Roland, *Fragments d'un discours amoureux*, Paris: Seuil, 1977.

Carell, Susan Lee, *Le soliloque de la passion féminine ou le dialogue illusoire: Étude d'une formule monophonique de la littérature épistolaire*, Tübingen, Germany: Gunter Narr Verlag ; Paris: J.-M. Place, 1982.

Fraisse, Luc, La *Recherche* avant la *Recherche*: Proust commentateur d'Anna de Noailles,

*Les femmes illustres. Hommage à Rosa Galli Pellegrini*, Publifarum, No. 2., 2005.

Gilbert, Sandra and Gubar, Susan, *The Madwoman in the Attic: The Woman Writer and the Nineteenth Century Literary Imagination*, New Haven: Yale University Press, 1979.

Kristeva, Julia, *Colette, Génie féminin*, Paris: Gallimard, 2003.

Merleau-Ponty, *Le Visible et l'Invisible*, Paris: Gallimard, 1964.

Moers, Ellen, *Literary Women*, Garden City: Doubleday Anchor, 1977.

Noailles, Anna de, *Le Cœur innombrable*, Paris: Calmann-Lévy, 1901.

———, *L'Ombre des jours*, Paris: Calmann-Lévy, 1902.

———, *Les Eblouissements*, Paris: Calmann-Lévy, 1907.

———, *Les Vivants et les morts*, Paris: Fayard, 1913.

———, *Les Forces éternelles*, Paris: Fayard, 1924.

———, *Poème de l'Amour*, Paris: Fayard, 1924.

———, *L'Honneur de souffrir*, Paris: Grasset, 1927.

———, *Exactitudes*, Paris: Grasset, 1930.

———, *Derniers vers et poèmes d'enfance*, Paris: Grasset, 1934.

———, *L'Offrande*, Choix et présentation par Philippe Giraudon, Paris: Orphée/ La Différence, 1991.

Perry, Catherine, *Persephone Unbound: Dionysian Aesthetics in the Works of Anna de Noailles*, Princeton University, 1995.

Engelking, Tama Lea, Colette, Anna de Noailles and Nature, *Modern Language Studies*, Vol. 34, No. 1&2., 2004.

# 社會、歷史和語言：
## 賴和的〈一桿「稱仔」〉與法朗士的〈克拉格比〉

盛鎧[*]
許綺玲[*]

## 摘要

　　賴和（1894-1943）在〈一桿「稱仔」〉（1926）的後記，明確提到曾讀過法朗士（Anatole France, 1844-1924）的小說〈克拉格比〉（Crainquebille），並受到啟發從而決定寫下這段故事。受德雷福斯事件之影響，法朗士從唯美文學轉向關懷社會的現實文學。他藉〈克拉格比〉裡一名菜販遭冤屈而後沉淪的故事，抨擊司法之不公正與偏執。這兩篇小說的主題雖有相近的地方，但情節鋪陳與偏重之處並不盡相同。如法朗士以諷刺筆調描寫司法殿堂，但筆下的人物似仍不脫自然主義之格局，未有較強主觀意志或自覺行為；相對地，〈一桿「稱仔」〉中的秦得參則以玉石俱焚的方式殺警復仇。兩者在敘事處理上的差別，兩人之文學觀、社會觀，即為本論文考察之重點，其中語言本身的社會符號作用尤其值得加以比較分析。

**關鍵詞：**賴和、法朗士、〈一桿「稱仔」〉、現實主義文學、語言、
　　　　　反諷

＊聯合大學台灣語文與傳播學系助理教授
＊中央大學法國語文學系副教授

# 法文摘要

Lai-He (1894-1943), écrivain Taiwanais, dans le postface de sa nouvelle "Une balance" (1926) évoque "Crainquebille" (1901) par l'Académicien Français, Anatole France (1844-1924) comme une référence cruciale de son oeuvre. Certes, les deux oeuvres ont pour point commun le choix thématique: toutes deux dénoncent l'injustice sociale. Cependant, elles s'écartent l'une de l'autre par plus d'un aspect. D'abord, la stratégie narrative ainsi que stylistique en est différente. Puis, de manière significative, France opte pour un portrait caricatural et fataliste selon le prédéterminisme naturaliste, alors que, sous la plume de Lai, le héros tragique proteste par un geste radical de suicide contre le contrôle policier sous le règne du Japon colonisateur. Si, dans les deux oeuvres, le conflit est notamment provoqué par l'usage de la langue, la problématique en est posée de façon divergente, ce qui mérite une analyse comparative détaillée.

**Mots-clés:** Lai-He, Anatole France, *Une Balance*, littérature réaliste, langue, ironie

# 前言

　　被譽為「台灣新文學之父」的賴和（1894-1943），在發表台灣首篇白話小說〈鬥鬧熱〉（1926）之後，隔月其更知名之代表作〈一桿「稱仔」〉（1926）又接連面世。在〈一桿「稱仔」〉這篇小說中，賴和的文筆不僅更加流暢自然，對人物性格的刻劃亦較為深刻，且表露出對殖民社會狀況之揭示與批判。藉由對農民秦得參於市場販售自家栽種的蔬菜，卻被警察污衊使用不合格「稱仔」（磅秤）而被捕入獄的遭遇，賴和以寫實手法呈現殖民地人民受不公正的法律及其執行者壓迫的情景，從而亦顯示賴和的人道主義思想與現實主義文學觀。

　　賴和在〈一桿「稱仔」〉文末的後記寫道：

> 這一幕悲劇，看過好久，每欲描寫出來，但一經回憶，總被悲哀填滿了腦袋，不能著筆。近日看到法朗士的〈克拉格比〉才覺得這樣事，不一定在未開的國裡，凡強權行使的地上，總會發生，遂不顧文字的陋拙，就寫出來給文家批判。十二月四夜記。[1]

　　這段話對於我們理解賴和這篇短篇小說自有相當的意義。首先，在創作上，賴和並非純粹出於想像虛構小說中的故事，而是有所本，取材於實事，且是眼前的時事，儘管經過一番醞釀。其次，就動機而言，賴和說明自己雖因人道關懷欲描寫這幕悲劇，但真正動念執筆寫下，還是在看到法朗士（Anatole France, 1844-1924）的小說〈克拉格比〉（Crainquebille, 1901）之後，從而理解到像〈一桿「稱仔」〉當中主人公秦得參這樣的悲慘遭遇，並非他個人獨有，且非像當時台灣

---

1 賴和原著，林瑞明編，《賴和全集（一）小說卷》（台北：前衛，2000），頁55。

那樣「未開的國裡」特有之現象，故決定寫出「給文家批判」。

　　以實事為本，或是依照類似情境的事件，進行創作，並針砭時代社會問題，這種文學理念屬於現實主義，當無疑義。而且，由此段後記來看，台灣文學——至少是台灣新文學——自始就與世界文學同步，並積極吸收世界各地文學之理念與創作成果，從而拓展對世界的認識以及自身的創作，而不故步自封或自我限縮定位為地域性乃至末流式的「邊疆文學」。台灣文學本就與世界接軌，賴和的創作即為明證。賴和研究者林瑞明亦由此例指出：「賴和閱讀法朗士的〈恐怖事件〉（按，係指〈克拉格比〉），吸收其菁華寫作即是一例。在這一點上我們可以說，台灣文學的源頭，不只是中國大陸的五四新文學運動而已，一開頭就有著更為寬廣、開放的世界性。」[2] 然而，賴和所作真的僅止於「吸收菁華」而已嗎？如果沒有讀到過〈克拉格比〉，賴和就寫不出〈一桿「稱仔」〉了嗎？

　　許多研究者都傾向於認為賴和的〈一桿「稱仔」〉確實受到法朗士的〈克拉格比〉之「啟示」乃至「影響」，或說「吸收其菁華」，但縱使賴和的確受其「啟發」，難道賴和就無他個人在創作實踐上的轉化嗎？這點疑問應可再做申論與釐清。固然，前此已有不少研究做過探討，例如陳建忠即試圖追索賴和所見之〈克拉格比〉譯本（雖未有確證定論），張恆豪亦曾由比較文學的角度，就〈一桿「稱仔」〉與〈克拉格比〉進行過專文研究，但研究方式似乎仍困於單線式之影響論模式，對兩篇文本之解析或有所不足。在兩者關係上，陳建忠即認為：「法朗士的〈克拉格比〉正是描寫菜販受到國家機器壓迫的事件，整個情節與精神可說相當程度反映在賴和小說中，足見法朗士的影響。」[3] 張恆豪亦說：「該篇小說（按：指〈一桿「稱仔」〉）的立意及精神，受到法朗士的〈克拉格比〉之啟示至為明確，這自是比

---

2 林瑞明，《台灣文學與時代精神——賴和研究論集》（台北：允晨，1993），頁328。
3 陳建忠，《書寫台灣·台灣書寫：賴和的文學與思想研究》（台北：春暉，2004），頁151。

較文學中影響研究的絕佳例證。」⁴ 證諸〈一桿「稱仔」〉的後記，若說賴和受到「〈克拉格比〉之啟示至為明確」，此說應可成立（畢竟「啟示」只是寫作動機之引發，未必表示兩者之間必然高度近似，或風格上有直接的延續），但若斷言兩者情節相同，且為影響關係之絕佳例證，則恐待商榷。我們若細究兩篇小說文本，當可發現克拉格比與秦得參的性格、思維乃至結局的作為，皆差異甚大，從而情節與人物之塑造方式，亦極為不同，遑論兩位作家的書寫策略與關注焦點，實判然有別。林瑞明曾提到，在賴和的小說作品中，像這段後記中提及外國作家之名，是「僅有的一次」⁵。因而我們認為，這僅有的一次，其目的並不在於向當代「文家」炫示賴和閱讀之廣博，亦非向後代研究者交代其影響來源，而是正如文中所言，此幕悲劇並非台灣僅有，「凡強權行使的地上，總會發生」，以揭示其共通性與相似根源所在，即不公不義之強權對人民的戕害。

對於賴和〈一桿「稱仔」〉在台灣文學史上的突破性意義與價值，自然毋庸置疑，但對於其創作上的獨特構思，以及真正從比較研究的角度，探討〈一桿「稱仔」〉與〈克拉格比〉在主題上的近似和結構上的差異，從而分疏當中差異的具體所在及其意涵，至今仍有所不足。對此進行探索，應能有助於我們更加認識賴和的文學成就與思想深度。

## 一、〈克拉格比〉：無所不在的語言攻勢

法律是不留情的，但法律也是不可預測的。

---

4 張恆豪，〈覺悟者——〈一桿「秤仔」〉與〈克拉格比〉〉，收於江自得編，《殖民地經驗與台灣文學：第一屆台杏台灣文學學術研討會論文集》（台北：遠流，2000），頁222。

5 林瑞明，《台灣文學與時代精神——賴和研究論集》，頁326。作者於此處亦提問說：「賴和開始寫小說時『模仿』了什麼？」其後便申述賴和吸收〈克拉格比〉菁華寫作〈一桿「稱仔」〉，似乎認為其「吸收菁華」為一種「模仿」。

$\qquad$——培瑞克（Georges Perec）

　　十九世紀末，法朗士（Anatole France, 1844-1924）在法國文壇已享有崇高的地位，並入選為法蘭西學院院士（1896）。他在德雷佛斯事件（l'affaire Dreyfus）發生後，以知識份子的身分，挺身加入以左拉（Emile Zola）為代表的陣營，控訴司法的偏執不公，主張案件應重啟調查審判。在此前後，他也一反過去傾向唯美主義的美學觀點，轉而欣賞、讚揚左拉的小說，尤其是《人面獸心》（*La Bête humaine*）；同時，在他自己作品的選材內容方面，更為關注社會底層階級的生活狀況，試圖描繪和檢視法國第三共和時期的社會，以揭露其中不公不義的現象。此後，他對法國的政治事件不斷為文介入（engagement），積極表態，並堅持中立判斷和敢於直言的作風。終於，他在1921年贏得了諾貝爾文學獎項。有關法朗士這些幾乎已成定論的基本介紹，經常見諸伴隨著賴和短篇小說〈一桿「稱仔」〉的評介[6]。不過，一般除了交待上述之背景，以及點出兩者具有明顯相近的題旨以外，至今仍少見有人比較法朗士與賴和在建構小說時所採取的筆調，以及極為不同的書寫策略。事實上，就這兩部小說而言，「語言」在多重環節上都是關鍵所在，不僅人物因語言溝通和釋義、理解上的落差問題而遭受冤屈，小說家如何運用文學語言來表態，如何選定其陳述（énonciation）位置和敘事（narration）角度，更值得我們重新就文本深入探討。我們知道，法朗士縱然在世時備受尊崇，但在1924年去世之後，卻飽受超現實主義者極為嚴苛的攻擊，把他貼上了「保守主義者」的標籤；到了二次大戰之後，在法國他更被徹底地打入了冷宮，現今有關他作品的新研究幾乎趨近於零，一般的文學史或學校的文學教材也可說完全忽略了他的存在[7]。然而，本論文的目的

---

6　如前引張恆豪，〈覺悟者——〈一桿「秤仔」〉與〈克拉格比〉〉，頁223-224。

7　現今在法國文學史上，至多只會在提及普魯斯特早年所受到的影響和提攜時，會提到法朗士及其作品。比較特別的是，1949年後的中國在特定意識形態的主導之下所編撰的法國文學選介書中，仍經常會介紹

並不在於為這位作家的文學地位平反，或重新評估其對社會公義的貢獻，而是要以台灣目前的時空位置出發，從現今回顧歷史的角度，運用所能掌握的文評工具和析論視野，去仔細評析他那部曾經為賴和所提及的作品〈克拉格比〉，並且如上所述，透過法朗士與賴和在各自作品中對語言的處理和表現，來呈顯語言的雙面性：即語言一方面配合現代社會體制，成為其中箝制控管與裁判的共謀者，另一方面又經由文學家之筆，作為反制這些體制的有力工具。

根據錢林森的考證，法朗士的作品在1920年代已出現中文引介，而這篇小說至少約於1926年已見中譯版發行[8]。因為法朗士到二次戰前一直享有盛名，他作品所能應合的社會議題時宜性，使當時的中文讀者，甚至東亞地區的讀者對這位作家毫不陌生。一般評介都會將法朗士寫〈克拉格比〉的筆調以「反諷」（irony）概述之，我們原則上也同意這個論點，而現今市面上所能看到的中譯本也通常能傳達這樣的精神。不過，這個文風特色的界定和具體的表意方式，則需要更進一步的考察，尤其許多原來在法語中刻意透過選字、語法、句構，還有不同語言層次和互文性作用等方面所構成的反諷，並不全然能從中譯文中明確地表達出來[9]。若要充分感受一名賣菜小販因背負莫須有的罪名所承受的壓迫，不只故事直接的議論內容，描述所用的語彙和句法，再加上這些語彙、句法本身所帶有的社會價值和符號性，皆致力於加強這場公權力配合輿論對小人物圍剿過程的宿命感。因此，本文除了希望能根據小說的法語原文進行文本分析之外，更重要的是

---

他的作品，如江伙生與蕭厚德，《法國小說論》（武漢：武漢大學出版社，1994），頁219-225。

8 該版本的小說標題譯為〈坎克庇爾〉，請參閱錢林森，《法國作家與中國》（福州：福建教育出版社，1995），頁508。

9 本文參考的主要中譯版本是張英倫譯，〈克蘭比爾〉，收於余中先選編，《二十世紀外國短篇小說編年‧法國卷》（北京：人民文學出版社，2002）。譯文雖流暢而準確，但總是帶有中國的習慣語法和用詞，對於台灣讀者而言，明顯有文化差異性的隔閡。但是本論文的重點不在於檢討翻譯精準與否的問題，況且篇幅有限，亦不容許詳論。凡本論文引用張譯之〈克蘭比爾〉，除了將主人翁一律改用「克拉格比」翻譯，文字也會稍作修改。而本論文中，法文與中文引句內的黑體字為筆者自加，用以加強語氣。

將文字風格的分析所得作為基礎，以更清楚說明法朗士的反諷特質與效果，以及他藉這樣的筆法在作品的實質內容中所提示的問題。同時，我們也將進一步檢視作者——這位活在十九世紀末、二十世紀初第三共和時期法國的「人道主義者」——如何在自覺或不自覺當中，可能呈顯的批判侷限和盲點。

在修辭上，反諷是以表面上附和對手意見的方式來駁斥對手，因此，為了要說服讀者，作者在很大的程度上須仰賴讀者的智慧，讓他自行領會對手的謬誤。反諷若使用得精巧，是非常經濟有效的辯論利器。在實際操作上，則有多種可能的途徑[10]。綜觀〈克拉格比〉全文，法朗士的確將反諷的手法作了多面向的發揮，不僅止於個別單字的選用和文句的建構，更從整體的組織，利用了廣義的互文諷擬手法。

舉個小細節的例子：敘事者在第一章提到庭長布利施「胸前佩掛著法學士綬帶」（les **palmes** d'officier d'académie étaient attachées sur sa **poitrine**，723），而第二章立刻又看到敘事者描寫鞋店老闆娘將一把大蔥抱在懷裡的模樣，「就像教堂壁畫上的聖女把象徵勝利的棕櫚枝緊貼在胸前」（elle la tint contre son sein comme les saintes, dans les tableaux d'église, pressent sur leur **poitrine** la **palme** triomphale，725），兩句皆用入相同的單字，如此一來，不僅後者的比喻明顯帶有褻瀆神明的意味，又因同字別義（palme）而使兩個人物的意象毫不相襯地彼此拉近：庭長（代表司法）的威信和聖女的神聖性一下子同遭到降格化。

再反過來，從大的結構組織方面，也就是敘事順序來看，這則司法強權壓迫小市民的事件，開場是選在劇情即將進入高潮，對立衝突

---

10 「反諷」主要的建構方式如：說反話（l'antiphrase，即「能指」與其一般正常相連的「所指」脫節，而指向該「所指」的反義）；以貌似同義卻帶有負面價值的詞組來取代特定的單一字詞（la périphrase）；將不同範疇的字彙並置相連（le rapprochement de mots）；謬誤的因果關係聯接（le faux rapport logique）等。

將達到頂點，也就是主人翁命運轉捩的關鍵點所在，即亞里士多德論戲劇劇情組織所定義的「中間」（milieu, middle）。而後，到了第二章才回溯先前在街上發生的事。從第三章起，再接回法庭上的審判過程，以及後續的發展[11]。換言之，法朗士彷彿刻意選用了類如古代史詩，即「高格調古典」文類所慣用的時序安排方式，來講述現代社會區區一名菜販卑微的悲劇。這種哄抬式諷擬（parody）的結構，尚且呼應了開場那一幕令年邁的小販瞠目結舌的司法殿堂莊嚴景象，幾乎使他不得不自以為成了悲劇中受難的英雄主角。而這的確是他生命中的第一件大事，也可能是唯一的、決定性的一件大事，這種迫加在其身上的現代「經驗」，突來的「震撼」，如何能不留予他深刻的印象！作為開場的第一個句子，便已試圖強加重責大任在他（「人民」）的身上：「法官**以至高無上的人民的名義**宣告的每一判決均體現法律的**全部威嚴**」[12]。在此，敘事者和傳統寫實主義小說的敘事者相較，雖同樣具有全知觀點的優勢，但是從起頭這第一句話便可知，顯然他並非中立超然的旁觀紀錄者，而是不斷地介入劇中，遊離於不同的人物之間，在進行評論、註解，或者就是以誇張的方式模擬劇中人物的論述方式：從第一幕法庭上的場景開始，陳述的語調便具有法官應有的高昂氣勢，並在接下來的段落，以及第三章的審判過程中，皆不時出現一些莊重甚且文謅謅的形容語。句構本身也是相當考究的，有時更顯得冗長複雜[13]。猶如在司法殿堂上非得字句斟酌不可，

---

11 〈克拉格比〉分成八個章節：「一、法律的威嚴；二、克拉格比的奇遇；三、克拉格比在法庭上；四、為布利施庭長一辯；五、克拉格比服從共和國法律；六、克拉格比面對輿論；七、後果；八、最後的後果。」這樣的標題本身也是帶有反諷意味的，特別從第五章的標題看下來，「克拉格比服從共和國法律」這句話已誇大克拉格比的罪行與其所受懲罰的意義，而由「服從共和國法律」的「後果」與「最後的後果」就是被社會排斥，失去工作能力與生存的尊嚴。後文詳述。

12 « La majesté de la justice réside tout entière dans chaque sentence rendue par le juge **au nom du peuple souverain.** » （723）。其中黑體字的強調標示為筆者所加。

13 從克拉格比的話：« ...Cipal, vous trouvez pas qu'ils **parlent trop vite** ? » （733，「……老總，你不覺得他們講得太快了嗎？」），還可得知法庭上流利而快速的辯論攻防、法界人士滔滔不絕的說話「速度」，在在都使菜販感到一頭霧水。

敘事者慎選的是菁英式的用語，包含專業知識的語彙[14]。對於「有頭有臉」的身分者，尤其要一次又一次，不厭其煩地、一字不漏地全部列出多項頭銜來[15]。敘事者彷彿認為光是在對話引句內，依據社會身分逼真地模擬法官、律師、證人、犯人、路人等在此特定情境下的話語，並不足以對比出克拉格比想自我辯解時的無力感，還必須在整個描述過程中，藉由精雕細琢的字句去創造壓迫感。而這也正如法院內部充滿寓意象徵人物雕像的華麗裝飾一般，形成無處不在且令人耳鳴目眩的包夾攻勢——如何能不讓克拉格比更顯得孤立無援，幾可說已到了異化的地步！即使敘事者不必一再明言，不必一再強調克拉格比的「無知」、「不學無術」、「毫無哲思精神」等，亦可讓讀者想見其無可招架的基本原因：他是個社會的弱勢者，而他同時也是語言的弱勢者。顯然，他的語言等同他的社會身分：他出身中下階層，未得讀書受教，他的發言都是短句、簡單用詞和俚語。在中文譯本中，尤其是克拉格比的文法錯誤（不符合正規文法，但仍屬於俗語通用法），未能清楚呈現，相當可惜[16]。

　　稍前我們提到敘事者的陳述行動會遊離在人物之間，並提到他起先在法庭的一景如何仿效官方的語言。可是當我們讀到了最後三章，也就是等克拉格比出獄後，回到街上賣菜時，卻發現敘事者的語調這

---

14 即使連克拉格比感到害怕，也要寫成 « Il en conçut une juste terreur. »（723，「感到畏懼」），而不是較平常的 « il eut peur. »。順帶一提，這篇故事的姓名學（l'onomastique）也相當值得研究（如Crainquebille, Matra, Bourriche, Lermite等）。以Crainquebille的名字來講，本身就包含craindre「擔心、害怕」的動詞字根。事實上，若依法語發音重譯其名，也許「坎坷鄙兒」更接近原音，同時也足以意指其註定面臨的悲慘際遇。

15 « docteur David Matthieu, médecin en chef de l'hôpital Ambroise-Paré, officier de la Légion d'honneur »（728，「昂布魯瓦茲－帕雷醫院醫務主任、榮譽勳章獲獎者維德・瑪蒂厄先生」），這是敘事者介紹一名好心幫克拉格比作證的紳士的方式，而這一長串的介紹不只標示了頭銜累積所標註的同比例社會位階，且與其說是為了讓讀者充分認識人物的身分，不如說敘事者彷彿預先模擬了法庭上律師對同一證人的介紹詞，惟律師更為錦上添花，變成 « le docteur David Matthieu, officier de la Légion d'honneur, médecin en chef de l'hôpital Ambroise-Paré, **un prince de la science et un homme du monde** »（732，「昂布魯瓦茲－帕雷醫院醫務主任、榮譽勳章獲獎者維德・瑪蒂厄先生，一位科學界的巨擘，上流社會的要人」）。

16 如 « …**pourquoi que** je m'en **servirais pas?** »（744，「何不用用看呢？」）« Je **vas** vous dire, m'ame Mailloche, j'ai fait le rentier. »（739，「不瞞您說，馬約施太太，我享清福哩。」）

時也轉而逐漸貼近他，不但少了原先的莊重高調和複雜的句形，而且多了些俚俗用字和語法[17]，語句變得較短，有時還帶著情緒性的驚嘆語句、不完整句。有些句子呈顯為不甚明確的自由間接風格（style indirect libre）[18]，既像是克拉格比心中的想法，但又更像是敘事者想像克拉格比的口氣，為他代言、議論，想替他出出氣[19]？不過，敘事者至終仍與克拉格比保持著距離；有些情況，他還明顯地以敘事者現身，直接對著讀者說話：「我請您相信」，「我們（或人們）無法否認」[20]。或者，就在第一章描寫法庭場景之後，敘事者尚且插入了一段純粹想像的對話，讓克拉格比發表了超乎他的知識範圍的議論觀點。我們已說過，敘事者時而以誇張的方式模擬劇中人物的論述方式，但由於這段刻意插入的、純想像的辯論對話，我們更可以確定的是，敘事者並無意遮掩其評註者與諷擬者的態勢[21]，甚且相反，他更

---

17 « Mais on peut être honnête dans tous les états, **pas vrai** ? Chacun a son amour-propre, et l'on n'aime pas avoir affaire à un individu qui sort de prison. »（740-741，「但是不論哪種職業的人，不是都可做正派的人嗎？誰都有自尊心，誰都不願跟一個監獄裡出來的人打交道。」） « De la voir acheter des choux au petit Martin, **un sale coco, un pas grand-chose**, il en avait reçu un coup dans l'estomac: et quand il l'avait vue faisant mine de le mépriser, la moutarde lui avait monté au nez, **et dame !** »（741-742，「正因為這樣，見她買小馬丁那個壞痞子、一文不值的傢伙的白菜，他心如刀割，見她做出瞧不起人的樣子，更是火冒三丈，當然啦！」）

18 自由間接風格（style indirect libre）不以引號區隔之人物發言對話或內心獨白，其特點是人稱位置保持原來的位置（比如：不由第三人稱改成第一人稱），時態亦保存原來語境之時態；但語氣和用詞為人物所專有，又常見為感歎句或詛咒等驚嘆句。此為寫實主義作家，尤其福樓拜所擅用。一般功用是使敘事不被對話打斷節奏。但是有些自由間接引句是介於人物與作者之間的模糊地帶，難以確認是誰在發言。

19 比如以下這段話：« **Alors!** Parce qu'on avait été mis pour quinze jours à l'ombre, on n'était plus bon seulement à vendre des poireaux! Est-ce que c'était juste ? Est-ce qu'il y avait du bon sens à faire mourir de faim un brave homme parce qu'il avait eu des difficultés avec **les flics** ? S'il ne pouvait plus vendre ses légumes, n'avait plus qu'à crever. »（742，「怎麼，被關了十五天，就連大蔥也不能賣了！這難道公正嗎？他要是賣不出菜去，就只能等著餓死。一個正直的人，跟條子鬧過點兒麻煩，就活生生把他餓死，這難道也算合乎人情嗎？」）我們或許可以解釋說，這篇故事從開頭的高貴語調逐漸轉向低俗或平凡，此一風格上的下降轉變，正好應合了故事劇情發展的每下愈況。

20 « ...**je vous prie de le croire** »（742，「請相信我的話」）；« **On ne peut le nier** : il devenait incongru, mauvais coucheur, mal embouché, fort en gueule. »（742，「不能否認他說得有理：克拉格比確實變得不識體統、愛鬧瞥扭、說話粗魯、嘴不饒人。」）此即「敘事者的闖入」（l'intrusion du narrateur）。

21 有些句子或隱或顯地帶有互文借用的性質，像是似曾相識的格言，如« L'homme est méprisable et peut avoir tort. Le sabre ne l'est point et il a toujours raisons. »（735，「人可受鄙視，他會犯錯。但刀劍卻不可受輕視，因它永遠有理」），常見的且陳腔濫調的比喻，描寫「64號警察」是「像獅子一樣勇敢，孩子一般馴服」（« le courage d'un lion et la douceur d'un enfant. »，726），或者在銅版畫家若望、勒米特為布利施庭長辯論長文的結尾，用以歸結其陳述行為的句子是 « Ainsi parla M. Jean Lermite »（757，「若望‧勒米特先生如

時時突顯自身面對讀者的溝通引導位置。我們可以將這個敘事者視同在巴洛克繪畫中有時會出現的一種人物（有時就以畫家的自我肖像化身！）：這名人物身躲在畫中故事空間（l'espace diégétique）的邊緣，正轉頭看向觀者，並可能同時一手指向了畫面最戲劇化的場景所在。

由此可見，法朗士不但在不同的層面上運用了反諷的手法，而且他不似福樓拜（Gustave Flaubert）是個低調、隱性而絕不正向直接評論其人物的作者。閱讀這篇小說，反而給人一種語調表情豐富、戲劇化、高談闊論大聲講故事的印象。法朗士的反諷，或許更接近啟蒙時代作家的諷喻性散文傳統，特別是他在第四章（「為布利施庭長一辯」）裡安排了一位「旁聽的銅版刻畫家若望‧勒米特」來大發厥辭，為判決提出了一番長篇大論，似是而非，以曖昧而反諷的口氣暴顯了司法運作背後，執法者心態上的荒謬，以強詞奪理或因襲成規了事，實則草率行事，罔顧人民的個人權益[22]。再繼續檢討這一司法謬惡之前，從以上我們對法朗士這篇故事之語言風格的分析，或可借由提出以下這些問題先作個小結：這位前來旁聽的銅版刻畫家會不會也是一位漫畫家？如同杜米埃（Honoré Daumier）一般，即一位專門諷刺時政、反映民情的漫畫家？他豈不是代表了法朗士的又一化身？法朗士所用的諷刺文筆，不正是以誇大的方式在彰顯自身的筆調風格？他筆下的現實不正是透過諷刺漫畫家的眼鏡所看到的世界！

---

是說」），豈不令人想起「查拉圖斯特如是說」？換言之，借此暗示，版畫家的長篇大論已悄悄地被誇大比喻為先知的話了。

22 聽完這段話，律師回以一段務實的解釋，認為裁判並無崇高的形而上考量，只是因襲成規的方便之計（好似兩人心知肚明：這是刻意的誤判）。這兩段對話，也可想而知，是作者以迂迴之計借以對司法所提出的兩種面向的控訴。

# 二、法朗士的矛盾；克拉格比的困境

這一切書寫策略的交織運用，都是因為作者法朗士有話要說。一如他因德瑞福斯事件所表達的憤忿不平，撰寫〈克拉格比〉的小故事，如前所述，也是為了揭露司法不公，甚至指責掌有權勢者竟以共和國之名武斷行事，實際上卻已忤逆了共和國的理想和人權的普世價值。到底克拉格比有何罪？他原本只是因不得已而阻礙了道路交通，然而，64號警察在「勸導不聽」的情況下，卻不以單純的「妨礙交通」之名來罰他，反而有意無意將他的喃喃抱怨之詞硬是聽作一句辱人的粗話「該死的母牛！」（Mort aux vaches !），即使有好心人士及時出面，為克拉格比主持公道，警察卻一口咬定他已說出口。更引人爭議的是，後來在法庭上，指控的警察竟同時也以證人的身分出庭作證，根據的彷彿已是實證的、真真確確曾說出口的話語（而不只是一種揣測或懷疑而已），且警察的說法最後成了唯一被採信的說詞。更有甚者，律師的辯詞還進一步「幫倒忙」，將這句辱罵的話，無限上綱，提升到是針對捍衛國家者（等於代表國家）的舉動，使其罪行更為確立、更為嚴重。克拉格比的「莫須有」之罪，只為了一句儘管他有可能說出，但實際上未曾說的話，且被認定具有針對性和挑釁態度而真的已說出口；因此，他「有罪」。

事後，律師和銅版刻畫家從不同的觀點都對判決的「正確性」提出了他們的想法，並表示贊同，而令人驚訝的是，兩人都絲毫未提到司法的目標應該是要試圖還原真相，主持公道，卻反而認同法律的功能只是在於重申司法者和掌權者的權威，完全賦予他們決定對錯真誤的權力，以維持社會「秩序」，「顧全大局」；至於小市民的人權，真相的追求等，卻被認為是無須在此情境下認真考量的。事實上，敘事者早在第一章已曾借用假想的一段對話，揭露共和國精神的「神話」在歷史上早已恣意地建立起來，而國家與教會的關係，共和國對宗教的態度，縱使歷史上曾有過論爭與矛盾衝突，到了其當代仍是無

法解決的問題，諸此種種都無阻於此一神話的鞏固：法朗士所看到的第三共和法國，是官方與教會之間依然爾虞我詐地角力互鬥，且暗中還相互利用以爭權[23]。

法朗士在當時代認為亟須撻伐改革的這些現象，他以反諷的方式一一點明出來，作為此一事件的大背景因素。但是這裡還有一個問題：為何克拉格比被認定「有可能」對警察說出那句話，為何有此「嫌疑」，有此傾向？這是從何而來的認定？事實上，這一「可能性」在警察捉人時已未明言地成為預設的潛在藉口，然而，更是律師在辯護時以完整的論述提出來的。奇怪的就是，在此我們的感覺竟像是在閱讀一部自然主義的小說？！

晚年的法朗士雖然與左拉在政治上和文學上拉近了距離，並且捨棄他原來的唯美傾向，轉向泛稱的現實主義文學，但觀其小說，只能說在題材、人物對象和文學的目的性方面，他作了自我調整；然而，就其小說的敘事手法而言，則難以將其作品簡單地納入自然主義，甚至寫實主義的文風來看待。若是簡化地套用這些相沿成習、有既定概念的術語來說明其風格，必然會錯失了這篇作品複雜的書寫策略，這點我們在前面已分析說明。縱然如此，法朗克或許仍受到自然主義文學觀的影響：自然主義關於「人」的概念確實出現在這篇小說中，牽涉到克拉格比這名人物的人格塑造。但此事並不單純。如上所述，律師之所以能提出克拉格比已有犯罪的可能性，是因他在法庭上是照著自然主義式的人物構想來描述他的當事人，他提到了克拉格比的身世、「酒精中毒」的遺傳因子，還有「六十年窮苦生活」的環境影響[24]，諸此種種已註定種下了「無責任感」的個性因子。換言之，整

---

23 法朗士在文中似乎也暗示了政教分離的共和國原則並未充分落實，政府與教會為了自身的權力擴充，或許寧可「愚蠢化」某些（特別是弱勢）階層的百姓，以便籠絡為其支持者。克拉格比對其審判經過的神祕印象（尤其庭長如天使降臨的神蹟想像，738）便足以反映之。我們在〈克拉格比〉故事中還可以發現法國二十世紀初一些其他的時代議題和意識形態，如軍隊與國家觀念的等同、無政府主義者的存在、質疑「公民」觀念（相對於「人」）的反共和論等。

24 « Crainquebille est **l'enfant naturel** d'une marchande ambulante, perdue d'inconduite et de boisson, **il est né al-**

套的自然主義文學觀對人之墮落的想像，其可能淪落的邏輯進程，在此竟成為推論罪狀的有力根據。但是**更為可悲的是**，出獄後的克拉格比竟然真的照著這套自然主義式卑下人物的「劇本」繼續演下去，逐漸地沉淪，變得暴燥，酗酒又愛罵人，滿嘴髒話，最後生計也陷入了困境。我們在此要追究的，不是律師的說辭，而是這說辭本身以及其後克拉格比的窮途末路，豈不都是作家法朗士有意的安排？

當然，法朗士在結尾前讓走投無路的克拉格比有了一點「覺悟」：他被判刑與入獄的經歷讓他學到了一件事，「上有政策，下有對策」：為了求生存，何不「知法犯法」，就順著起訴的事由，這回由他來主導，看看借著罵人，是否能得到國家的免費供養。於是，他轉而模擬他人所認定的自己來演出，但這回，卻行不通了！可想而知，法朗士藉此一「最後的後果」，再度抨擊了法律之不可預測，執法者的興致竟足以讓同樣的事件可大可小。克拉格比偏偏碰上了個「警察好人」，又一次事與願違。如此的遭遇，不只讓他看起來很「倒霉」，甚至因為：他之前未說的話人家偏說有，他現在真正說的話卻被視為無意義，那麼，我們不禁要替他問：他⋯⋯還存在嗎？就是因這突來的存在「主體」何在之困窘境地，也難怪後來有學者從此一結局安排中瞥見了卡夫卡式的荒謬無奈[25]。

克拉格比最終只落得一個可悲又可笑的形象！至此，恐怕讀者對他的同情要大打折扣了，而最後那名警察的「合理」反應，也多少削弱了原先對於法界諷刺控訴的效果。原來，法朗士雖用盡了各種反諷技倆以突顯司法本身之謬誤虛偽，但這些諷刺的議論卻只能說是寫給菁英階級的讀者看的；在此，克拉格比的角色作用以及他的故事都只是反諷展演中的一個貫穿元素而已。而克拉格比自己並未能聽到這些

---

coolique. Vous le voyez ici **abruti par soixante ans de misère.** Messieurs, vous direz qu'il est irresponsable »（732，「克拉格比是一個做流動小販的放蕩酗酒的女人的私生子，生下來就酒精中毒。請看，六十年窮苦生活已經把他弄得多麼愚鈍。各位先生，您會說他這樣的人是負不起責任的了。」）

25 可用《法朗士全集》（*Oeuvres Complètes*）編者邦夸（Marie-Claire Bancquart）的看法為代表。

議論，他不會聽懂，也不可能從這些議論中學到什麼；他沒得認清司法在其莊嚴「儀式」[26] 展演背後的複雜真貌，卻只學到了一點詭詐的「下有對策」，結果還是無以得逞。或者，應該說，法朗士並未塑造出一個有能力領悟其冤屈原由並進而批判的人物，甚至讓克拉格比在判決之後，只能順著涉及他自身的罪行邏輯，簡單地以「說粗話與否」作為判定好壞人的標準[27]，無異於承認和更加鞏固了司法裁判的權威性[28]。

克拉格比這個人物，半是個誇張諷刺漫畫筆下傻呼呼的丑角，但同時也有他寫實的一面。他誠實勤快，但不是沒見過世面，也從其與人的交往經驗中懂得人情世故，尤其知道尊重他人的隱私[29]。他不是不了解基本的市民社會價值和市民生活的公約，在他個人的日常生活中他仍具現為一個「現代城市中的小市民」。而他平常的溝通用語，他藉以表達其感受的陳述，原本都是多元社會中多元語言之一種表現，一種完全被活用的生活語言，正如同他也是社會中活生生的一份子一樣。他的存在，連同他所用的法語，本當有其立足之地，亦當為「自由、平等、博愛」的社會所接受，而不應受到鄙視。然而，遺憾的是，這一點似乎並未真正為作家所認同，克拉格比的話語至終只是用以形塑和強化荒謬悲（喜？）劇中無知卑下的寫照。總之，法朗士

---

26 « une si belle cérémonie »（737，「在如此美好的儀式中」），« une chose solennelle, rituelle et supérieure »（738，「一種隆重的、合乎禮儀的、崇高的事情」），「典禮、儀式」的用詞，敘事者多次用以轉譯克拉格比對審判過程莊嚴而美妙的神祕觀感。

27 « on peut dire que ces messieurs ont été **bien doux, bien poli ; pas un gros mot.** J'aurais pas cru... »（738），「咱得說，那些先生們實在**夠溫和夠客氣的，沒說一句粗話**。真叫人難以相信」，克拉格比這番只見表象的見解，仍常在現今時代時有所聞：外表的「溫良恭儉讓」、不說粗話等外在行為，就常被一般人簡化而謬誤地等同於「高尚」乃至「理性」。

28 在司法執行者本身立場不公的國家裡，說「相信司法自會還公道」，只是訴諸一個尚不存在的理想司法界。

29 « Il savait trop qu'on ne fait pas ce qu'on veut dans la vie, qu'on ne choisit pas son métier, et qu'il y a du bon monde partout. **Il avait coutume d'ignorer sagement ce que faisaient chez elles le clientes, et il ne méprisait personne.** »（741，「他知道，在生活中人們無法挑選自己的職業，不是想幹什麼就能幹什麼；他也知道哪一行都有好人。他一向謹慎，從不打聽他的女主顧是幹什麼的，也從不小看任何人。」）

在指控強權司法的同時，仍把克拉格比困在弱勢者的宿命中[30]，司法只是催化了他被認定「本性已有的遺傳惡因」之發作。法朗士即使有意為他代言，卻無法改變其受到社會高低層級的歧視觀感。

至於賴和筆下的菜販秦得參，他並不是個宿命者。

## 三、官場語言與市場語言

如前所述，法朗士雖出於人道主義精神，關注司法制度的不公及其對中下階層人民的迫害，但他筆下的克拉格比卻仍不脫自然主義式的人物典型，彷彿其「沉淪」乃為「自然本性」兼與後天環境激發之必然歸趨的宿命。從而克拉格比有如僅是自然與社會交互影響作用下的被動客體（且在此邏輯下，社會亦如無歷史性且不可撼動的「第二自然」），而無自身之主體性。相對地，雖然說從姓名學（l'onomastique）的角度來看賴和的小說，秦得參的名字明顯具有台語「真的慘」的諧音，故事中他的生平與遭遇亦確實稱得上悲慘，然而他的「慘」卻非出於某種自然本性，如懶惰、心志不堅或逃避現實等，而是由於具體社會因素的作用，且更重要的是，他自有回應之道，其中甚至包括自覺的反抗。他並未順服地接受「真的慘」的宿命。固然，故事中的秦得參年幼喪父，後父又不太體恤他們母子，成家後又得到瘧疾以致影響生計，這些都可歸屬偶然性因素，不能全然歸咎予社會因素或特定時代的體制，但是他的貧困——至少其無法脫貧——是因為當時社會的經濟結構與歷史條件的影響所致。例如，小說起頭的第四段寫到：

> 得參十六歲的時候，他母親教他辭去了長工，回家裡來，想租

---

30 1922年，由費德（Jacques Feyder）執導的《坎坷鄉兒》（*Crainquebille*）同名影片中，改編了劇情，讓主人翁在結尾時得到一位小男孩的同情相助，而有了重生的希望，這樣圓滿化的溫馨結局純是為了撫慰大眾，實也欠缺說服力。

幾畝田耕作，可是這時候，租田就不容易了。因為製糖會社，糖的利益大，雖農民們受過會社刻虧、剝奪，不願意種蔗，會社就加「租聲」向業主爭，業主們若自己有利益，那管到農民的痛苦，田地就多被會社租去了。若做會社的勞工呢，有同牛馬一樣，他母親又不肯，只在家裡，等著做些散工。[31]

就很清楚地呈現了具體的時代背景（官方的糖業政策與製糖會社的出現）以及經濟因素的影響（製糖會社提高地租向地主租地，從而使佃農付不起高額租金而無地可耕），讓秦得參這種一般小農階級無法租田耕作，只能以打零工度日，而無脫貧翻身的機會。正是在此種情形下，再加上秦得參成家後育有一子一女，為維持家計，他只能重度勞動，因而體力負荷過重致身體虛弱，使他染上疾病。且又因現代醫療不普及，真正能根治瘧疾的西醫診療花費過高，秦得參又未能幸運地遇上如賴和一般肯讓病人賒欠費用的仁心仁術的醫師，只得以偏方草藥拖治病體[32]。因此，當年末「尾衙」（小說中的用語，現一般通寫為「尾牙」）即將到來，秦得參只好去街上賣菜，以求度過年關。

　　從小說結構的角度來看，全文近三分之一的篇幅都在說明秦得參的生平，這樣的鋪陳似乎有些冗長，但是對賴和來說，唯有如此才能解釋為何秦得參這位農人沒有屬於自己的田地，或為何不去租佃一塊農地，日出而做、日落而息在家種田，而非得去市場賣菜不可。由此，我們即可看出〈一桿「稱仔」〉與〈克拉格比〉在敘事順序

---

31 《賴和全集（一）小說卷》，頁44。

32 〈一桿「稱仔」〉裡的敘說是：「翌年（按，秦得參22歲那年），他又生下一女孩子。家裡頭因失去了母親，須他妻子自己照管，並且有了兒子的拖累，不能和他出外工作，進款就減少一半，所以得參自己不能不加倍工作，這樣辛苦著，過有四年，他的身體，就因過勞，患著瘧疾，病了四五天，才診過一次西醫，花去兩塊多錢，雖則輕快些，腳手尚覺乏力，在這煩忙的時候，而又是勤勉的得參，就不敢閒在家裡，亦即耐苦到田裡去。到晚上回家，就覺得有點不好過，睡到夜半，寒熱再發起來，翌天也不能離床，這回他不敢再請西醫診治了。他心裡想，三天的工作，還不夠吃一服藥，那得那麼些錢花？但亦不能放他病著，就煎些不用錢的青草，或不多花錢的漢藥服食。雖未全部無效，總隔兩三天，發一回寒熱，經過有好幾個月，才不再發作。」《賴和全集（一）小說卷》，頁45-46。

（ordre narratif）安排上的差別，以及在文學觀上的重大區別：即在人物性格的塑造上，賴和較傾向由歷史、社會乃至經濟的具體因素觀照；法朗士則從「自然性」和相對較單純化的社會環境著眼。

　　兩篇小說的戲劇性衝突點亦不盡相同。儘管表面看來，兩位主人公都是菜販，且皆遭受司法不公的迫害，從而生活大受影響，但是克拉格比是因為一句他未曾說出口的話[33]，被誣指辱罵警察而遭判刑，秦得參則是由於不了解巡警索討青菜的暗示，惹惱了他而被控使用不合法的「稱仔」（提秤）。基本上，指控克拉格比的警察並非出於私利，只是有點「小題大作」，對照後來克拉格比真的以同樣一句話罵另一位警察卻完全無事，更可見法律的隨機性與不一致性；至於折斷秦得參所用稱仔的巡警，則是完全為私利且恣意而為。因此，兩則事件雖然都與語言有關，但是反映出的問題與涉及的層面卻有所不同；也因為這樣，兩位作家採取的書寫策略亦各有千秋。

　　在〈克拉格比〉當中，那句「該死的母牛！」語意並不曖昧模糊（儘管翻譯成中文，因文化的隔閡，使人不太能確定其意涵，但仍多少可知有咒罵的意思，而後又有律師在庭上大加闡釋），有爭議的只是到底克拉格比有沒有說過這句話。64號警察堅持說有，法庭則因被告職業階級，便心證已成，做出判決。儘管有一名紳士仗義作證，但對法庭來說，真相不如維護權威來得重要，便採信警察之證言。是以，通篇小說法朗士刻意以反諷的方式敘說，以揭示司法並未真正公平對待每位公民，甚至是以歧視下層人民的威權與獨斷心態在判案。至於〈一桿「稱仔」〉，秦得參真正獲罪的緣由並非那「一桿稱仔」，而是他不懂巡警索討青菜的曖昧言詞，未積極奉承有權勢者。小說中的敘述是這樣：

---

33 張恆豪的〈覺悟者──〈一桿「秤仔」〉與〈克拉格比〉〉一文中提到，克拉格比「遭到64號警察驅趕，後來只因咕噥了幾句『該死的母牛』，被警察認為是污辱」云云（前引書，頁225）。此處轉述不太準確，在原著中克拉格比事實上並未說出這句咒罵的話。

這一天近午，一下級巡警，巡視到他擔前，目光注視到他擔上的生菜，他就殷勤地問：

「大人，要什麼不要？」

「汝的貨色比較新鮮。」巡警說。

得參接著又說：

「是，城市的人，總比鄉下人享用，不是上等東西，是不合脾胃。」

「花菜賣多少錢？」巡警問。

「大人要的，不用問價，肯要我的東西，就算運氣好。」參說。他就擇幾莖好的，用稻草貫著，恭敬地獻給他。

「不，稱稱看！」巡警幾番推辭著說，誠實的參，亦就掛上「稱仔」稱一稱說：

「大人，真客氣啦！才一斤十四兩。」本來，經過秤稱過，就算買賣，就是有錢的交關，不是白要，亦不能說是贈與。

「不錯罷？」巡警說。

「不錯，本有兩斤足，因是大人要的……」參說。這句話是平常買賣的口吻，不是贈送的表示。

「稱仔不好罷，兩斤就兩斤，何須打扣？」巡警變色地說。

「不，還新新呢！」參泰然地回答。

「拿過來！」巡警赫怒了。

「稱花還很明瞭。」參從容地捧過去說。巡警接到手裡，約略考察一下說：

「不堪用了，拿到警署去！」

「什麼緣故？修理不可嗎？」參說。

「不去嗎？」巡警怒叱著。「不去？畜生！」撲的一聲，巡警把「稱仔」打斷擲棄，隨抽出胸前的小帳子，把參的名姓、住

處，記下。氣憤憤地，回警署去。[34]

　　其實嚴格說來，秦得參並非不懂奉承「大人」，他一開始也主動要「恭敬地獻給他」，他只是不理解官場文化中欲迎還拒的姿態，以及「意在言外」的暗示。更深一層來說，官員表面不能索賄或收取不法利益，因此只能「被動」接受賄賂或「收禮」，且亦需經過一番推托，以示是在對方「盛情難卻」的情形下，方「不得不」收下。所以，當巡警說「不，稱稱看！」時，並非意謂字詞的通行所指，真的祈使秦得參秤量花菜，而是要他衡量官場「語境」（context），以理解其真實意向，即期待秦得參再次「恭敬獻上」。奈何「誠實的參」非官場中人，不能充分理解當中的「弦外之音」，從而接續以對等且兼顧人情的商業交易語言與巡警對話，告訴他多少斤兩，且有些許折讓。敘事者在此更以「後設語言」（metalingual）的方式，解釋秦得參的動作與話語，僅是遵循一般交易往來的常規，例如：「本來，經過秤稱過，就算買賣，就是有錢的交關，不是白要，亦不能說是贈與」，以及「這句話是平常買賣的口吻，不是贈送的表示」。可以這麼說，這裡呈顯的是官場語言與市場語言兩種話語模式的並立，以及不能相互溝通而起的衝突。事實上，巡警並非不明白秦得參所講的市場語言，只是他始終堅持著官場語言的話語模式，因為此種話語模式所遵循的是權力邏輯，是上位者以曖昧的言詞與姿態間接傳達其需索，下位者則需「揣摩」其「潛台詞」，以順應其真實意向[35]。巡警自不願「降格屈就」以平等的買方身分與賣方對話，衝突——更準確地說，是強權者對無權者的直接逼迫——自然發生。是以巡警辱罵秦得參「畜生」，將其貶抑為非人，以宣示絕對的宰制關係。最後，更

---

34 《賴和全集（一）小說卷》，頁48-50。

35 在此或可試舉一則雙關語的玩笑作為例證對照：據傳曾有一位主管人事任命之主者者，每當有人向他關說人事案時，他便回以：「你怎麼不『提前』來說？」此處所云到底是「提前」還是「提錢」，便需聽者自行揣摩判斷。

把交易用的稱仔打斷擲棄，以暴力性的姿態徹底否定市場語言的對等對話的可能性。

## 四、為何「稱仔不好罷」？

當然，賴和選擇以〈一桿「稱仔」〉為題，亦有其深意。一般認為，這裡的「稱仔」具有「法」的象徵意涵。但是，我們先要問：在故事中，這把稱仔的作用與情節上的意義為何？其次，在故事裡的時代背景，稱仔及相關的度量衡制度的社會脈絡為何？再來我們才要問，作為一種衡平工具的稱仔，在小說中若確實具有法的象徵意涵，則賴和對法的設想與期待究竟為何？

小說中這桿稱仔是秦得參使用的重要交易工具，且是他向鄰家借來的，連同他賣菜的本錢亦是向妻子娘家告貸所得，由此即可看出秦得參得以經營小本生意，是靠著鄰里與親族的人情網絡的幫助，因此當稱仔被折損，對他來說是重大且幾乎難以承受的打擊，故相對他對巡警的恨意也更強。這桿稱仔在小說情節的推進上，的確具有相當的重要性。那麼，為何秦得參不自己買一桿稱仔？因為，他買不起，也賠不起。小說裡提到，秦得參曾心想：「要買一桿，可是官廳的專利品，不是便宜的東西，那兒來得錢？」[36] 這裡，我們亦可再次看到賴和對社會乃至經濟面向的具體觀照。稱仔對一般農家來說不是便宜的東西，是因為官方壟斷了度量衡器具的製造、修繕與販賣。此項官營度量器具之政策，亦有其歷史背景：總督府編纂之《台灣事情》提到，「一向通行於台灣之度量衡，皆為中國式，其種類多種多樣，其器物之製作修復，亦儘委諸民間之隨意，故其地不同則其器其量皆異」[37]，故1895年起，開始輸入與販賣日本式的度量衡器，1900年公

---

36 《賴和全集（一）小說卷》，頁47。

37 台灣總督府編，《台灣事情（昭和3年版）》，頁420-421。轉引自矢內原忠雄，《日本帝國主義下之台灣》（台中：台灣省文獻委員會，1977），頁30。

布、翌年實施台灣度量衡條例，改正統一為日本式，1903年底止，禁止舊式度量衡使用，1906年4月起，度量衡器之製造修復及售賣，都歸官營。[38] 表面看來，度量衡的統一代表了社會的進步，亦使商品流通更加方便。但是，實際政策的執行卻可能擾民，小說裡就提到：

> 因為巡警們，專在搜索小民的細故，來做他們的成績，犯罪的事件，發見得多，他們的高昇就快。所以無中生有的事故，含冤莫訴的人們，向來是不勝枚舉。什麼通行取締、道路規則、飲食物規則、行旅法規、度量衡規紀，舉凡日常生活中的一舉一動，通在法的干涉、取締範圍中。[39]

更且，統一度量衡的目的其實不在方便民生，而是為了便於殖民體制，以及殖入資本主義經濟。當時日本經濟學家矢內原忠雄即直言：

> 為商品經濟，即資本主義經濟之確立與普及，度量衡及貨幣，不但當成立，且當使其制度確立普及與統一。蓋為商品流通軌條之此等制度，於其構造上，於其軌幅上，亦隨其被統一範圍之大，而商品流通益見圓滑活潑。是以當一國之資本主義化其殖民地也，不單統一確立殖民地社會之度量衡及貨幣制度，而且於可能範圍內欲使之統一於本國之制度，蓋屬當然。由此，殖民地遂在資本主義的意義上成為本國之一部，而本國與殖民地包括於同一之經濟領土。而此情形在台灣，亦業經完全實現。[40]

---

38 參見矢內原忠雄，《日本帝國主義下之台灣》，頁30。
39 《賴和全集（一）小說卷》，頁47-48。
40 矢內原忠雄，《日本帝國主義下之台灣》，頁30。

因此，從屬於殖民現代性環節之一的度量衡統一，雖有益於市場運行的邏輯，但真正得利最大的仍為殖民者與資本家。就此意義而言，主導的仍是權力的邏輯。況且，交易買賣是否公平透明，和度量衡制度統一與否實無必然關聯，而在於有無欺瞞行為。就像我們目前在市場上，台斤、公斤乃至英鎊皆可見，亦無礙於交易往來，唯有標示不實或偷斤減兩（抑或黑心商品）方才破壞市場機制。〈一桿「稱仔」〉裡秦得參使用的稱仔其實也是新的，「稱花還很明瞭」，故應該亦符合當時的度量衡「規紀」。只是因巡警基於其權力邏輯，不容一名小販與他進行平等的交易行為，才藉故說這桿稱仔不堪使用，將秦得參送辦治罪。

　　在小說中的稱仔之所以價昂讓小販無法自行購得，以及可能成為警察取締的藉口，皆與上述作為殖民地的台灣之資本主義化與「內地化」有著密切關聯，賴和亦藉此呈現政治與經濟因素對市井小民的日常生活的深切影響。更進一步說，稱仔本身作為一種商品，並不是基於透明清楚的市場機制，因為它是被官方所壟斷流通的。而像秦得參一般的小販，持有一桿稱仔之後，卻依然以誠實的作為，進行著透明、公平與對等的商業交易，以稱仔兩端的平衡狀態為買者與賣者雙方做清楚的見證。且如前述，秦得參所言亦為明晰且毫無欺瞞意圖的市場語言，相對巡警則是使用曖昧模糊的官場語言——此種話語模式之所以充滿曖昧性，乃因其只求私利之意圖不可明白告人，且必要時亦可扭曲詮釋，「硬拗」成對己有利。由此我們或可說，賴和所期望的法律應如秦得參手中的稱仔一樣，對等、公平且有清楚的規範可遵循，而非曖昧模糊的，只能任由強權者恣意詮解[41]。是以，賴和對殖

---

41 中國律師滕彪曾直言：「從大的環境來看，就是整個的司法還不獨立，法律系統還沒有完全從政治系統中分離出來，一旦涉及到政治性的案件，就根本不要指望他們講法律。」他自身即曾因維權行動被逮捕，遭中國警方暴打和恐嚇。當時員警對他說：「這就是敵我矛盾，我們就不和你講法律了，你能怎麼著。」見2010/12/27「德國之聲」專訪，〈維權律師滕彪曝光中國員警違法行為〉，http://www.dw-world.de/dw/article/0,,14738959,00.html（2010/12/28瀏覽網頁）。可見，在強權者支配下，仍是由權力邏輯主導，由他們認定「敵我」，從而「不和你講法律」，徹底否定對等與公平的法律基礎。

民者法律的批判，並非基於守舊保守的民族主義的立場，只因其違反傳統或破壞「國粹」便加以反對。他是以啟蒙精神的理性主義為立足點，追求明晰且公平的法律，抨擊強權宰制弱者之扭曲的惡法。[42]

　　說到這裡，我們也該回頭來看看賴和本身在小說中所使用的語言。他的語句不也很明晰嗎？這種質樸的白話文不是正好適應其寫實意圖，並且呼應這種認可澄澈透明價值的語言觀嗎？賴和本身也曾是寫作古典漢詩的能手，但他在創作小說時卻毅然使用白話文，甚至寫入台語文句，這種「我手寫我口」的嘗試，追求「言文一致」的語言透明性，拋開文言文的複雜稠密及其意義的不確定性，不正與他的思考邏輯相一致嗎？賴和之所以被尊為「台灣新文學之父」，不僅在於他以白話文進行文學創作的開拓性嘗試，或他的寫實主義的社會透視性，更在於他為台灣文學引入啟蒙的理性精神，以明晰且持平的角度剖析本土人民的生活，從而批判強權者之不公不義。基於此精神之創作，實為台灣文學和世界文學共有之普世價值的表現，〈一桿「稱仔」〉與〈克拉格比〉的互通性，或可如是觀之。

---

42 我們不要忘了，啟蒙運動的外文拼寫，不論法文的Lumières、英文的enlightenment、德文的Aufklärung或義大利文的Illuminismo，皆與光明之字根有關，因而都有光照、明亮、使明晰或使清晰的意涵在。因此，追求語言和法律的明晰性，適足以顯示賴和思想中的啟蒙精神，而其堅持公平、平等、理性審視事物，以及反對傳統文化中的非理性陋習（如其小說〈鬥鬧熱〉對好面子的舖張民俗的批評），更可看出其深受啟蒙理性主義的影響。

# 參考書目

賴和原著，林瑞明編，《賴和全集（一）小說卷》，台北：前衛，2000。

林瑞明，《台灣文學與時代精神——賴和研究論集》，台北：允晨，1993。

陳建忠，《書寫台灣·台灣書寫：賴和的文學與思想研究》，台北：春暉，
2004。

江伙生、蕭厚德，《法國小說論》，武漢：武漢大學出版社，1994。

錢林森，《法國作家與中國》，福州：福建教育出版社，1995。

余中先編，《二十世紀外國短篇小說編年·法國卷》，北京：人民文學出版
社，2002。

矢內原忠雄，《日本帝國主義下之台灣》，台中：台灣省文獻委員會，
1977。

張恆豪，〈覺悟者——〈一桿「秤仔」〉與〈克拉格比〉〉，收於江自得
編，《殖民地經驗與台灣文學：第一屆台杏台灣文學學術研討會論文
集》，台北：遠流，2000。

France, Anatole, *Oeuvres III*, Paris: Gallimard, 1991.

# 從《人間喜劇》到《紅樓夢》──
## 虛幻下的寫實

甘佳平[*]

## 摘要

　　表面上，《人間喜劇》和《紅樓夢》看似遙遠無交集，但若細心觀察比較，即會發現這兩部東西方的經典文學著作存有幾個異曲同工之處。的確，除了寫實作品外，《人間喜劇》還不乏奇幻、哲理性等小說，巴爾札克的目標是一名以「理想美學」為準則的「小說家」，而不是只能照本宣科的「歷史家」；相同的，《紅樓夢》也並非只有反應「人生如夢」的虛無片段，曹雪芹的「滿紙荒唐言」裡除了有他一言難盡的苦衷外，似乎也有不少他對當時社會的影射與批評。

　　若以寫作技巧來做進一步比較，我們可以在《人間喜劇》的代表作之一──《驢皮記》──裡找到許多可以與《紅樓夢》相比較的地方。例如，兩部小說都是由一段虛幻，類似於「神話」的故事開始，漸漸導入現實生活的種種問題。除了可以實現藝術美學、增強小說的哲理性之外，這虛實交插的寫作手法也似乎還有其特殊用意。的確，藉由「虛幻」的假象，作者似乎可以更不著痕跡地表達自己內心的想法。此外，透過與美好神話的對照，作者還可以更不費力地呈現出人性墮落、社會混亂、政治黑暗等問題。

　　因此，雖然這兩位政治、文化及教育背景相差懸殊的作者會選擇以「虛實交插」的手法寫作的原因不盡相同，但是，他們的擔憂及對國家社會的用心卻是可以相互媲美的。

**關鍵詞：**巴爾札克、曹雪芹、《人間喜劇》、《紅樓夢》、寫實

---

＊中央大學法國語文學系助理教授

# 法文摘要

De prime abord, il semble exister peu de chose en commun entre *La Comédie humaine* et *Le rêve dans le pavillon rouge*. Toutefois, notre travail va montrer que Balzac et Cao Xueqin ont non seulement travaillé sur le même type de sujet, mais qu'ils ont en plus emprunté le même processus de réflexion narratif : une légende populaire précède une critique acerbe de la société. Ce décalage témoigne de l'engagement de deux écrivains emblématiques de leur temps et de leur civilisation.

**Mots-clés:** Balzac, Cao Xueqin, *La Comédie humaine, Le Rêve dans le avillon rouge*, réalisme

# 前言

在完成了博士論文——《巴爾札克的貴族政治觀》——後，希望可以藉由「貴族」一議題將法國文學和中國文學銜接起來。不過，要找出一本適當的中文比較文本並不是件簡單的事。因為，巴爾札克的《人間喜劇》並不是一本輕薄的小說，而是一部包含了一百三十七部作品的巨大作品集。其中，光是小說部分就有九十六本著作。依寫作內容分為三大部分：《風俗研究》、《哲理研究》和《分析研究》。在這三類研究裡，又以《風俗研究》的創作最為重要，可依故事情節再細分為六小類：《私人生活場景》、《外省生活場景》、《巴黎生活場景》、《政治生活場景》、《軍隊生活場景》、《鄉村生活場景》等。再者，《人間喜劇》的主題包羅萬象也是一個令人頭痛的問題。從愛情、親情到政治、社會問題，無一不談。

在顧及寫作手法、主題及年代等問題後，我們決定從明清時期的「中國古典文學四大名著」[1] 中來挑選一本適當的作品。其中，與其他小說比起來，《紅樓夢》（*Le rêve dans le Pavillon rouge*）似乎多了一層「寫實」的色彩，成功地跳脫了中國古典小說慣有的傳奇神化氛圍。除此之外，就主題和寫作手法來看，《紅樓夢》也和《人間喜劇》有類似之處。曹雪芹和巴爾札克都對周遭生活觀察入微，筆下人物無論是市井小民或是達官顯貴，無一不顯得活靈活現：「曹雪芹[……]有巴爾札克的洞察和再現包括整個社會自下而上的各階層的動力。」（胡文彬 76-80）雖然兩部作品涉及的社會階層非常廣泛，但就整體而言，《紅樓夢》將重心放置於一個清朝貴族家庭的興衰盛亡上，與《人間喜劇》將重心放置於法國貴族的衰敗上是有所雷同的。最後，就寫作時間來看，雖然《紅樓夢》確切的寫作時間仍有待考證，但就目前找到的最早的手抄本看來（1754年，又稱「甲戌本」），

---

1 《三國演義》、《水滸傳》、《西遊記》、《紅樓夢》。

一般認為，《紅樓夢》的寫作時間始於1742年至1764年左右。若以此做為標準，我們發現，《紅樓夢》與《人間喜劇》的寫作年代實為相當接近，最多相差八十七年，最少才相差六十五年。[2]

的確，就外在條件而言，《紅樓夢》與《人間喜劇》仍是有些差別的。不過，雖然《紅樓夢》沒有二千六百多位人物，也沒有近百本的小說，但是《紅樓夢》的架構完整，共有一百二十回合，[3] 在上千頁的敘述裡，出場人物高達七百二十一人，整部著作更是費時長達十多年（由一百多部作品組合而成的《人間喜劇》也不過花了約二十年完成：1829-1848），實為作者嘔心瀝血之作。再且，《紅樓夢》雖有一半場景是發生在大觀園裡，但人物個個栩栩如生，其複雜的人際關係及伴隨而來的社會問題也絕不亞於《人間喜劇》的深度。因此，《紅樓夢》在中國小說界裡一直佔有一席重要地位，甚至被公認為小說藝術頂峰的最佳代表作品，它在中國的地位可比擬《人間喜劇》在法國的重要性。以胡蘭成為首的三三紅學甚至認為「在《紅樓夢》之後就不再有好小說了」（胡蘭成 19）。

除此之外，曹雪芹和巴爾札克還有另一個寫作的共通點：注重人物內心的刻劃。在兩位小說家的筆下，人物個個性格鮮明，感情豐富，敢愛敢恨，同在一個複雜的大環境裡竭力地求生存。《紅樓夢》的人物反映出封建主義下繁瑣的社會規矩，《人間喜劇》的人物則是被迫在一個資本主義興起的「後革命社會」（société post-révolutionnaire）裡求生存。因此，無論是封建主義也好，資本主義也罷，人們似乎都有說不盡的苦。在作者們敏銳的觀察下，寫作似乎不再只是文學的表現，《紅樓夢》和《人間喜劇》不約而同地被冠上

---

2 我們是以1829年為計算單位。在這一年，巴爾札克第一次以他的真實姓名發表作品：《舒昂黨人》（*Les Chouans*）。有關年代的補充說明，請參考註3。

3 《紅樓夢》的確有一百二十回，但今日一般人認為只有前八十回是曹雪芹的著作，後四十回是高鶚和程偉元在1788-1791年間的著作。若我們接受這個看法，那麼，《紅樓夢》的完稿時間和《人間喜劇》的寫作年代才相差了約四十年的時間。

「社會百科全書」的美稱，其文學價值、代表意義及作品深度實為伯仲之間，值得進一步研究。

然而，將《人間喜劇》與《紅樓夢》相提並論，有人贊同，也有人反對。例如，中國學者王進駒在其論文〈曹雪芹「不像」巴爾札克〉一文中就表示，《紅樓夢》與《人間喜劇》的「差別之大是顯而易見」。為了證明其觀點，王教授將其論點放置在寫作技巧上。對他而言，無庸置疑，《紅樓夢》沒有《人間喜劇》來得寫實，在這看似鉅細靡遺的描寫裡常是令人「無朝代年紀可考」。曹雪芹對故事的時間背景交代模糊，以致於紅學專家們至今仍無法確切地斷定《紅樓夢》的描寫年代：

> 《紅樓夢》確實沒有以當時社會的主要矛盾和時代最突出的問
> 題作為描寫內容。它結合著貴族大家族的盛衰變化，寫一個貴
> 公子的人生經歷和一群少女的悲劇命運的故事，我們很難說只
> 能發生在哪一具體的時期之內。（王進駒 170）

的確，曹雪芹和巴爾札克確實有不同地方。簡單來說，曹雪芹力求將「真實隱去」，巴爾札克則是剛好相反。在期許自己能成為史上第一個「風俗歷史家」（historien des mœurs）的同時，巴爾札克希望可以透過小說將社會風俗民情都抄錄下來，讓後人能夠對他的時代有充分的了解。因此，巴氏小說常會清楚地記載故事的時間、地點，人物的身分等，讓讀者能夠快速地進入情境。就此看來，王教授的論點似乎有其道理所在，《紅樓夢》的描寫的確有不清楚之處。只是，這樣一個「關鍵問題」想必曹雪芹（就姑且認同胡適，相信曹為《紅樓夢》之作者）自己也一定知道。那麼，為什麼在經過長達十多年，將近二十年的撰稿及修改後，作者會選擇以一個「模稜兩可」的方式來表達他的作品呢？此外，曹雪芹似乎是從家道衰落後就開始閉門寫作，一直到臨終前才總算完成了這部對他來說格外重要的作品。因

此，照常理來說，他應該是非常謹慎，校正了無數次所有的細節才是。而且，別忘了，《紅樓夢》的抄本在正式完稿流通前就已被曹雪芹的親友多次借閱、校正過了，所以，若時代不清真的是一個「問題」的話，也應早就被注意到了才是。

因此，本論文想從此問題做切入點，對《紅樓夢》的虛與幻做進一步的討論，在試著了解這個現象形成的原因之餘，試著與《人間喜劇》的寫作手法及部分小說做相關性的結合比較。

## 一、《紅樓夢》、《人間喜劇》的虛幻和寫實

為什麼《紅樓夢》會時空模糊、曹雪芹會需要「有意隱去」故事的年代呢？可能的原因有很多，我們可列舉出其中三個來說明。

第一，政治因素。在〈凡例〉一文中，作者提到：「此書不敢干涉朝廷。凡有不得不用朝政者只略用一筆帶出，蓋實不敢以寫兒女之筆墨唐突朝廷之上也……」。[4] 由此可見，曹雪芹似乎有難言之隱，在他一再強調《紅樓夢》只是一部單純的愛情小說的背後，我們似乎隱約感受到「此地無銀三百兩」的窘境，讓人無法相信《紅樓夢》裡所有的政治影射只是一個巧合的「意外」。的確，若從寫作朝代來看，《紅樓夢》的撰寫年代正值「康乾盛世」（1681-1796）。在滿人入關後，漢人仍保有自己的文化與文字，因此，為了防止一些民族自尊心強盛的文人（漢人）暗中鼓吹「反清復明」的想法，清朝皇帝們不得不大興「文字獄」來堅固他們的政權。可以想像的，越是「盛世」，「文字獄」的處罰越是嚴苛。根據估計，「康乾盛世」是中國史上「文字獄」最盛行的時期，駭人聽聞的大小案件共有二百多件。面對毫無人性的嚴刑峻法，文人們不敢大意，深怕一個不當的字詞換

---

4 〈凡例〉一文出現在「甲戌本」的卷首處。在《紅樓夢》眾多的抄本裡，唯獨甲戌本裡有〈凡例〉一文。此文裡共載明五條事項，計七百一十字，針對《紅樓夢》的寫作想法再做解釋。一般認為，〈凡例〉的作者就是曹雪芹本人，但這說法至今仍無法確認。無論作者是誰，都不影響這段話的意義。

來了「抄家滅族」，甚至「開棺戮屍」的殘酷懲罰。因此，在如此一個特殊的歷史背景之下，或許《紅樓夢》的「虛」裡藏有一個曹雪芹無法宣告世人的祕密。

第二，藝術哲學考量。受到儒、道思想的影響，曹雪芹似乎以「假作真時真亦假，無為有處有還無」做為他的創作宗旨，力求讓作品呈現出一種介在虛與實間的美感。在第一回合的〈楔子〉裡，他就曾表示，《紅樓夢》是一部將「真事隱去」的作品，他之所以會選擇甄士隱（真事隱）、賈雨村（假語村言）做開場人物也正是因為他想讓讀者清楚明白此書的本旨：「夢」、「幻」。

只是，雖是這麼說，曹雪芹的敘述卻也不是全然無跡可尋。《紅樓夢》以對清朝日常生活的描寫聞名，它對貴族家庭、節慶禮儀、封建體制、法治運用等的討論一直是相關研究學者的重要參考指標之一。它對中國社會、歷史的貢獻是一個不爭的事實，它的寫實程度也可見一斑。

因此，我們可以提出第三個理由來解釋這個虛假真實的寫作手法：創造「自由」。在強調作品虛幻色彩的同時，曹雪芹似乎可以更自由地在自己預定的「虛幻」空間裡暢所欲言。在看似描寫風花雪月、兒女私情的作品裡，加入個人見解，影射當代混亂的政治，讓一切都在這「滿紙荒唐話」中模糊帶過。周昌汝就曾說道：「曹雪芹以荒唐言為表層（亦諧亦莊，障目避禍），寄寓了他的一腔絕大的哲思至理。」（周汝昌 1997: 34）文學賞析大師胡蘭成也有和我們類似的想法：

> ……《紅樓夢》的滿紙荒唐話，然而沒有比這寫得更真的真情實事，惟文章之力可寫歷史的事像寫的是今朝的一枝花。[……] 法國小說家巴爾札克的寫實不如《紅樓夢》的寫實。（胡蘭成 63）

很明顯的，胡蘭成的結論和王進駒教授的看法有出入。對胡蘭成而言，《紅樓夢》的「寫實」層面是毫無疑問的。不過，胡蘭成也追加解釋，這寫實手法並不是一種精確的「科學方法」，也不是一種概況的「數學方法」，而是一種重於意象、情境的「文學的描寫方法」（胡蘭成 64）。因此，就此來看，曹雪芹的寫實比起巴爾札克是有過之而無不及。而這樣了不起的藝術成就，似乎正是得歸功於《紅樓夢》的「無時間性」！胡蘭成解釋，排開了時間、空間上的拘泥，曹雪芹細膩的寫作手法讓讀者有身歷其境的感受，讓人有一種「想像起來很洪荒，然而讀起來又覺得像是今天事」的錯覺享受。因此，王進駒認為是個「問題」的地方，在胡蘭成眼中，反變成了曹雪芹最高文學藝術表現的證明。

此外，胡蘭成這席談話還印證了兩件事情。第一，《紅樓夢》與中國歷史緊緊結合在一起，曹雪芹的「滿紙荒唐話」似乎影射了不少當時的政局。第二，雖然曹雪芹的寫實手法與巴爾札克有所不同，但兩人對周遭生活的用心卻似乎可以拉近他倆人間巨大的空間距離，值得研究比較。

沒錯，若換個角度，我們會發現，將《人間喜劇》的百餘部作品全都歸類為「寫實作品」是一種相當籠統的做法。《人間喜劇》的《風俗研究》的確觸及到了不少的「寫實」題材，例如：貴族勢力的衰弱、中產階級的崛起、金錢的橫行及人性的情感等（野心、親情、愛情、友情等）。但是，嘗遍各類型寫作題材的巴爾札克對寫實似乎並不是那麼地貫徹始終。在他二十多部《哲理研究》的作品中，我們可以清楚地觀察到這個現象。1831年出版的《紅色旅館》（*L'Auberge rouge*）屬於偵探型小說；同年出版的《驢皮記》（*La Peau de Chagrin*）和1835年出版的《改邪歸正的梅莫特》（*Melmoth réconcilié*）為兩部奇幻性小說；1832年出版的《路易・朗培》（*Louis Lambert*）及1834年出版的《賽拉菲達》（*Séraphita*）則是兩部以討論「神祕主義」（mysticisme）為主，對超自然現象反思的哲理性小說。因此，

在立志以「科學」方式寫作，將社會各階層人物面貌以版畫方式刻劃出來的同時，巴爾札克並不是只是一名「寫實作家」（écrivain réaliste），還是一名有豐富想像力及驚人創造力的「小說家」（romancier）。

此外，在《人間喜劇》的〈前言〉（Avant-propos）裡，在解釋《人間喜劇》的創作理念的同時，巴爾札克很清楚地強調哲理性作品的重要性。他表示，不同於其他小說家，他的小說並不只停留於抄錄社會的階段，他還力求自己做到了分析與統整的工作，以一個有系統、有深度的方式來寫作。換句話說，光有《風俗研究》是不夠的，還需要有《哲理研究》及《分析研究》來深入探討主題。亦是說，對巴爾札克而言，描寫社會，其實只是《人間喜劇》的一個部分。他的目標是以哲學、科學化的方式來分析社會，將社會問題理論化、系統化，讓自己成為最成功的「思想家」（penseur），流芳百世。因此，在一心想成為哲理家、思想家的同時，巴爾札克間接地否認了他「寫實作家」的地位。這或許也是為什麼會有人批評他的作品過於「道德化」（moraliste），與現實偏離的原因之一（〈前言〉15）。

那麼，巴爾札克又是如何定義他自己的工作呢？他強調，他是個小說家而不是個歷史家。這兩種職業有很大的不同：「歷史不像小說，以理想美學為準則。」（〈前言〉15）[5] 所以，巴爾札克坦承，在以「理想美學」（le beau idéal）為終極目標的情況下，身為小說家的他是可以對故事內容或結構做適當修改的（je suis plus libre）。換句話說，在追求「理想美學」的前提下，「寫實」與否並不是那麼地重要。

除了試著將寫作內容系統化，以「理想美學」為主外，巴爾札克似乎還有其他的寫作原則。他談到，「作家的角色讓他和國王一樣重

---

5 筆者譯。« L'histoire n'a pas pour loi, comme le roman, de tendre vers le beau idéal. »

要，甚至讓他比國王來得更重要」（〈前言〉 12）。[6] 因為，不同於國王有政權輪替的問題，作家可以藉由永垂不朽的好作品，深深影響社會百姓。因此，一個好的作家必須要有責任感，懂得善用自己的文筆，為國家社會盡到自己最大的本分。藉由作品傳遞思想，引導讀者百姓走向光明大道，讓國家能有一個穩定富強的未來。不過，若要想完善此工作，作者還需對政治社會問題有明確的見解與體認，在「將自己視為人民的教育者」（〈前言〉 12）[7] 的同時，只忠心於有益國家、社會思想原則（un dévouement absolu à des principes）。因此，在以此原則為前提的情況下，飽受當代報章雜誌抨擊的巴爾札克不畏撻伐的聲浪，不怕被指責嘲笑為一位思想老舊封閉（rétrograde）的作家，公開承認他的兩個寫作準則：宗教及君王主義（la Religion, la Monarchie）──兩個以「穩定」為終旨的專制力量。在思想方面，他表示他將向伯蘇威（Bossuet）及伯那得（Bonald）兩位保守思想家看齊，力以和平理性的方式勸導人民放棄對假象自由的追求。讓人民相信選賢與能，不過是一些野心勃勃的革命家所想像出來欺騙無知人民的藉口。

由此可知，巴爾札克自我賦予的責任感讓他不僅是個小說家、思想家，還是個政治家。他的使命感讓《人間喜劇》的「寫實」多了一層「政治」意義。因此，在敘述社會問題的同時，巴爾札克不會只停留於表面的描寫，他會適時地加入他個人的分析與見解，甚至在小說中實現他的個人理想（創造一個穩定和平的未來），讓作品更有意義。這也是為什麼巴爾札克的第一部成名著作《舒昂黨人》會從一部歷史小說轉身變成一部具濃厚政治意味的小說，從一部寫實小說變成一部浪漫小說的主要原因。

「舒昂黨起義」（la Chouannerie, 1791-1832）形成的原因是法國

---

6 筆者譯。« La loi de l'écrivain [...] le rend égal et peut-être supérieur à l'homme d'État. »

7 « Un écrivain [...] doit se regarder comme un instituteur des hommes. »

大革命後，一些離巴黎較遠的西北沿海一帶居民一時無法接受君主入獄、下台的巨大改變而引發的暴動。在一些別有用心的神職人員的鼓吹之下，這些沒有受過教育的農民百姓起義保皇，攻打革命軍，形成人民對打的混亂內戰局面。在閱讀相關史料記載後，巴爾札克決定將這段慘痛的歷史拿來做小說題材。但是，已有十多年寫作經驗的他知道，若能再加附一段愛情故事，小說將更能吸引人。經過一番思考後，他傾向插入一段可以反映出歷史問題的愛情故事。因此，在得知保皇黨（les légitimistes）即將派遣出一名年輕又英俊的侯爵前往戰場，統一帶領舒昂黨軍團的時候，共和黨軍（les républicains）也不甘示弱地選派出一位美麗優雅，擁有一半貴族血統的神祕女子當間諜，引誘侯爵步入陷阱。然而，美麗的間諜將義無反顧地愛上英俊的侯爵，在歷經幾番波折後如願地嫁給了侯爵，成為侯爵夫人。表面上，這故事並無特別之處，將歷史與愛情做結合是大多數作家都想得到的題材，女間諜愛上難纏的敵手也是一齣老掉牙的戲碼。不同的是，這樣的戲劇性轉變並沒有一個如童話般的美好結尾，這段婚姻將只維持一夜之久（un jour sans lendemain）。

因此，很明顯的，這段有關洞房花燭夜的描寫並不是只是一段單純的浪漫故事。這兩個願為愛拋棄自我政治理念的「敵人」透露了作者個人的政治期許，「圓房」強調的是這段婚姻的實質意義。因為，這段「和平婚姻」是清楚地建立在「行動」上的：這兩個對立的黨派不僅在神的見證下被結合在一起，而且，還在眾人的見證下「融合」（fusion）為一體！跳脫情色上的意義，這段「融合」的描述明顯地訴說著兩個黨派的演化及進步，進一步地證實了作者正面樂觀的想法。在年輕的作者眼裡，那段人民互相殘殺，自私自利的社會醜態已經變成過去式，法國將成功脫離它史上最黑暗的時期。未來，將不偏不倚地建立在這段偉大無私的愛情上。因此，在這段看似普通的愛情故事的後面，隱藏的是作者個人最高的政治期望。侯爵的「和平死亡」（共和黨軍耐心埋伏於帳篷外，等候侯爵「圓房」後才殺他）證

實了法國人民仍保有善良的同理心，再怎麼無解的政治鬥爭也不再那麼地絕對。透過侯爵和侯爵夫人的死，透過兩個敵對黨派共同流出的「和平血液」（侯爵夫人是自殺身亡的），法國似乎看到了一個光明未來的希望。

只是，很可惜的，這「希望」並不是個事實，純粹只是作者個人的看法。從歷史的角度來看，1830及1848年的革命殘酷地證實巴爾札克1829年的樂觀見解並沒有太多的意義，法國政治的黑暗時期將持續到二十世紀初期。因此，《舒昂黨人》如同其他多數的《人間喜劇》小說一樣，除了有真實社會作為故事背景外，還常會出現一些無法被歸類為「理性寫實」的描寫。

除此之外，巴爾札克也和曹雪芹及其他小說家一樣，常會有意或無意地將自己的一些私人經驗加諸於人物身上。他甚至會將小說當成「工具」，將一些特定類型的年輕貴族女子的惡行公諸於世，並對她們加以「懲罰」。如：愛蜜麗（Emilie de Fontaine）、路易絲（Louise de Chaulieu）、摩黛絲（Modeste Mignon）、榮爵公爵夫人（la duchesse de Langeais）等。亦或是，他也會以一些超現實的方法來幫助一些特定的年輕貴族男子，讓他們完成夢想。例如：有一張具神奇驢皮的哈發葉爾（Raphaël de Valentin）及有重大刑犯做巴黎嚮導的拉斯蒂涅克（Eugène de Rastiganc）和呂西安（Lucien de Rubempré）。[8] 很明顯地，這一切都和王教授所謂的「批判現實主義」（王進駒170）相差甚遠。

因此，就以上的論述來看，我們很難將《紅樓夢》斷定為一部虛幻型小說，就如同我們無法把《人間喜劇》斷言為一部寫實小說一樣。真真假假，假假真真，在美感、道德、政治等多重因素的影響之下，這兩部東西方文學鉅作似乎都有其模糊地帶，令人難以界定。此

---

8 有關以上這兩類型人物的分析說明請參考甘佳平，〈《人間喜劇》人物類型──巴爾札克的夢想、經驗與創作〉，《淡江外語論叢》，第17期，頁80-105。

外，在寫作手法上，我們亦能在這兩部看似遙遠的作品中找到幾個相似之處。

## 二、當驢皮遇上寶玉──從神話、哲學到人生

對一般的外國讀者而言，《紅樓夢》最難懂的地方不外乎是它第一回合裡女媧氏煉石補天、頑石投胎轉世的片段。然而，這樣一部帶有強烈東方神祕色彩的小說對法國的巴爾札克而言，卻是一點都不陌生。1831年，對東方寓言相當感興趣的他就曾經想以《一千零一夜》（ *Les Mille et une nuits* ）[9] 為榜樣，寫出一部道盡巴黎社會萬種風情的作品。同年8月，他出版了《驢皮記》。

《驢皮記》裡男主角哈發葉爾，在年紀輕輕時即嚐遍了人間冷暖。在相繼失去了母親及父親後，他獨自一人閉關在巴黎的小閣樓房裡發憤苦讀、寫作，希望可以早日迎向新生活。然而，他的努力卻得不到相等的回報，哈發葉爾到頭來仍是一無所有。因此，心灰意冷的他決定向人生挑戰。他走進賭場，心想著，若他輸掉身上最後一枚硬幣，他的生命也將就到此告一段落。不意外的，沒多久後，哈發葉爾就垂頭喪氣地走向塞納河邊，打算以投河自盡的方式結束生命。然而，在因緣際會下，這位懷才不遇的年輕人走進了一家堆滿了奇珍異品的古董店。眼前這位古董商販看起來就像他的店那樣地神祕，雖然外表看似陰沉虛弱，但是，他的眼神卻是格外地有力，不時還透露出一道銳利的光芒。在得知哈發葉爾不幸的遭遇後，這既像人又像鬼（ espèce de fantôme ）的古董商販馬上介紹他一個神奇法寶，一塊具有魔力的皮革。只是，擁有這塊神奇的皮革是有條件的。皮革上清楚地寫著：

---

9 又譯《天方夜譚》。

如果你擁有我，你將擁有全世界。不過，你的生命將是我的[……] 許願吧，你所有的慾望將會被實現，只是，這一切的代價將會是你的生命。（《驢皮記》84）[10]

　　如皮革上的說明，擁有它的人會同時失去對自己生命的掌控權。因為，隨著夢想一個個的實現，皮革將越縮越小，當它消失殆盡那一天，它主人的生命也將完全終結。面對如此一個可怕的「協議」（pacte），早已豁出去的哈發葉爾絲毫沒有退縮之意。相反地，他對人生重拾了一股好奇心，現在的他只想趕快驗證皮革的功效，希望皮革強大的力量可以讓他脫胎換骨，讓他實現他的夢想，享受快意人生。於是，哈發葉爾接受了神祕古董商販的提議，收下了眼前這塊黑亮透光、來路不明的皮革，並大聲地說出他的心願：「是的，我要過著極度放縱的生活。」（《驢皮記》87）[11]

　　在《紅樓夢》裡，沒有神奇的驢皮，但有一塊際遇不凡的石塊。這石塊原本是女媧為了補天而煉造出來的，然而，身為第三萬六千五百零一塊的它最後並沒有被派上用場，被丟棄在青埂峰下，自生自滅。沒想到，這塊不受重視的石頭在「自經煅煉之後」（第一回），[12] 居然有了「靈性」，不但可以「口吐人言」，還懂得反省思考。有一天，正當它在埋怨時運之際，來了一對僧侶，一僧一道，他們坐在石頭邊，先是說些「雲山霧海、神仙玄幻之事」，後又高談闊論起「紅塵中的榮華富貴」。這一幕幕動人的景象讓石塊起了「凡心」，有了想要到「富貴場中，溫柔鄉裡受享幾年」的慾望。任憑僧侶們的勸阻，頑石仍是意志堅決，一心想離開青埂峰，去嘗試新生

---

10 筆者譯。« Si tu me possèdes, tu posséderas tout. Mais ta vie m'appartiendra. [...] Désire, et tes désirs seront accomplis. Mais règle tes souhaits sur ta vie. »

11 筆者譯。« [...] oui, je veux vivre avec excès ».

12 《紅樓夢》的版本甚多，我們選用的版本為蔡義江教授校注出版。本書前八十回以《脂硯齋重評石頭記匯校》所列十二種「脂本」互校，後四十回為程甲本與程乙本的互校。

活：

> 既如此，我們便攜你去受享受享，只是到不得意時，切莫後
> 悔。
> 石道：當然，當然。

因此，石塊被「佛法」變成了「玉石」，在對自己新能力尚無所知、
在對未來仍毫無概念的情況下，就隨同那道人「飄然離去」了。

至於玉石是如何投胎轉世，它和榮府第四代，[13] 銜著一塊五彩晶
瑩的玉石出生的賈寶玉的關係如何，就有點複雜了。在今天找到的
《紅樓夢》的各版本裡，我們可以從「脂評本」（保留脂硯齋評語）
和後來經過程偉元（？-1818）、高鶚（1738-約1815）整理過的「程
高本」（目前市面上最廣泛流傳的版本）裡歸納出兩種說法。蔡義江
教授在他校注的《紅樓夢》〈前言〉中，也有針對這個問題提出討
論：

> 程高本只是任意或為了遷就後四十回續書的情節而改變作者的
> 原意。比如小說開頭，作者寫赤瑕宮的神瑛侍者挾帶著想歷世
> 的那塊石頭下凡，神瑛既投胎為寶玉，寶玉也就銜玉而生了。
> 程高本篡改為石頭名叫神瑛侍者，將二者合而為一。這樣，賈
> 寶玉就成石頭投胎了。（蔡義江 7）

雖然這個問題對我們接下來要討論的主題有些影響，但是，它的影響
有限。因為，不變的是，在這兩種版本裡，都是「石頭」主動表示想
要改變生活，下紅塵去體驗一場豐富的人生，神瑛侍者或賈寶玉的存

---

13 第一代為榮國公，第二代為賈代善，第三代分二房，賈赦和賈政。將賈寶玉設為第四代或許是作者別有
用意。話說「富不過三代」，賈寶玉一生下來命中注定將無法成大就。

在都只是為了要實現這個想法。不過，蔡教授也指出，程高本裡將寶玉與玉石視為一體的想法似乎更合宜，更能確切地表示作者的想法：

> 我想，這樣改是為了強調賈寶玉與通靈玉不可分的關係（其實，這種關係在原作構思中處理得更好），以便適應後四十回中因失玉而瘋癲情節的需要。（蔡義江 7）

雖然，周汝昌認為，曹雪芹筆下的寶玉與玉石原先並不是一個共同體，寶玉是神瑛侍者的化身，玉石是由石塊演變而來的：

> 雪芹原意絳珠草感激神瑛灌溉之恩，故曰：我亦隨之下凡，以淚還債。此還淚一案情事甚明，而石頭只是夾帶於此案中而一同下凡者，與神瑛為兩人兩事。（周汝昌 2009: 9）

但是，不僅程、高二人，似乎就連曹雪芹本人也將玉石和寶玉視為兩個不可分的個體。在第三回裡，與初到賈家的表妹林黛玉見面後，眼尖的寶玉立即發現眼前這位「神仙似的妹妹」身上沒有配戴任何的玉塊，在不懂為什麼就獨他一人與大家不同時，他便生氣地將他那玉摘下，並狠命地將它摔出去。這個動作，看在德高望重的祖母（賈母）眼中是百般的不惜：「孽障！你生氣，要打罵人容易，何苦摔那命根子！」從她的反應及用詞來看，寶玉身上那與生俱來的玉塊似乎並不是一塊普通的玉，這塊「通靈寶玉」似乎和寶玉的「命」緊連在一起。「命根子」一詞清楚地道出了「玉」與「人」的關係。而這詞，也將在後四十回中陸續出現幾次。除了先前提到的第三回之外，還有第九四及第九五回（印證蔡教授先前的說法）。[14]

---

14 此外，在第九四回裡，寶玉身邊頭等丫頭襲人還曾說過：「誰不知這玉是性命似的東西。」在第一一六回裡，寶玉的生母王太太也曾有感而發地說：「病也是這塊玉，好也是這塊玉，生也是這塊玉。」在一一七回裡，襲人向寶玉直接說道：「那玉就是你的命！」在第一二〇回裡，士隱道：「寶玉，即『寶

此外，在第二五回裡也有類似的說明。在文裡，賈寶玉和他堂嫂王熙鳳受到馬道婆下的符咒（受趙姨娘委託），兩人像是中了邪似的，一會兒喊著要尋死，一會兒又拿刀要砍人，弄得一家大小雞犬不寧、人心惶惶，不知如何是好。四天後，來了一對自稱可以驅邪除煞的癩頭和尚和跛足道人。[15] 不需賈家人開口解釋，僧道二人似乎已知道問題的所在。他們解釋道，賈寶玉之所以會陷入失控的狀態，是因為他的玉石被「聲色貨利」迷住。若想化解這個難關，只需將玉石取出，讓他們「持頌持頌」即可：

> 賈政聽說，便向寶玉項上取下那玉來遞與他二人。那和尚接了過來，擎在掌上，[⋯⋯] 摩弄一回，說了些瘋話，遞與賈政道：「此物已靈，不可褻瀆，懸於臥室上檻。將他二人安在一屋之內，除親身妻母外，不可使陰人沖犯。三十三日之後，包管身安病退，復舊如初。」說著回頭便走了。

因此，僧道二人的行為印證了玉石和寶玉間緊密的關係。他們可以在沒有見到寶玉的情況下，透過玉石，就可以成功地治癒寶玉。由此看來，「通靈寶玉」即是寶玉。或許他們前世並不是同一個人，但今生今世他們的生命卻是緊連在一起的。

這樣一個現象和《驢皮記》裡，驢皮和哈發葉爾間緊密的關係是非常相像的：驢皮的大小反應出主人壽命的長短。因此，若用「命根子」一詞用來形容驢皮和哈發葉爾間的關係也是非常適宜的。

此外，這些「命根子」似乎是離不開它們的主人的。在《驢皮記》裡，哈發葉爾曾嘗試著擺脫驢皮，想藉此改變命運：「讓它去

---

玉」也。」
15 這對「行為怪異、形象醜陋、真身莊嚴」的僧道似乎就是第一回裡佛力強大的僧道。這兩人從開場至結局貫穿全場，以不同的樣貌陪伴寧榮二府從興盛走向衰亡。

吧！他說道，讓這些蠢東西都去死吧！」（《驢皮記》 230）[16] 不過，即便被丟棄於深不見底的井裡，驢皮最終還是被不知情的僕人給打撈了回來。而且，看起來，這個短暫的分離並沒有改變之前協議的事實：驢皮還是不斷地在縮小，哈發葉爾的生命仍是持續地受到影響。在《紅樓夢》裡，賈寶玉也曾試過「反抗」命運。例如，在第三回中，鬧過脾氣的寶玉，在祖母好心編造的謊言之下（賈母聲稱黛玉本來也是配有玉塊），居然就相信了祖母，「認命地」再次接受了屬於他的「通靈寶玉」。因此，「反抗」動作的效用似乎並不大，這些具有「魔力」或「靈性」的「命根子」終究還是會回到他們主人身邊。

這樣一個想法將在第九四回[17] 清楚地被說明。在這一回裡，寶玉不小心弄丟了玉石。從頭等丫頭襲人的強烈反應中，我們意識到事情的嚴重性：「這可不是小事，要真丟了這個〔通靈寶玉〕，比丟了寶二爺還利害呢。」為什麼玉石會比人還來得重要呢？至於寶玉本人，他整個人像是「靈魂」被掏空似的，成天只會對人傻笑，連基本的生活本能都沒有了。他與「通靈寶玉」「二體合一」的關係是很清楚的：

> 寶玉一日呆似一日，也不發燒，也不疼痛，只是吃不像吃，睡不像睡，甚至說話都無頭緒。[……] 煎藥吃了好幾劑，只有添病的，沒有減病的。（第九五回）

因此，我們可以推斷出一種類似於軀體（corps）與靈魂（âme）的關係。「通靈寶玉」好比是寶玉的靈魂，失去了它，寶玉再也無法正常作息，一切只能任人擺布。也因如此，賈家人才能順利地瞞著他，讓

---

16 筆者譯。« Vogue la galère, dit-il. Au diable toutes ces sottises. »

17 雖然《紅樓夢》後四十回很有可能不是曹雪芹原作，但是，為了要讓故事能有始有終，有一定的邏輯性，我們仍是採用被一般大眾所接受的一百二十回合的版本。

他在以為迎娶林黛玉的情況下，將薛寶釵娶進門（第九七回）。

若真是如此，這一切就有可能像寶釵猜測的那樣，「通靈寶玉」不是被弄丟的，而是被和尚拿走的（第一一六回）。因為，這是唯一讓寶玉實現他和寶釵命中註定的「金玉良緣」（第八回）的辦法。唯有將他的「靈魂」帶走，寶玉才有可能乖乖地接受命運的安排。所以，當「靈魂」與「軀體」再結合時（第一一五回），也就是可以讓寶玉了解他的前世今生、讓他看淡這一切、讓他不再執著的時候。我們的推理可在書末處（第一二〇回）找到佐證：

> 那年榮、寧抄查之前 [第一〇五回]，釵黛分離之日，此玉早已離世。一為避禍，二為撮合，從此風緣一了，形質歸一。

這也就是為什麼寶玉在重拾玉石，「形質歸一」後，可以在和尚的帶領之下，再度「靈魂出竅」（第一一六回），重遊太虛幻境的原因。這第二次的舊地重遊（第一次是在第五回處）將徹底地改變寶玉。在了解了自己的身分及與旁人的因緣關係後，寶玉將漸漸看淡人生：

> 那知寶玉病后，雖精神日長，他的念頭一發更奇僻了，竟換了一種，不但厭棄功名仕進，竟把那兒女情緣也看淡了好些。只是眾人不大理會，寶玉也並不說出來。

因此，無論是寶玉或是哈發葉爾，在嘗試過人生的起起伏伏之後，似乎都回到了原點：寶玉變回了玉石，被放回青埂峰下（第一二〇回）；[18] 哈發葉爾則是完成了他原本的心願，撒手歸天。過去的一

---

18 當然，寶玉是否真留有遺腹子有可能稍微改變我們的結論。不過，若像陳林在其出版的《破譯紅樓時間密碼》（江蘇：江蘇美術出版社，2006）裡指出的那樣，賈寶玉遺腹子賈桂的生日與曹雪芹的生日相重疊的話（1725年6月6日），那麼，《紅樓夢》為曹雪芹的自傳的可能性將會大增。這樣一來，我們也就可以用這個角度重新檢視《驢皮記》與巴爾札克的關係。不過，由於目前為止，紅學專家對曹雪芹是否

切經歷都像是場夢似的，在夢醒後，生活依舊。

　　因此，我們發現，即便距離遙遠、語言不通、文化差異甚大，法國的巴爾札克和中國的曹雪芹都曾嘗試著以虛擬、類似於「神話」的方式來開始他們的作品。《驢皮記》的出現或許與《一千零一夜》有關，但是驢皮的神奇變化卻是巴爾札克自己的作品；就如同《紅樓夢》，「女媧補天」雖是一個家喻戶曉的寓言，但是石頭的人型化、投胎轉世也確屬曹雪芹一人。那麼，為什麼巴爾札克和曹雪芹會不約而同地編寫出這兩則「神話」故事呢？他們的用意究竟為何？

　　俞潤生在其〈試論《紅樓夢》一僧一道的哲理蘊含〉一文中，引述了馬克思在《政治經濟學批判‧導言》中一段有關「神話」的分析。

> 任何神話都是用想像和借助想像以征服自然力、支配自然力，並把自然力加以形象化；因而，隨著這些自然力的實際被支配，神話也就消失了。（61-72）

就哈發葉爾和頑石的角度來看，「自然力」指的應是他們的「舊生活」，一個讓人不順心但卻又無力改變的生活。在苦無出路，幾乎絕望的情況下，他們只能處於一種被動的狀態，等待機會自己找上門（哈發葉爾之所以走進古董商店並不是他自願的。因為他想等到夜深人靜時再投河自盡，所以他只好在河畔兩旁閒逛消磨時間）。因此，依馬克思的說法，古董商販和僧侶這兩組由「想像」編造出來的人物有其明確的功能：「支配自然力」。他們類似於「神」、「佛」或「仙」的形象、他們可「透視人心」的強大力量也就變得可以理解。巴爾札克寫道：

---

真為《紅樓夢》一書之作者仍有異議，所以我們也就不好往這個研究方向繼續探討。

> 你們可以在他 [古董商販] 身上看到一種神特有的安逸辨識
> 力，任何事都逃不過他的雙眼；是一種身經百戰的人才會有的
> 驕傲力量。（《驢皮記》78）[19]

因為，唯有在這超自然力量的加持之下，他們倆的出現才能被視為是
一個重生的機會（renaissance），才會讓哈發葉爾先是進入了一種被
抽空（moribond），再出現一種被征服的狀態；讓頑石「不覺打動凡
心」，願意主動放棄它永垂不朽的靈性狀態，進入人世間輪迴轉世的
凡人生活。

　　除了強大的超能力之外，古董商販和僧侶也都展現出一種高度的
智慧。無論他們是否屬於另一個空間（une sphère étrangère au
monde），抑或是這只是作者一種強調他們與眾生百姓不同的方式，
他們都表現出一種「看盡人生百態」的大器。而且，他們體悟出的哲
理也似乎有其深度，能給他們的談話對象帶來一定程度的影響。以下
是僧侶「仙師」二人給頑石的答覆：

> 那紅塵中卻有些樂事，但不能永遠依恃；況又有「美中不足，
> 好事多磨」八個字緊相連屬，瞬息間則又極樂悲生，人非物
> 換，究竟是到頭一夢，夢境歸空，倒不如不去的好。（第一
> 回）

以下是古董商販的自述：

> 人之所以會因為精疲力盡而死亡是因為他們與生俱來的本能讓
> 他們一直在重複兩個動作。這兩個動詞足以解釋所有的死亡原

---

19 筆者譯。« Vous y auriez lu la tranquillité lucide d'un Dieu qui voit tout, ou la force orgueilleuse d'un homme qui a
　 tout vu. »

因：慾望及權能。除了這兩種終結生命的方式，人類還有另一種較具智慧的生存方式，我就是因為這樣才得以幸福、長壽的。慾望讓我們熱血沸騰，權能則會摧毀一切；然而，知識卻可以讓我們脆弱的器官處在一種永恆的寧靜。（《驢皮記》85）[20]

　　由以上兩段有關「享樂」的警惕來看，東西方的人生哲學似乎找到了一個對話的空間。曹雪芹和巴爾札克都贊同，若人只想一味地沉溺在紅塵樂事中，那麼，很快地，他們就會被困在自己永無止盡的「慾望」裡，甚至因此而喪失生命。在《紅樓夢評論》中，王國維還曾如此解釋過「寶玉」的名字：「所謂玉者，不過生活之慾之代表而已。」因此，若人仍是執迷不悟，不懂及時抽身的話，那麼，悲劇性的命運就會變得無法避免。就此，兩位作者分別提出二種解決之道，讓人可以得到一個「幸福、長壽」的生活。巴爾札克認為，「求知」比滿足慾望來得重要，在對人生的運作過程有清楚的體悟後，人自然會看淡一切；至於曹雪芹，他則建議以哲理的方式看待人生，人生不過是「夢」一場，到頭來一場空，一切的汲汲營營都是沒有意義的。
　　其實，某種程度來看，這兩種思考邏輯是不謀而合的。若想要看淡人生，我們勢必得累積一定的人世經驗。古董商販和僧侶之所以高人一等不就是因為他們對生命的起滅瞭若指掌？反之，哈發葉爾和頑石之所以仍有慾望，想要累積更多的人生經驗，不就是因為他們尚未嚐遍人生百態的各種滋味？總之，要想累積知識或是以哲理方式看待人生，都是需要一段生命體驗的。因此，透過這兩段神話哲理的開場

---

20 筆者譯。« L'homme s'épuise par deux actes instinctivement accomplis qui tarissent les sources de son existence. Deux verbes expriment toutes les formes que prennent ces deux causes de mort : VOULOIR et POUVOIR. Entre ces deux termes de l'action humaine, il est une autre formule dont s'emparent les sages, et je lui dois le bonheur et ma longévité. *Vouloir* nous brûle et *Pouvoir* nous détruit : mais SAVOIR laisse notre faible organisation dans un perpétuel état de calme.»

白，我們知道，「慾望人生」將是《驢皮記》和《紅樓夢》的主旨之一。

此外，若從宗教哲理的角度來看這兩則故事，我們會發現，這兩則奇幻故事也反應出了他們不同的文化。在《驢皮記》裡，哈發葉爾與古董商販間的「協議」其實就是浮士德（Faust）故事的翻版。有關浮士德的傳說，開始於十六世紀的德國。浮士德是一個有強烈求知慾的學者，在發現個人微薄的能力無法解釋所有自然現象的時候，轉向求助於居心不良的魔鬼（靡非斯特，Méphistophélès），並與其達成「協議」，向其出賣自己的靈魂以換得知識及感官上的滿足。這個故事後來被英國作家馬洛（Christopher Marlowe）、德國作家衛德曼（Georg Wiedmann）及奧地利作家勒諾（Nicolas Lenau）改寫。最後一個改寫這個故事的是十八世紀的德國知名作家歌德（Goethe），他在1790年及1808年出版了《浮士德 I》及《浮士德 II》[21]。因此，生於1799年的巴爾札克肯定對這個故事有耳聞，《驢皮記》的寫作靈感也非常有可能受到這個奇幻故事的影響。

這個故事之所以會在歐洲引起廣大的回響，主要原因之一是因為它牽扯到宗教信仰問題。浮士德求助於魔鬼，向其出賣靈魂的動作可被解讀為否定上帝權能的表現。然而，上帝無遠弗屆的力量是西歐宗教的根本教義。因此，這個故事影響的層面很廣，特別是在一個科學仍不是很發達的時代裡。也因如此，浮士德（或是哈發葉爾）或許可以藉魔力來達到他們的目的（他們的經驗可以滿足人類的想像力）。但是，他們悲慘的下場卻是可以預料的。

至於《紅樓夢》，它並沒有與宗教相牴觸的問題，它與東方宗教思想是緊密結合的。賈寶玉不過是一塊有「靈性」的「頑石」投胎轉世，因此，賈寶玉沒有出賣靈魂的問題。受到道家及佛家思想的影響，清朝的漢人普遍相信，各物體在經過一段時間的沉澱、修行後，

---

21 《浮士德 II》是歌德死後才被集冊出版。

是有可能產生「靈性」的（西方人稱之為「泛靈論」，animisme），即所謂的超自然生命力，或是一種「包括了感知力、思維力、領悟力[……]及「情」的質素本能」（周昌汝 35）。因此，一塊補天剩下的石頭變成了「頑石」，變成了一條具有「自我意識」（la conscience de soi）的生命力。此一思考方式在西方基本上是不可能存在的，兩者間的差異也證明了東西方宗教信仰上的最大差別。

因此，從故事結構來看，東方的《紅樓夢》和西方的《驢皮記》是稍有不同的。簡單來說，《紅樓夢》是一條靈魂附身在一個軀體上的故事；而《驢皮記》則是一條生命在賣掉了他的靈魂之後，被另一個強大的神祕力量操控的故事。然而，無論這奇幻生命體的結構為何，作者想藉此表述的似乎都是「慾望人生」的無奈。

## 三、虛幻下的寫實：《紅樓夢》、《人間喜劇》裡的政治批判

為什麼巴爾札克和曹雪芹都將「慾望人生」視為他們的寫作主旨之一呢？除了個人的生活經驗之外，是否還有其他原因呢？

在《驢皮記》裡，男主角哈發葉爾的生活經驗似乎還反應出巴爾札克對當時社會的不滿與憂心。借由他的例子，我們看到法國十九世紀初期社會動盪不安的百態。哈發葉爾的父親出生於法國南部（Auvergne）的一個鄉間貴族家庭，本來在離首都偏遠的南方過著寧靜安逸的生活。然而，法國大革命後，社會制度受到嚴重的破壞，侯爵和其他多數的貴族青年一樣，被迫拋棄家園，到巴黎去自力更生。在持續不斷的努力之下，很快地，侯爵累積了一筆可觀的財富。然而，好景不常，隨著波旁皇朝的復辟（la Restauration, 1814/1815-1830），他在拿破崙帝制時期（l'Empire napoléonien, 1804-1814）裡累積的財富遭到了批評與質疑。所幸，在這個非常時期，他順利娶得了一位家境富裕的貴族女子。只是，為了與皇權抗衡，保護自己先前

辛苦賺得的資產，侯爵花盡他與妻子所有的財產，最後不僅被迫宣告破產，而且還因對兒子感到虧欠而變得鬱鬱寡歡，賠上自己的性命。因此，10歲喪母，22歲喪父的哈發葉爾變成了一位無依無靠的孤兒，成了《人間喜劇》裡第一個[22] 典型的時代犧牲品。在幾年的闖蕩、迷失，嚐盡了「幻想破滅」（désenchantement）[23] 的苦澀滋味後，與其他數不清的青年一起轉而求死：

> 有多少躲在閣樓裡的才智青年因精力耗竭而死去？他們沒有朋友，也沒女性友人的慰藉。他們和百萬眾生一樣，被一群對金錢感到厭煩、對生活感到無趣的人包圍著。在這個刺激下，自殺的比例快速地攀升。[……] 每個自殺都是一首高亢的悲傷詩歌。（《驢皮記》64）[24]

所以，哈發葉爾的例子並不罕見，和他面臨相同問題的，還有他身旁的一群酒肉朋友。最明顯的，要屬他的好友拉斯蒂涅克。在《驢皮記》裡，拉斯蒂涅克是一名入流的紳士（dandy），他以「過來人」的身分奉勸哈發葉爾凡事不必太認真，重點是要能找到快速的成功之道。他以自己做例子進一步解釋，他不需要努力賺錢，因為他的魅力就足夠他賺取所需；他也不需要苦讀，因為他吹牛的本事足讓他在巴黎立有一席之地。

> 你，你在苦讀？……呵，你是永遠不會有成果的。我呢，我什

---

22 很快地，這個主題將變成《人間喜劇》討論的眾多主題之一，在哈發葉爾後，還出現了拉斯蒂涅克（《高老頭》）、呂西安（《幻滅》）等人。

23 「幻想破滅學校」（l'école du désenchantement）是巴爾札克在1831年中發明的詞彙，用來形容當代年輕人普遍遇到的問題。請參考Pierre Barbéris, pp. 1417-1426.

24 筆者譯。« Combien de jeunes talents confinés dans une mansarde s'étiolent et périssent faute d'un ami, faute d'une femme consolatrice, au sein d'un million d'êtres, en présence d'une foule lassée d'or et qui s'ennuie. A cette pensée, le suicide prend des proportions gigantesques. [...] Chaque suicide est un poème sublime de mélancolie. »

麼都行卻又什麼都不會，懶得就像隻螯蝦一樣。不過呢，我會成功的。我交遊廣闊，往上推擠，別人就讓出位置；我吹牛，他們相信我；我欠錢，他們幫我還債。[……]好吃懶做的人的生活就像是一椿投機取巧的投資案，他將他的資產賭注在朋友、享樂、貴人及一些不熟識的朋友身上。（《驢皮記》145）[25]

　　拉斯蒂涅克的貪婪、投機、自私說明了他不過是個好吃懶做的社會寄生蟲（viveur），他的成功之道雖然令人質疑，卻也顯示出另一種人生哲學。

　　因此，「拉斯蒂涅克型」的人物是如何產生的呢？我們可以在《高老頭》[26] 裡找到答案。我們發現，初到巴黎的拉斯蒂涅克和我們一開始認識的哈發葉爾並無二樣，兩人都約二十來歲，都研讀法律，都具有崇高的身分但卻享受不到貴族的特權。而且，拉斯蒂涅克也曾在初到巴黎時，被光彩炫目的巴黎生活給打亂腳步。不同的是，拉斯蒂涅克不曾有過自殺的念頭。[27] 因此，不同於哈發葉爾出賣自己的靈魂，在看清巴黎社會的醜陋面後，拉斯蒂涅克決定以一種投機、僥倖的態度來走出一條另類的成功之路。

　　拉斯蒂涅克為了成功不擇手段或許是一個令人感到惋惜的例子。不過，無論是在《驢皮記》或是整部《人間喜劇》裡，我們會發現，

---

25 筆者譯。« Toi, tu travailles?... eh bien, tu ne feras jamais rien. Moi, je suis propre à tout et bon à rien, paresseux comme un homard ? et ! bien, j'arriverai à tout. Je me répands, je me pousse, l'on me fait place ; je me vante, l'on me croit ; je fais des dettes, on les paie ! [...] La vie d'un homme occupé à manger sa fortune devient souvent une spéculation ; il place ses capitaux en amis, en plaisirs, en protecteurs, en connaissances. »

26 《高老頭》於1835年出版，晚了《驢皮記》近四年的時間。然而，《高老頭》裡的拉斯蒂涅克卻比較天真年輕。會有這樣一個問題是因為《高老頭》裡的男主角本來不叫拉斯蒂涅克（Rastignac），而是瑪錫拉克（Massiac）。那麼，巴爾札克為什麼將之改名呢？這很有可能就是因為他想深入說明拉斯蒂涅克誤入歧途的原因。參考Pierre Citron, p. 20.

27 或許，這是因為拉斯蒂涅克一路上不斷地有「貴人」（mentor）的援助——從視他如己出的高老頭，到被情人拋棄的表姐鮑賽昂夫人，再到神祕可怕的伏脫冷。

拉斯蒂涅克不是個特例,不僅他周遭的朋友大多都跟他有一樣的人生態度,而且,他們似乎並沒有太多的選擇。因此,我們贊同巴貝益斯的結論:「《驢皮記》敘述的是被革命背叛的年輕人的苦處」(Barbéris 1448)。[28] 何謂「革命背叛」(révolution trahie)?1789年,法國人在無法繼續忍受封建體制的不平等後,決定反抗,他們真誠地希望自己鮮血換來的是一個平等、自由、博愛(égalité, liberté, fraternité)的新社會。然而,1814年開始的「復辟」卻狠狠地終止了這個美夢。在路易十八及查理十世守舊思想的執政之下,法國走向了回頭路,「革命」變成了一種謊言。不僅「不平等」的狀況沒有改善,而且,情況似乎變得更糟:從本來的貴族執政變成了中產階級的「金錢執政」(l'aristocratie de banquiers)!在「金錢」橫行無阻的情況下,巴黎社會普遍瀰漫著一種敗壞的風氣;在「慾望」及「野心」不停地受到刺激的情況下,哈發葉爾、愛密爾(Emile)、拉斯蒂涅克、呂西安及其他一些不知名的青年都相繼地放棄了以辛勤工作換取成功的「蠢想法」。沒有金錢,有再多的才能也是英雄無用武之地。因此,巴貝益斯認為,巴爾札克要控訴的是革命的失敗及其對青年們所造成的後果。哈發葉爾的遭遇證明了當代年輕人的無奈與無助:

> 在看清了這個社會、這個世界、我們習慣及我們的風俗民情後,我意識到了天真想法的危險及醉心工作的無意義。(《驢皮記》 133)[29]

除了金錢問題外,巴爾札克還揭發了另一個社會問題:「老人執政」(gérontocratie)。在1830年發表的一系列政治文章裡,作者表示,法國社會的停滯不前和路易十八政府的領導無能有直接關係。為

---

28 筆者譯。《 *La Peau de Chagrin* conte l'histoire d'une jeunesse douloureuse sur le fond d'une révolution trahie. 》

29 筆者譯。《 La société, le monde, nos usages, nos mœurs, vus de près, m'ont relevé le danger de ma croyance innocente et la superfluité de mes fervents travaux. 》

了不得罪貴族，路易十八政府將選才條件建立於金錢與權勢上，導致出「金錢執政」與「老人執政」的局面。巴爾札克進一步指出，因為復辟而復職的貴族長老變得比以前更守舊、更自私（manque de vue et d'unité），在一心只想著個人利益的情況下，根本無心效力於國家。他語重心長地表示：

> 我希望可以在下次的文章裡，跟大家宣告我們政府的覺醒，決定擺脫他那些年老的監護人 [……] 我們將會看起來更年輕、更坦然、不再陰沉，因為年輕人的優勢是這個時代的必需品，因為我們一定要擺脫帝制和復辟時期的陰影，就像我們趕走長子支系 [=波旁王朝][30] 那樣。[31]

因此，不受政府重視的年輕人變得自暴自棄，只能以過一天算一天的生活態度來面對他們的人生。在《驢皮記》第一章末處，在銀行家泰以菲（Taillefer）主辦的超級豪華宴會上，一群年輕男女無止盡的狂飲作樂（orgie），藉著酒精與肉體的放縱來遺忘他們生活中的不得意，這種要命的自甘墮落，反應的即是作者對社會的嘲諷與批評（曾經也在巴黎碰了一鼻子灰的他似乎對這主題有深刻的感觸）。因此，我們可以說，《驢皮記》並不只是一則單純想要仿效《一千零一夜》的「奇幻故事」。在這背後，巴爾札克想要表現的是一個令人絕

---

30 在路易十三（1610-1643）之後，法國王朝分成二個支系：由路易十四代表的「長子支系」（branche aînée），又稱波旁家族（Maison de Bourbon）及由紐奧良公爵（duc d'Orléans）為首的「次子支系」（branche cadette），又稱紐奧良家族（Maison d'Orléans）。正房的「長子支系」執政一直到1830年。查理十世下台後，法國人才開始推舉出旁出的「次子支系」上台執政。所以，作者這裡的意思是希望法國人能夠拒絕皇室的復位，把當初推翻「長子支系」（路易十六）的勇氣拿出來，拒絕這次「次子支系」（路易菲利浦）的執政。

31 筆者譯。«J'espère que j'aurai, dans ma prochaine lettre, à vous annoncer l'émancipation de notre gouvernement, qui aura quitté ses vieux tuteurs [...] Nous prendrons sans doute une allure plus jeune, plus franche et moins triste, parce que la prépondérance des jeunes gens est une des nécessités de l'époque, et que nous devons rejeter les restes de l'Empire et de la Restauration, comme nous avons chassé la branche aînée. » « Lettre sur Paris», Lettre I, le 25 septembre 1830, *Oeuvre Diverses*, t. I, pp. 872-873.

望的現實生活。或許，為了短暫的享樂，人可以把靈魂賣給魔鬼，但是，結果顯示，這樣的人生不僅無法長久，也毫無意義。

反觀《紅樓夢》，除了「人生如夢」之外，又呈現出什麼樣的人生呢？首先，要知道的是，《紅樓夢》與《人間喜劇》的故事年代不同。《紅樓夢》不是以「後革命時期」做為寫作背景，而是以封建制度底下特有的社會型態。能將這社會的特性淋漓盡致地呈現出來的，莫屬小說的開場人物之一，賈雨村。在小說前四回中，讀者對賈雨村已有相當的認知。在第一回裡，賈雨村還算是一名有骨氣、志氣的書生，在父母雙亡後準備進京求取功名，一路上以賣字作文維生。第二回，窮書生變成了姑蘇知縣。只不過，不到一年的時間，他就因為「貪酷之弊」被「削職為民」。第三回，在賈政（透過王子騰）的幫忙下，賈雨村被復職，並在二個月後順利升官成了金陵應天府的知府。第四回，新任知府原本想要報效朝廷，善盡職責，然而，在旁人（門子）的提醒之下，他得知了「護官符」的存在，並漸漸認同門子做「好官」須從「護官」開始的想法。因此，在決定不得罪地方勢力後，賈雨村是非不分地胡判了「葫蘆案」。而且，新上任的他還決定一不做二不休，將門子充發到遙遠的邊疆去，以免門子日後背叛他，將他「徇情枉法」的行為以及過去貧窮潦倒的身世公諸於世。

因此，藉著賈雨村的例子，曹雪芹寫下了一些當時的社會問題。第一，選才制度的詬病。從賈雨村的身上，我們看到了清朝科舉制度的漏洞。雖然賈雨村順利地在用字選詞甚嚴的八股文中脫穎而出，然而，精通四書、五經的他似乎並不懂得做官，做人的道理。他一上任就因貪污被削職，他在接受了「師爺」門子的建議後反恩將仇報地將之充發到遠處去。這一切也反應了科舉制度的不務實，在一切詮釋只能以前人（朱熹、程頤）的注釋做標準、個人見識不許存在的情況下，科舉考試制度根本無法測出人品、道德思想等，更不用說為國舉才了。所以，賈雨村的中舉最多只能證明他是個懂得掌控文字的士人，並無法證明他有其他過人之處。

第二，官僚體制的敗壞。從賈雨村聽信門子，並依從其意見胡亂結案一事看來，我們驚訝地發現，堂堂一個金陵知府居然是如此地缺乏經驗與魄力，居然三兩下就被一個出身貧賤，沒有受過教育的看門人給制服住。而門子，不過是個賤命的下人，居然也敢就這樣嘲諷起他的主子來，完全沒將官府首長放在眼裡：「門子笑道：『老爺當年何等明決，今日何反成個沒主意的人了！』」（第四回）官制體系混亂，主子不像主子，下人不像下人，「師爺」權力橫行的問題可見一斑。

　　第三，官商勾結的醜態。賈雨村的復職、升官，門子揭發的「護官符」都一再地顯示出賈、史、王、薛四大家族屹立不搖的財富與權勢。這些家族不僅個個龐大富有，而且，透過複雜巧妙的姻親關係，他們還將彼此的力量凝聚在一起，形成了「一損皆損，一榮皆榮，扶持遮飾，俱有照應」（第四回）的骨牌效應，讓官府人員不敢輕舉妄動。更駭人的是，依門子的說法，這個現象是「各省皆然」的常態，全中國都是如此。因此，賈雨村的動搖——「胡亂判斷了此案」——顯示出當時士人的無奈與自私。為了自己個人的利益，他們只能選擇靠攏地方勢力，依仗著自己的王權公職淫威作亂，視人命如草芥，用幾兩銀子就能打發掉。曹雪芹語帶嘲諷地寫著，賈雨村在草草結案，判薛蟠無罪之後，立即「急忙作書信二封，與賈政並京營節度使王子騰」，向其證明自己的立場：「令甥之事已完，不必過慮」（薛蟠是賈政太太的姪子，王子騰的親姪子）。從之後的文章看起來，這樣一個看似不起眼的小動作似乎是在為賈雨村飛黃騰達的未來做伏筆。在經過這次的經驗後，賈雨村已能在處處充滿危機的官路上遊刃有餘的闖出自己的一片天，他「先後升為御史、吏部侍郎、兵部尚書、京兆府尹等職」（龐金殿 13）。

　　最後一次看到賈雨村，是在第一○七回處。藉著一群旁人的議論，作者點出榮寧二府悲慘命運後的始作俑者：

那個賈大人更了不得！我常見他在兩府來往，前兒御史雖參了，王子還叫府尹[賈雨村]查明實跡再辦。你道他怎麼樣？他本沾過兩府的好處，怕人說他回護一家兒，他倒狠狠的踢了一腳，所以兩府裡才到底抄了。你道如今的世情還了得麼！

因此，賈雨村的一生反應出了封建制度的多項缺點，他最後的成功發達象徵著作者對這個制度的絕望透頂。為了求取功名，他摒棄個人想法，死背經書。為了升官發達，他違背良知，巴結諂媚。為了明哲保身，他不顧道義，喪失人性。難道，中國的未來真的將掌握在一群「喪失人性」的人手中嗎？在這樣一個令人唾棄的人民官的帶領之下，中國究竟還能有什麼樣的未來？

或許，因為這樣一個人生體悟，作者才會有了大觀園「理想淨土」的構想。大觀園裡住著一群富有「靈性」的年輕男女，個個性情獨特，內心純淨美好。他們忘懷地過著一種自在清幽，幾乎與世隔絕的生活。大觀園外腐敗的人生、墮落的人性似乎與他們毫不相干。根據司馬雲傑的說法，這群少男少女的確是實現了曹雪芹「淨土美學」的理想。在〈《紅樓夢》的淨土美學〉裡，司馬雲傑進一步解釋，一身靈性的賈寶玉之所以個性「癡呆怪異」，是因為寶玉與生俱有的「自然靈性、潔淨美好」無法與大觀園外醜陋的真實世界達到平衡，他的「癡呆」是他「清明靈秀」本質的「異化」：

> 寶玉性格雖然獨特怪異，而若就其本質而言，乃是一種自然靈性存在。其癡呆怪異之原因，就是《紅樓夢》第二回曹雪芹借賈雨村之口所宣示的天地清明靈秀之氣，遇殘忍乖邪之氣，「不能蕩溢於光天化日之下，遂凝結充塞於深溝大壑之中」，正不容邪，兩不相下，如風水雷電，地中相遇，既不能消，又不能讓 [……]。（司馬雲傑 104）

因此，我們不難想像，寶玉的眾姐妹們在離開大觀園這塊理想淨土，被迫面對外頭的真實人生後，下場會一個比一個悽慘。原本青春活潑的「四春」，元春、迎春、探春和惜春，變成了「原春、應春、嘆春與息春」的場面，暗寓了「原本應該嘆息」之意。元春風光地嫁入皇宮，看似平步青雲，卻有一肚子說不出的苦衷，只能以淚洗臉；嬌滴滴的迎春則在嫁給了一名殘暴不仁的「中山狼」後，「一載赴黃粱」；「才自精明志自高」的探春在被迫遠嫁邊疆後，只能「清明涕泣江邊望，千里東風一夢遙」；年紀最小的惜春在見證了三個姐姐悲慘的下場後，決心擺脫世俗，遁入空門，變成了一個「心冷口冷，心狠意狠的人」（第七四回）。尤氏這段話印證了我們的想法：惜春之所以選擇佛祖並不是因為她懷著一顆慈悲的心，而是因為她想藉著佛祖的力量來抗拒外頭真實社會的摧殘。

藉著賈雨村、賈寶玉、「四春」還有其他一些大小人物的遭遇，曹雪芹成功地把大觀園外的醜陋世界深刻地描繪出來。太虛幻境和大觀園，所謂的「幽微靈秀地」（第五回），強烈地對映出真實生活的「濁」與惡。因此，寶玉以「濁物」自稱不僅是如司馬雲傑所講的，是一種「自嘲」，更是一種作者對社會的反諷與批判。

## 結論

從以上論點，我們可以結論幾個巴爾札克和曹雪芹的共通點。第一，兩人的寫作風格。巴爾札克不能算是一位絕對的「寫實作家」，就像曹雪芹也不能被歸類為一位「虛幻型作家」一樣。這兩位作者都曾嘗試過以虛幻神話做故事開頭，再慢慢將之導入現實人生。從整體角度來看，這種融合虛幻與寫實的手法除了可以間接說明現實社會問題的嚴重性之外，它還可以倒映出現實社會的醜態，讓人產生一種排斥感，進而接受作者想要傳達的喻意。因此，無論是一塊具「魔力」的驢皮和具「靈性」的石頭，巴爾札克和曹雪芹的想法都是一樣的，

它們的遭遇反應的即是現實人生。這也或許是為什麼曹雪芹在「滿紙荒唐言」後加注「一把心酸淚。都云作者癡，誰解其中味」（第一回）的原因吧！

第二，就如同我們先前所強調的，雖然這兩部作品在「政治背景」上有明顯地出入，然而，從某種程度來看，巴爾札克想要藉由文筆來為社會盡心力（成為「文學拿破崙」Napoléon des lettres，以筆代劍開發新未來）的想法和曹雪芹希望以「字字血淚」的作品來啟發讀者、暗喻當政者的用心似乎有異曲同工之處。雖然曹雪芹並沒有像巴爾札克那樣，清楚地意識到國家政局前所未有的巨大改變，但他和巴爾札克一樣，其強大的寫作動力都來自於對身邊環境的感觸、對社會政治敗壞的體悟。巴爾札克憂心忡忡地看著象徵穩定和平的封建體制一蹶不振，曹雪芹則是忍受著自己家族的家道中落卻又無能為力。這極度的悲傷與痛苦似乎讓他們出現了一種轉悲憤為力量的心情，決定以「觀察者」的角度，冷靜地道出問題癥結所在，將這大勢已去的現象不約而同地歸咎於「貴族人士」的自私與奢華，一心只想著沉溺於宴樂，毫無社會責任感。

因此，若我們繼續大膽延伸我們的推論，曹雪芹面臨「抄家」的慘痛經驗在某種程度上或許是可以和巴爾札克面對革命軍的大肆破壞感到的痛心做比較的。即便前者反應的是封建制度不可抗衡的力量，後者是解說它的內部問題，但是這兩種經驗卻都促使作者省思，進而審視國家的未來。最後，曹雪芹對封建制度嚴厲的批評無非是希望社會能夠有改善，可以變得更美好，未來可能更有希望，巴爾札克又何嘗不是以此為目標？面對上流社會的自甘墮落與不負責任，這兩位作者似乎都希望能夠藉著自己作品傳遞警訊，靜心期待改變。

也因此，即使這兩位作者的政治態度迥然不同，一為「反封建」，一為「守封建」，但事實上他們的想法與寫作動機並非表面上看起來那樣的無交集。以政治問題做為背景，再巧妙地透過文字訴諸自己個人的期望，這兩位不滿現況的作家成功地提升了小說的地位、

賦予了文學另一層的意義。小說不再只是上流社會排遣時間的休閒讀物，不再只是用來記載民間的一些神鬼怪志，它還可以是一種理想情操的表現。也因此，相較於他們當代的作品，《紅樓夢》同於《人間喜劇》，顯得具現代性和深度。

# 參考書目

## 《人間喜劇》相關著作

Balzac, « Avant-Propos », *La Comédie humaine*, vol. I, Paris: bibliothèque de la Pléiade de Gallimard, 1976.

Balzac, *Les Chouans, La Comédie humaine*, vol. VIII, Paris: bibliothèque de la Pléiade de Gallimard, 1978.

Balzac, *La Peau de Chagrin, La Comédie humaine*, vol. X, Paris: bibliothèque de la Pléiade de Gallimard, 1979.

Balzac, « Lettre sur Paris », *Œuvres Diverses*, vol. II, Paris: bibliothèque de la Pléiade de Gallimard, 1996.

Barbéris, Pierre, *Balzac et le mal du siècle*, Genève: éd. Slatkine Reprints, 2002, t. II.

Citron, Pierre, « Introduction » à *La Peau de Chagrin, La Comédie humaine*, vol. IX, Paris: bibliothèque de la Pléiade de Gallimard.

## 《紅樓夢》相關著作

曹雪芹，《紅樓夢》，蔡義江校注，浙江：浙江文藝出版社，1993。

王國維，《紅樓夢評論》，《王國維學術經典集》，上卷，江西：江西人民出版社，1997。

胡蘭成，《中國文學史話》，上海：上海科學院出版社，2004。

陳林，《破譯紅樓時間密碼》，江蘇：江蘇美術出版社，2006。

胡文彬，〈中法文化交流的瑰葩——《紅樓夢》在法國的流傳〉，《紅樓夢研究》，1989年第4期，北京：中國人民大學書報資料社。

王進駒，〈曹雪芹「不像」巴爾札克〉，《紅樓夢學刊》，2000年，第三輯。

周汝昌，〈靈、情、才、畫四題論〉，《河北大學學報》（哲學社會科學版），1997年3月，第22卷第1期。

周汝昌，《石頭記》一，周汝昌校訂批點本，廣西：漓江出版社，2009。

俞潤生，〈試論紅樓夢一僧一道的哲理蘊含〉，《紅樓夢學刊》，1997年第5期。

龐金殿，〈《金瓶梅》和《紅樓夢》對封建官場政治的描寫與批判〉，《阜陽師範學院學報》（社會科學版），2007年第5期。

司馬雲傑，〈《紅樓夢》的淨土美學〉（下之一），《美與時代（下）》，2011年第02期，中國社科院社會學所。

# 阿鐸：戲劇、身體、中國想像與文化混雜

翁振盛[*]

## 摘要

十九世紀末以降中法間的往來漸趨密切。法國對中國的認識越來越全面，逐步擴展到語言、文字、繪畫、戲劇、節慶、儀式、信仰等各個層面，主要透過各類中介者（傳教士、外交官、漢學家、商人、旅人）和形形色色的物品、展覽、演出以及文學藝術作品。

在二十世紀法國作家與思想家身上，「東方的誘惑」歷歷可見。阿鐸（Antonin Artaud）與漢學家莫宏（George Soulié de Morant）和阿隆地（René Allendy）醫生有密切接觸。他們啟迪他對東方醫學的興趣。阿鐸年輕時即對於東方文化、思想與戲劇產生濃厚的興趣。他從東方戲劇、中國戲劇中尋求西方戲劇的出路，試圖擺脫文本、語言的箝制，回歸演出與演員（聲音、肢體、姿勢、移位）自身，從而尋求生命原初的悸動與吶喊。阿鐸甚至藉由中醫與針灸，來構思身體理論，鼓動觀者的情感與反應。

阿鐸對中國的認識自然有限，不免過於簡化，流於局部片面，同時也在借用、挪用中，擴大了自我與他者的差異，強化兩者間的對立。然而，誤會、誤解與偏離，實無礙於創造轉化。阿鐸混雜中國戲劇和其他西方與非西方的思想、文化和傳統，企圖構思一種新的語言、新的身體、新的劇場，對於現代戲劇的發展，影響十分深遠。

**關鍵詞**：阿鐸、東方、中國、戲劇、身體

---

＊中央大學法國語文學系助理教授

# 法文摘要

Nombreux sont les écrivains français qui sont attirés par la culture orientale. L'Orient leur apparaît souvent comme une évasion ou une alternative. Antonin Artaud en est un cas exemplaire. Il entretient une relation étroite avec le sinologue George Soulié de Morant et le docteur René Allendy. Ces derniers suscitent l'intérêt d'Artaud pour la médecine orientale et l'acupuncture. En s'appuyant sur plusieurs courants de pensée de son temps, Artaud rêve d'innover de fond en comble le théâtre occidental afin de se débarrasser de la domination du texte. Son influence sur le théâtre perdure jusqu'à nos jours.

**Mots-clés:** Antonin Artaud, Orient, Chine, théâtre, corps

# 前言

提到梵谷時，阿鐸曾說道：「所有瘋狂的人都是不被理解的天才，閃爍在他腦海的想法會令人生畏」。如同梵谷，阿鐸也經常被視為不被理解的天才。他自己也認為很少人了解他和他的理念。阿鐸興趣極為廣泛，多才多藝，擁有多重身分：演員、導演、劇作家、畫家、布景師、戲劇理論家、藝評家、旅行者。[1]

長久以來，許多因襲看法左右阿鐸的詮釋。這些固定形象雖不是牢不可破，卻繼續起作用。他被當成「瘋子」、「先知」、「殉道者」、「革命家」、「天才創作家」、「受詛咒的藝術家」、「被迫害的天才」、「精神錯亂者」、「精神官能症患者」、「一個臨床案例」、「藝瀆神明的人」（Sollers 859; Alain and Odette Virmaux 1985: 108），其性格「孤癖」、「孤獨」、「邊緣」（Alain and Odette Virmaux 1985: 19）、「特立獨行」、「離經叛道」。推到極致，「判定阿鐸對於一切皆『身處邊緣』還不夠，[……]他甚至連『邊緣』都隔隔不入」（Alain and Odette Virmaux 1985: 101）。彷彿人與作品必定相稱，他的劇場也因而常被認定是「危險」、「極端」、「可怕」。

在二次大戰人類的集體瘋狂與浩劫中，阿鐸在霍德茲（Rodez）的療養院度過漫長囚禁的歲月。從1937年進入療養院，一直到1946年5月26日才被釋放出來。生命歷程之曲折離奇讓他幾乎成為神話人物。阿鐸於1948年過世之後，「逐步獲致神話的面向」（Alain and Odette Virmaux 1985: 19）。許多人視其書寫為啟示錄，帶有神聖性，「把所有阿鐸說的和寫的都視為聖諭」（Sollers 864）。也因此，索列斯（Philippe Sollers）認為一方面要避免誤解阿鐸的作品，另

---

[1] 1926年，阿宏（Robert Aron）、唯塔（Roger Vitrac）和阿鐸成立了 Le Théâtre Alfred-Jarry。根據阿鐸自己的說法，在大戰後其演出（擔任演員或導演）遍及不下十個劇院（VIII 171）。括號中的羅馬數字代表《阿鐸全集》（Œuvres complètes）的冊數別，阿拉伯數字代表頁數。

一方面也無須過度神化（865）。

　　阿鐸生前一直不斷受到誤解與輕視。但其名聲與命運在1947年回到巴黎後開始慢慢翻轉。年輕世代重新發現阿鐸、閱讀阿鐸（Alain and Odette Virmaux 1985: 18）。其《劇場及其複象》（*Le théâtre et son double*）於1944年再版（Alain and Odette Virmaux 1985: 49）。此部阿鐸生前念茲在茲的著作奠定了阿鐸的地位。書中揭示的東方劇場、東方文化與思想更幾乎如影隨形，彷彿成了他的正字標誌。

## 一、西方戲劇：終結與重生

　　阿鐸一輩子與劇場分不開，戲劇在其生命中佔有無法比擬的位置。他自己說：「我溶入了劇場的私密生活，其苦痛，其挫敗，其希望、其困境以及有時候其成功」（VIII 171）。就像他自己筆下受苦的畫家梵谷，「身體從未離開他的畫架」（XIII 212），阿鐸也從來沒有放棄戲劇。

　　對於阿鐸，劇場不只是表演或演出，也不只是消遣娛樂或風花雪月而已。劇場就是生命，應該展現生命的力量與強度。因此，劇場的革新也意味著生命的改造。

　　阿鐸想要終結所謂的「文學劇場」，清楚區隔文學和戲劇。他認為長久以來，「戲劇是文學的旁枝」（IV 246）。甚至，「所有偉大的劇作家，典型的劇作家都偏離了戲劇」（II 9），以致於「一個劇作演出的主要旨趣在於其文本」（IV 102）。[2]「西方戲劇，在使用話語的同時，也使用我們習慣讓話語表意的方式」（IV 248）。演出由文本主宰，再現受制於文本，「什麼都沒有創造，只給予創造的幻象」（Derrida 345-346）。因而，唯有從文本解放出來，擺脫對文本的依賴關係，才能尋回真正的創造力。

---

2 他因而抨擊：「柯波（Jacques Copeau）的錯誤在於他仰仗作者來革新劇場」（VIII 208）。

阿鐸認為，「說故事」不應該成為終極標的，不論對於劇場或者電影皆然。「戲劇必須有自主的語言」（IV 247）。此一自主的語言是在演出、表演當中體現，獨立於話語之外，獨立於文本之外。戲劇必須開展向所有的語言（姿勢、音樂、布景），而不只是侷限於狹義的語言，因為「除了語言文字的文化，還有姿勢動作的文化」（IV 104）。在既有的語言外，他設想另一種語言。「在這個新的語言中，姿勢等同話語，態度具有深刻的象徵意涵」（V 33）。他不斷探求「其他話語之外的表現形式」（Couprie 53），諸如音樂、舞蹈、布景等，要讓戲劇「走得比話語還遠」（IV 248）。唯有如此，戲劇才能成為獨立自主的藝術。但這並不意味著將話語逐出劇場（這其實也很難做到），而是降低其重要性，扭轉原來失衡的狀態，讓話語變成只是劇場的元素之一，並不凌駕其他元素之上。[3]

　　「戲劇藝術建立在空間的利用和空間中的表現之上」（V 33）。職是之故，表演應該比劇本重要，表演應該是劇場的重點。可是「在西方傳統中表演受到威脅」，甚至「消失」（Derrida 347）。因為所有表演元素，像是燈光、音樂、布景、道具、服裝、姿勢走位只是為了「闡釋、伴隨、服務、妝點文本」（Derrida 346）。所以必須棄絕文本的宰制[4]，使得表演不再是文本的附庸。用阿鐸自己的話來說：「一切不再建立在文本之上，而是再現，文本重新成為演出的奴隸」（V 33）。他意圖建立一個「全面的劇場」（théâtre total），「讓劇場成為完全的演出」（spectacle complet）（Hubert 47）。此一全面劇場應用「舞台所能提供的一切方式」（V 34），換言之，它涵蓋「作者的語言，場景調度的重新發現，演員的詮釋」（Dejean 61-62）。

---

3 阿鐸對電影的演進有類似的觀察。他欣賞表現主義的電影。他認為隨著有聲片取代默片，話語（parole）也取代了意象（image）（II 35）。演員的表情、姿勢、動作為普同和根本的，但隨著有聲片的發展，它們逐漸退居第二線。視覺面向的重要性自然降低。

4 當然，從另一個角度思考，「在其計劃與少數執導作品中，阿鐸所作的不外乎是面對文本，即便是狂暴猛烈地加強於文本之上！」（Roubine 176）

阿鐸認為必須「還給戲劇完全的自由」，而這在其他表現形式上，如音樂和繪畫，皆可看到，唯獨在戲劇上付之闕如（II 35）。正因為「所有的戲劇都臣服於屬於文學的文字語言」，因而必須建立「戲劇專屬的語言」（IV 249）。

阿鐸許多作品「戲劇演出不可能」；「或許只有阿鐸本人能搬演」（Béhar 286）。他的劇像是要闡釋他的戲劇理論（或理念）。或許因為如此，許多人將阿鐸的劇場視為「絕對的他處，就像是烏托邦，儘管阿鐸急切想要指出此一他類劇場是可以實現的」（Roubine 150-151）。但內心深處，阿鐸自己也清楚，完全的表演其實「從來就沒有實現過」（II 35）。

## 二、身體的禁錮與解放

和文本的宰制相輔相成的，是身體的禁錮。身體受到壓抑，沒有得到全面的發展。「我們為了不讓人體舞蹈，而讓它吃喝」（XIII 291）。身體受到束縛，無法施展力量，因而必須喚醒沉睡的身體，尋求身體的解放，必須「舞動人體」（Alain and Odette Virmaux 1985: 103; XIII 109），不能輕易接受既有身體，而是要憑藉自我的工作重新塑造一個新的身體。

阿鐸強調「身體語言的聲音」，認為「一切皆發生在身體與語言之間」（Sollers 878）；「故事並非透過理念而發生，而是透過身體」（Sollers 877）。從社會的演進一方面卻可觀察到「語言有系統的摧毀」，另一方面則是「純粹動物身體的回返」（Sollers 878）。

阿鐸從幼年時期開始即深受精神耗弱之苦。阿鐸一直處於社會邊緣的邊緣。監禁期間，身體承受非人之折磨，食物之極度匱乏，並且接受數十次的電休克療法（électrochoc）。[5] 1948年他在致提翁能

---

5 「在霍德茲居留期間，阿鐸接受五十一次的電休克治療，這構成其治療的核心。首次的電休克治療施行

（Paule Thévenin）的信開頭明白點出他的病痛：「我十分哀傷和絕望，我身體到處都很難過」（XIII 146）。爾後罹患直腸癌，身體逐漸衰弱、衰竭、耗盡。從霍德茲釋放出來一年後，也就是五十歲時即離開人世。

　　無庸置疑，其自身經驗對身體理論的構思產生直接的影響。他認為必須「一勞永逸摧毀原來的身體，因為它是不完美的，被殘害、『被糟蹋』」（Alain and Odette Virmaux 1985: 106）。也因此「乾淨、純粹、沒有器官的身體的理念」，一直揮之不去（Alain and Odette Virmaux 1985: 104）。而掏空、滌清的身體也開啟吸納與重生的可能。他賦予身體無與倫比的重要性。身體並不只是分攤話語的功能，而是更進一步用來表現力量與幻想。

　　阿鐸認為，「現實尚未建立，因為人體之真實器官尚未組織與安置」（XIII 287）。通過身體之發展，才能夠連結內在與外在，表演與生命。戲劇不能切斷與舞蹈的聯繫。憑藉著「身體新的舞動」，世界可以得到重生的機會（XIII 287）。心靈與身體，「頭與手」必須緊密結合，不能再各自為政，如此才能構成一個「完整的人」（VIII 220）。

　　解放身體成了第一要務。他要讓「導演和參與者（不再是演員或觀眾）中止為再現的工具與喉舌」（Derrida 348）。觀眾不是被動的接收者，必須鼓勵觀眾的參與[6]，使得觀眾與演出之間摒除無謂的障礙，達到直接的溝通。為此必須重新定義演員與觀眾的關係，不只關注演出者，也關注觀看演出的人：「表演中的觀眾尋求自己的現實，讓觀眾和表演認同，在吸氣呼氣之間」（IV 145）。對他來說，文化

---

於1943年6月20日」，不久，阿鐸即因治療脊髓受傷，致函費迪爾醫生（Docteur Ferdière），告訴醫生電休克治療使他受盡折磨，要求暫停治療（Mèredieu 2006：103, 108）。霍德茲當時普遍使用電休克治療來治療病人，但阿鐸將它視為一種懲罰，「甚至是侵害和謀殺」，耗盡其精力（Mèredieu 2006：109-111）。

6 阿鐸強調觀眾與演員之直接連繫，演員透過肢體演出、姿勢與呼吸，引發觀眾的反應，亦即所謂的「神奇附身」（transe magique）。演出與觀眾不再是楚河漢界，壁壘分明。

不是一灘死水，它必須鼓動我們的身體，鼓動暴力或災難。暴力並不意味傷害，暴力是身體的迸發，原始力量之湧洩。

　　儘管對語言持懷疑態度，無論如何，書寫論述仍然需要透過語言，透過文字，才能說出來。

　　面對我的瓦解、分崩離析，面對「我是誰」、「我何去何從」等嚴肅的課題，種種存在的困境與威脅，必須「鬆解存在，取消所有血緣聯繫，以便能夠從基礎，自母體起，重拾一切，徹底改造」（Mèredieu 1992: 138）。對阿鐸而言，「詩歌乃解消和失序的力量，透過類比、聯結、意象，動搖熟悉的關係」（V 32）。

　　阿鐸不停的寫，彷彿急迫的內在需要，他揚棄華麗的詞藻，拒斥僵化、現成的表達方式，運用大膽、令人困擾的構詞、句法，古怪的音節、節奏與聲響，劃線與大寫，創作新詞。他的書寫展現了語言無與倫比的力量，證驗了語言不止負載意義而已。他作品中使用的意象、隱喻和比喻非常豐富、大膽：「像是啟開的深淵的怨言，受傷的土地在吶喊，聲音揚起，深沉一如深淵之洞穴，吶喊的深淵洞穴」（IV 141）；「苦難之牆」（IV 157）；「十分地接近大聲叫喊，出於人類聲音的起源，單一與孤立的人聲，像一個沒有軍隊的戰士」（IV 145）。阿鐸自己也清楚，「要描述夢想中的叫喊，要用鮮活的話語，用適當的字眼來描述」（IV 145）。語言可以「撼動現實」（Alain and Odette Virmaux 1985: 93）。甚至，「人的重建也要通過語言的重建」（Alain and Odette Virmaux 1985: 107）。動搖語言能夠通往生命的重建。

## 三、戲劇、身體和其他文化

　　阿鐸不斷從其他文化尋求新生的機會。「遙遠的文化在其書寫中很常見，特別在其劇場書寫當中」（Alain and Odette Virmaux 1985: 84）。他很清楚，基督教之外，還有其他更古老的宗教；「西方語言

之外，世界上還存在其他的語言」（IV 104）。

1922年馬賽「殖民地博覽會」（L'Exposition coloniale）中阿鐸觀賞柬埔寨舞蹈表演。1931年「殖民地博覽會」中阿鐸初次接觸峇里島舞蹈（danses balinaises），同樣深深受到震撼。他在峇里島戲劇看到「純粹戲劇」（théâtre pur），音樂、舞蹈、默劇完美結合在一起。他尤其在中國戲劇看到西方戲劇的希望。

梅蘭芳於1923年訪問英國，1935年訪問蘇聯，幾次到歐洲的演出，風靡一時，對當時歐洲戲劇理論家影響十分深遠。[7] 自此之後，「中國戲劇變成行家、戲劇專家的事」（Mèredieu 2006: 22）。西方人發現另一種表演形式，注意到西方戲劇和中國戲劇的差異，從另一戲劇尋找革新的契機。

國劇講究的是意境，而非現實的模擬。國劇強調身段、姿態、唱腔、音樂、武打動作、服裝以及空間的安排與運動，同時顧及演出的各個面向。演員臉部施以濃重的化妝，用不同的臉譜來代表人物的類型與性格，生旦淨丑各不相同。如米修（Henri Michaux）所言，「每個演員穿衣化妝上了舞台，他的身分馬上一目瞭然」；「他的身體已刻劃其性格」（182）。國劇道具常偏向簡單，十分寫意。[8] 布萊希特發現，「中國戲劇常好幾個演員世代皆保留古典人物的某些姿勢與態度」，乍看來或許會以為是保守落後、停滯不前的徵兆，但其實不然，因為演員的表演並不只是模仿，而是在依循傳統中修正，革新，而這其實並不容易（Brecht 409-410）。

國劇演員基本功的養成訓練通常自幼年時期便開始，不僅為時甚

---

7　梅蘭芳之後又陸續於1952年、1957年和1960年訪問蘇聯。幾次歐洲之行引發西方劇作家與戲劇理論家熱烈的回響。參見李仲明、譚秀英，《梅蘭芳：蜚聲世界劇壇的藝術大師》（台北：立緒，2001），頁310-320；李伶伶，《梅蘭芳的藝術和情感》（台北：知兵堂出版社，2008），頁143-152。

8　米修對中國人的行為舉止極盡嘲弄之能事，但他似乎對中國戲劇情有獨鍾。他從道具、服裝、演員等層面分別剖析其優越之處。例如，從布景、道具來看，他認為「只有中國人知道戲劇演出為何。長久以來，歐洲人已不再表演什麼。歐洲人呈現一切。一切都在那兒，在舞台上。所有的東西，什麼都沒少」；「中國人隨需要擺放可以表示平原、樹木、樓梯的東西 [……]。其劇場相當快速，如同電影」。矛盾的是，「比起我們，它 [中國戲劇] 更能表現物件和戶外」（182）。

久，且十分艱辛。日復一日，朝而復始，反覆練習，才能達到完美，臻於極致。最終能駕馭自己的身體，隨心所欲，收放自如。基本功其實就是身體全面的鍛鍊與探索。在歷時甚長的身體型塑的過程中，每一部分、每一細節皆沒有遺漏。日積月累才能成其功。並且，演員的養成與其生活教育是完全結合在一起的。舉手投足、灑掃應對皆不輕忽。「入行」也代表的是身體的徹底轉換與改造。阿鐸也說：「演員是心靈的運動員」（TD 199）。[9] 阿鐸尤其注意到中國、東方戲劇中聲音的探索和訓練，並應用到自己身上（Mèredieu 2006: 40）。阿鐸對自身身體的鍛鍊不遺餘力。許多人都談到「阿鐸在房間孜孜不倦的運動」（Alain and Odette Virmaux 1985: 92）。「許多舊識知道這種過度的身體勞動[……] 對阿鐸的創作是不可或缺的」（Alain and Odette Virmaux 1985: 92）。

眾所周知，國劇的故事觀眾常常耳熟能詳，甚至連對話都可以朗朗上口。劇本固然重要，但並沒有主宰演出，嚴格來說，甚至不如表演重要。換言之，相當程度上文本與其他元素間維持一定的平衡。角色也有固定的詮釋模式，因而，區辨演出優劣高下的判準，並不是劇本，而是演員的表演，唱唸做打，也就是肢體的表現。也因此，一個或幾個演員往往主宰演出的成敗。一舉手，一投足，都可能讓觀眾目不轉睛，如癡如醉。觀眾看戲不只是沉醉在故事的高潮起伏裡，更是在欣賞演員的表演。這種種似乎都和阿鐸的理念不謀而合。

儘管如此，與其說他被東方戲劇吸引，倒不如說他其實對西方戲劇絕望（Alain and Odette Virmaux 1985: 86）。東方戲劇有助於走出西方心理劇的困境。或許因為如此，在他論述中，東西的對比有時過於簡化，如：「西方戲劇處理人，而東方戲劇處理宇宙」（IV 223）。

第一次世界大戰，第一次的現代戰爭。歐陸各國於大戰中死傷極

---

9 TD代表《劇場及其複象》（*Le théâtre et son double*）。

為慘重，法國也不例外。與科學演進攜手並肩的進步的神話徹底幻滅。取而代之的是深沉的絕望。人們開始思考文明的根基。如馬侯所言：「我在歐洲看到井然有序的野蠻行徑」（Malraux 35-36）。

一如馬侯，阿鐸也看到「價值的大崩潰，人們不知應該擁抱哪些理念」；「這個時代生病了」（IV 216）。在他看來，所謂的人文主義正透露出西方的墜落：「當文明的狀態已然絕望，文化理念全面退步，人開始談人文主義」（VIII 133）。他高聲吶喊：「人類沒有心靈」（XIII 155）；「現代世界在心靈上全面潰散」（VIII 220）。他對超寫實運動萌生的描述亦十分契合他自己的書寫與創作：「超寫實主義從絕望與厭惡中誕生」（VIII 143）。

阿鐸以狂風暴雨的方式，毫不留情地抨擊西方文化。他從中看到「群眾的疾病」，這是「進步的代價」（VIII 209）。「沒有任何時代更戲劇化，更焦慮不安，最狂暴，最關鍵，最決定性的事件落在耗盡的感覺之上，沒有反射，需要我們撼動它，使它復甦，讓它領受到時間之劇烈」（V 153）。

阿鐸視「戲劇藝術」為「有機地支撐與革新文化的方式」（IV 218）。也就是說，戲劇不只是戲劇而已。表演、演出亦是生命與心靈的展現，足以改變生命與心靈。正因如此，他才會說：「當我生活時，我不覺得我活著。當我表演時，我才覺得自己存在」（IV 145）。

劇場不是現實的模擬，劇場與生命是分不開的：「劇場是讓我們表現生命的武器」（VIII 223）。必須強調，他所思所想的不是個人短瞬的生命，而是生命中普遍、恆常的面向。不難理解為何他最後選定《劇場及其複象》作為他最重要的戲劇論述的名稱：「如果劇場複製生命，生命也複製真正的劇場」（V 196）。戲劇演出不是消遣娛樂，而是生命的創造與重生。換言之，戲劇並不侷限於劇場，戲劇必須回歸生活，兩者無法切割。正因如此，「沒有比劇場更好的革命工具」（VIII 223）。他選擇以劇場來面對西方文明的困境。也因此，

他對《劇場及其複象》的出版一直寄以厚望：「在一個紛擾、失序與革命的時代，此書包含所涉及的問題的回應」（V 209）。

墮落的西方，每況愈下，看不到出路，只能由外尋求奧援。阿鐸開始尋覓古老文化的根源。在他眼中，這些文化才是永不枯竭的源頭活水。阿鐸視戲劇為「巫術的活動或典禮」（V 31），「巨大的驅魔儀式，整個的群眾不能不參與」（V 158）。他要尋回戲劇之「原始儀式性格」（V 31）。他企圖從神祕的遠方國度，「重新找回戲劇的宗教起源」（IV 224），從而重新賦予戲劇宗教或神祕的面向。但其實阿鐸並未總是四處旅行。「遙遠的文明，比較是他的夢想，而非直接趨近」（Alain and Odette Virmaux 1985: 84）。

古老的文明像是人類的起源，人類萌發之地，尚未受到現代文明的污染。他深信，科學之外存在「其他未知的力量，幽微的力量」（VIII 212）。這些力量屬於「自然界萬物皆有靈的範疇」（VIII 212）。

他在1936年前往墨西哥。[10] 墨西哥是他旅行最遠的目的地。[11] 墨西哥之旅後，他還計劃前往西藏（Alain and Odette Virmaux 1985: 84），但最後並未成行。

墨西哥之旅像是一趟朝聖之行。「在墨西哥北部，離墨西哥市車程四十八小時，有一個純印第安族，即Tarahumaras。四萬人住在那裡，狀況猶如大洪水降臨之前。他們挑戰了這個開口閉口不離進步的世界。」

他對墨西哥之行期盼甚高：「我來這裡尋求回去之後可以在法國安全生活的方法。事物必須改變，不論代價為何。我來墨西哥尋找力

---

10 另外他在1939年前往愛爾蘭，因為它「代表塞爾特文明的源頭」（Alain and Odette Virmaux 1985 : 85）。

11 此行一波三折，經濟上的困窘尤為最大的阻礙。和許多朋友間的通信中阿鐸都毫不避諱地談到他的情況。在一封旅途中寫給波龍的信，阿鐸向他預支新書出版的版稅（V 197）。另一封信則感謝他寄來的支票，讓他及時收到錢。而一封給巴侯（Jean-Louis Barrault）的信，他要他的好友儘可能幫他籌措金錢，解決他的燃眉之急（VIII 314-315）。儘管如此，他「僅帶著旅途盤纏就出發，決定冒險改變生命」（V 192）。

量，推向改變的力量」；「我要找到一件珍貴的東西，一旦將它握住，我會自動完成我該做的真正的戲劇，而且這回必能成功」（VIII 312-313）。此行並非全然著眼於戲劇，他說：「我來墨西哥尋找新的人的理念」。人先於戲劇，有了全新的人，新的戲劇自然就水到渠成。

他清楚的表達離開的欲望：「我感到需要離開人，需要離去，到一個可以自由前進的地方」（IX 85）。這個地方將是墨西哥。但他在寫給巴侯的信上寫道：「很少人了解我到墨西哥旅行的目的」（VIII 312）。而從墨西哥市寫給湯瑪（René Thomas）的信上他談到他計劃不久就要離開首都，深入墨西哥內部：「我要去尋找不可能」（VIII 310）。從印第安的儀式、慶典尋找生命與文明的根源。「阿鐸將物件**變成圖騰**，他要他的觀眾參與場景，就像一個原始人參加一個儀式慶典」（Barthes 300）。「在Tarahumara山上，一切都關涉**根本**，也就是**自然**形成的原則；一切皆是為了這些原則而活：人、暴雨、風、寂靜、太陽」（IX 64）。

離開並不是割斷臍帶，徹底告別出生、成長的土地。他者並非絕對、不可化約的存在；相反地，它與主體形成聯繫。故土和他鄉，過去和現在，自動會建立起情感和知覺的聯結。在寫給波龍（Jean Paulhan）的信上，阿鐸坦承Tarahumara山脈喚起他「個人的回憶」，土地、草地、岩石、光影，彷彿一切都「代表過往的經驗」。

阿鐸實地造訪墨西哥，約莫停留了九個月。除了宣揚其戲劇理念外，也積極參與公眾事務。他贊同「印第安人的革命」（VIII 308-309），關切印第安人的存亡（V 201）。「從最寬廣的意義來看，他旅行的目的是政治的」（Thévenin 109）。

儘管阿鐸認為「墨西哥革命只有建立在古老的印第安基石上才能成功」（Thévenin 111）。但無論如何，墨西哥畢竟與歐洲淵源匪淺。阿鐸談到「墨西哥的拉丁精神」；「今日墨西哥靈魂如何以拉丁形式浸淫於歐洲精神之中」（VIII 216）。他也觀察到墨西哥一面

「急切地吸收歐洲文化和文明，並賦予其墨西哥的形式」，一面抗拒改變，抗拒進步（VIII 217）。

相較之下，中國卻更像另一個世界，一個絕對的他者，陌生、難以理解，更無法掌握。兩相對照，和墨西哥不同的是，阿鐸不曾踏上中國的土地，他對中國的認識，主要是透過翻譯閱讀有限的中國古代經典。他從年輕時就開始閱讀東方的書籍。[12] 閱讀取代實際的經歷體驗。實際的接觸，瞬間、即時的震撼被長期、平靜、個人的閱讀與研究取代。[13] 對於墨西哥他從自己親眼所見來理解、檢驗；對於中國他則仰仗他人所見所聞，透過他人身體來認識。

阿鐸旅人被阿鐸讀者替代。[14] 空間距離被時間距離替代。誠然，旅行不等同於閱讀。但是，在某種意義上，閱讀也是種內在的旅行，而旅行也可看成是開放的閱讀。旅行和閱讀都是自我與他者的對話，而任何對話都是心靈的刺激與激盪，撼動身分認同，也就是存在的依據和基礎。兩種經驗都立足於旅人／讀者的現在，召喚沉睡的過去，迎向不確定的未來。空間的遙遠和時代的遙遠皆可以構成書寫與思想的推力，引領人們想像神遊，彷彿身歷其境，咫尺天涯。

托多霍夫（Tzvetan Todorov）說：「最遠的國家就是最好的」（298）。最遙遠的民族引發最強烈的震撼。而相對於法國，美洲的墨西哥和亞洲的中國正是最遙遠的國度。[15]

---

12 參見Florence de Mèredieu, *La Chine d'Antonin Artaud/Le Japon d'Antonin Artaud*, Paris: Blusson, 2006, pp. 5-6. 根據作者的說法，阿鐸還結識對東方十分感興趣的醫生阿隆地，很可能利用他豐富的藏書來拓展關於東方的知識（pp. 22-24）。

13 當然，他也因此得以避開旅行中可能會遇到的種種不便和意外。阿鐸在墨西哥之行的途中寫給友人的信上說道：「墨西哥市有很多瘋子、吹牛的人和笨蛋」。到了信末更形悲觀：「我的死期近了，因為我在這個世界脫胎換骨，即將結束了。我會意外死亡」（VIII 311）。他甚至沒有把握是否可以再回到法國。

14 兩者的比較的正當性因時間上的鄰近性而強化。阿鐸幾篇討論《易經》、道家思想的文章問世的時間與墨西哥之旅十分接近。

15 他在一封信中感性表白：「我不知命運如何安排，也不知道十五天後我身在何處，仍在巴黎還是在往墨西哥或往中國的船上」（VIII 302）。可以看出，這兩個距離遙遠的國度代表地球的另一端，是與此地相對的他方。

「自馬可波羅以降，遠東對歐洲，特別是法國，激起無比的迷戀」（Françoise and Paul Gerbod 117）。到了十九世紀，似乎隨殖民的擴展而與日俱增。「1900至1930年亞洲的影響和潮流橫掃歐洲，通過俄國和德國，隨後抵達法國」（Mèredieu 2006: 38）。

對於阿鐸而言，「東方像是原初之地，孕育和更新一切的原始之地」（Mèredieu 1992: 26）。某種意義上，東方需要存在，但東方並不存在。東方是想像的產物，美好的另一個世界，是長久以來，經驗與幻想，現實與虛構，不斷地流動、積累與融合的產物。「東方的『現實』不是實際的現實；它是幻想的，不是客觀的，不對應任何特定地理情境，比較是刻劃某種氛圍，某種心靈空間」（Mèredieu 1992: 26）。

## 四、中國的認識與想像

中法之間的接觸、交流甚早，自十九世紀以降，更為密切。在船堅砲利強力進逼之下，古老的帝國節節敗退，割地賠款，最後任列強予取予求，被迫門戶大開。外交使節、傳教士、商賈、旅人、作家，越來越多人實地造訪中國，並且由沿海地區逐漸深入內陸，留下林林總總的回憶與記錄，引發後人的興趣。隨著殖民拓展，從遠東攜回的各種文物，也再再激發人們強烈的好奇心。

對於古老中國的迷戀成了普遍的現象。許多人收藏各類中國文物：服飾、家具、花瓶、瓷器、書法、山水畫。

隨著歐亞之間交流的日益密切，運輸工具的快速進展，中國已不再只是遙不可及的夢想國度。但無可諱言，真正踏上中國土地者，仍然為數不多。

許多歐洲文人墨客筆下，不約而同刻劃永恆、停滯的中國，超越時間與變動。古老的文明千年以來就是如此，從來就沒有任何改變：一樣的信仰、一樣的思維方式、一樣的生活習慣。謝閣蘭（Victor

Segalen）中國旅途中的書信中可以找到類似的看法：「住在中國有時很好玩。那兒我們和千百年來的死人擦身而過。很明確地，北京的這些車子和漢朝走的車子像一個模子刻出來的。[……] 某些習俗和人物好似從錦緞、印染、國畫、花瓶裡出來的」（Segalen 79）。

對於中國的刻板印象自然不是一朝一夕形成的。米修筆下的中國人古怪，令人匪夷所思：中國人樂於模仿，「推到極致」（Michaux 176）。如梵樂希（Paul Valéry）所言：「中國，長久以來對我們像是一個分離的星球。充斥著幻想的民族。沒有什麼比在我們眼中把他者化約為怪異是最自然不過的事」（183）。又，「我們認為中國巨大且無能，具有創意卻又停滯不前，既迷信又是無神論者，殘暴卻又饒富哲理，愛國卻又腐敗」（183）。中國像是種種矛盾的組合，集結了善與惡，最好與最壞（184-185）。

中國典籍陸續翻譯為法文。《道德經》等一、兩部典籍常成為中國博大精深的思想的代表。謝閣蘭在《中國信札》（Lettres de Chine）中談到克勞戴（Claudel）：「和我一樣，他首先在中國，向著《道德經》，亦即老子博大精深的思想」（63）。[16] 阿鐸對中國的認識主要也是透過《易經》與《道德經》（VIII 106-7）。他比較熟悉的，也是古代中國的聖賢哲人。他認為，若果西方科學的發展造就偉人，像牛頓、達爾文，在其他文明中，在「道德和社會層面」，也同樣產生許多偉人，例如老子和孔子（IX 64）。

阿鐸沒有到過中國。他對於中國的認識主要透過閱讀。在這一點上，莫宏扮演極為重要的角色。[17] 莫宏為漢學家，中文程度佳，他的

---

16 《道德經》早在1842年即由朱利安（Stanislas Julien）完整譯為法文（Grenier 29）。閱讀《道德經》、引述《道德經》對於熱愛中國文化的法國知識份子似乎是極為普遍的現象。根據Florence de Mèredieu：「謝閣蘭、克勞戴、莫宏以及阿鐸皆對《道德經》很著迷」（2006：47）。在他們之後這個趨勢仍繼續延續下去。在二十世紀下半葉的思想家身上（例如巴特）仍可見到。當然，有些時候此種迷戀是以諷刺或嬉笑怒罵的形式表現。在「丁丁歷險系列」的《藍蓮花》裡，被注射毒液而心神喪失的中國人仍然出口成章。對丁丁說話時，不忘援引老子的話語：「老子說：『要找到正道！』我已經找到了。你也得找到」；「我要先砍下你的頭。隨後，你就會知曉真理」（Hergé 13）。

17 參見Florence de Mèredieu, *La Chine d'Antonin Artaud/Le Japon d'Antonin Artaud*, Paris: Blusson, 2006, pp. 26-38.

研究涵蓋中國文學、哲學、藝術、音樂、戲劇、針灸等各個範疇。他曾在中國生活過十數年，負責外交事務。除了莫宏，阿鐸往來或認識的文學家、藝術家，還有許多對於中國歷史文化或社會現實有濃厚興趣，比如作家馬侯。

阿鐸引用《道德經》（VIII 106），也在借用中創造轉化，例如空無的觀念：「只有空無，一切皆由它、透過、圍繞著它表現。空無比存在更真實，因為它是永恆的」（VIII 104）。所以，「不在比存在更真實，因為它是永恆的，總體而言它是回應，比行動更為不移與恆久」。空正是一切的起源。

道家思想從物質層面進入到精神層面，挑戰我們習以為常的慣性，翻轉主宰的價值，跳脫既有的框架和思辨方式。正反兩面，並非永遠一陳不變。《道德經》第二十二章：「曲則全，枉則直，窪則盈，敝則新，少則得，多則惑」。第二十八章：「知其雄，守其雌」。第四十三章又言：「天下之至柔，馳騁天下之至堅，無有入無堅」。

阿鐸反抗西方主宰的理性，認同一般世俗價值的顛倒：「陰才是主動的，陽是被動的。陰是男性的，陽是女性的」（VIII 104）。柔弱可以克服剛強，退讓為前進，大智若愚，這種柔弱哲學與阿鐸抨擊的西方強者哲學、進步主義恰恰背道而馳，反倒和阿鐸的想法不謀而合。

但阿鐸的思想和道家思想或許還是有些許扞格不入之處。他的行動有明確的目標，絕不是「無作為」。此外，當他以「暴力」、「殘酷」來描繪劇場，不斷訴諸「敲擊」、「燃燒」（VIII 128）、「滾燙」、「噴發」等強烈意象，這種種似乎也和老子所謂的「物壯則老」、「堅強者死之徒」的想法有些衝突，儘管我們不能單就字面意義來理解它們的意思。

無論如何，在霍德茲期間仍可找到道家思想的痕跡，阿鐸甚至自比為老子（Mèredieu 2006: 60）。道家「無為而治」（non-agir）的思

想幫忙他度過這段艱困的歲月，承擔卑辱與匱乏（Mèredieu 2006: 61）。道家思想中痛苦與幸福都是相對的。形骸肉體之外，尚有心靈。道家思想中對於知識的懷疑，神祕主義的傾向，對宇宙論，起源與變化的探索，再再令他醉心不已，也契合阿鐸對醫學的態度。他認為《易經》與《道德經》和針灸可相互啟發（VIII 107）。

　　阿鐸對病痛十分敏感。西方醫學不僅無法治癒他的陳年舊疾，還帶給他莫大的痛楚。也因此，他一直對其他文化中的傳統醫學懷抱想像與希望。啟程前往墨西哥之前，阿鐸就曾經準備到當地尋找藥草醫學的遺跡，對於這種古老的治療方式被白人視為怪力亂神他感到十分惋惜（V 202）。阿鐸對中國醫學同樣推崇備至，尤其是針灸術。相反地，他嚴厲批評西方現代醫學：「實驗室的醫學，無法察覺疾病的幽微、稍縱即逝的精神。它看待活人彷彿屍體一般」（VIII 216-217）。東方醫學研究疾病的起因，務求根治，而非像西方醫學頭痛醫頭，腳痛醫腳。

　　阿鐸的醫生友人阿隆地[18]也「研究非西方的醫學形式」（Mèredieu 2006: 25），醫學與鍊金術的關係，星象的影響等等。「因為對祕術著迷，阿隆地在超寫實主義找到他自己步履的迴響」（Roudinesco 25）。「1920年，他成為法國順勢療法協會的會員，三年之後，他遇見拉佛格（René Laforgue），並和他作教學分析」，他也是巴黎精神分析協會（Société psychanalytique de Paris）的創始會員之一（Roudinesco and Plon 34）。阿隆地對詩人的影響不可小覷。阿鐸在〈治療的醫學〉（La Médecine qui guérit）捍衛這種非典型的醫學：「有一種醫學沒有要針對人體，而是針對生命，人體不過是生命的象徵與支柱」（VIII 16）。阿鐸和醫生間有魚雁往返，甚至在啟程遠赴墨西哥之前和旅行途中都有寫信給他（VIII 303-303）。在寫給

---

18 阿鐸與阿隆地夫婦（René Allendy and Yvonne Allendy）密切通信。他們甚至構思成立電影公司，到世界各地放映阿鐸的電影（Meredieu 2006: 41）。

波龍的信上，阿鐸也特別提到阿隆地醫生的演講，並且認為他的論點「對當代醫學是十分革命性的」（V 91）。他甚至要求醫生幫他從星座預測未來運勢，對他十分信賴。阿鐸在1937年3月13日給波龍的信，提到他一直想寫一篇星象術的文章。或許怕朋友擔憂，他還特別強調：「這篇文章很嚴肅、資料佐證豐富」（IX 108）。阿鐸醉心於星象、算命、預卜吉凶。一封給波龍的信上談到他幾天前到一位對於星座頗有涉獵的友人家。此一友人即為阿隆地。阿隆地對他說：「從9月起，也就是從[他]進入36歲開始，在 [他] 的星空會出現星座上所謂的維納斯—朱比德，這是極罕見的徵兆，表示將順利成功」（V 101）。阿鐸似乎對醫生所言深信不疑。阿鐸十分相信占星術，因而很自然會對《易經》特別感興趣。他認為《易經》無所不包：「易經處理能量學、占卜、宇宙論，甚至原子論」（VIII 107）。

透過阿隆地，阿鐸結識莫宏。莫宏於1901年來到中國，在中國居住期間親眼見識到中醫、針灸的療效，並親身體驗，自己也開始鑽研，並引介到西方世界。莫宏在1932年幫阿鐸作針灸治療。這段經驗讓他以植基於人體經絡系統的針灸為範例，來構思劇場。就像針灸要確實掌握穴道、穴位來治療病症，阿鐸思考不同的姿勢、聲音、光線、顏色可能引發的感覺與情緒，如何藉由劇烈的方式，「刺痛」觀眾，激發觀眾的反應，使其變得敏銳（Mèredieu 2006: 44-45）。觀眾置身劇場之中，刺激不斷由四面八方接踵而至，無法再處於被動的狀態，無動於衷。如此一來，劇場似乎也肩負著治療的效用與任務，讓人可以改變槁木死灰的狀態，脫胎換骨，重獲生機。就像醫生必須「傾聽病人的呼吸和脈搏」（XIII 294）來進一步掌握病情，對症下藥，戲劇工作者必須了解觀眾才能使演出達到效果，進入觀眾的靈魂與身體最深邃之處。觀眾實地參與和投注，無法再冷眼旁觀，保持距離。觀戲同時也意味著身體與生命全面的改造。

中國傳統醫學建立於陰陽五行之上，為全面的醫學，它將身體視為一個「有機的整體」，講究身體各部分的協調統一，強調心與身的

合一以及人與自然的關係。「中醫學把人體內臟和體表各部組織、器官看成是一個整體，同時認為四時氣候、土地方宜、周圍環境等因素對人體生理病理有不同程度的影響，既強調人體內部的協調，又重視機體和外界環境的互相關係」（朱忠春、范玉櫻、彭美鳳、楊光正6）。這種有機的整體觀，強調內外統一協調的態度十分吻合阿鐸的信念。

即使阿鐸對中國思想與文化持正面的態度，但他並不總是人云亦云，完全無條件的贊同。我們仍看到遲疑、矛盾之處。彷彿他擺盪在既定的想法和借用的理念之間，難以馬上定奪。有時他甚至提出質疑，例如：「女性是流動的、柔軟的、柔順的，順從，不前進。必須流動方能順從。這是物質。心靈不是柔軟的，而是幽微的。兩者有所不同。心靈前進，野蠻而原始，心靈即律法，但正因如此，我們不能像中國人，將其視為惡。這是詮釋錯誤」（VIII 120）。

他大致將中國視為恆久不變的。「中國的傳統自然也是一個傳統，而且無疑是最屹立不搖的，因為幾世紀以來，完全沒有移動」。千百年來皆是如此。中國就像是活化石。

但事實上，中國早已不是過去的中國，中國也無法再固守原來的榮耀。二十世紀初期的中國面對西方強權、殖民主義、帝國主義的擴張，古老的帝國分崩離析，面臨價值的崩潰與道德的瓦解，許多有志之士懷抱新科學與新技術，企圖迎頭趕上，與西方國家並駕齊驅。面對傳統與現代的拉扯衝突，許多人感到無所適從。事實上，阿鐸並不只是在斗室中憑空想像一個古老的中國，他也意識到東方已非昔日的東方，東方也必須因應時代的劇烈變遷，不可能自絕於歷史洪流之外。他看到「東方在墮落當中，印度在解放的夢想中沉睡」，「中國烽火連天，而今日的日本似乎是遠東的法西斯主義者」（VIII 210）。

但這類的觀察顯然比較是一般性的描述，比較像是從報章雜誌或者口耳相傳吸收到的訊息。若果阿鐸有實際中國的旅行經驗，如果他

像謝閣蘭一樣足跡遍及中國大江南北，和中國、中國人有直接、近距離的接觸，或許其視野會大大不同，或許會讓他更深刻體會到古老中國的徬徨與困境。霧裡看花，畢竟隔了一層。因此，他主要談的不是中國人（不論是菁英份子或市井小民）、風土人情或者古蹟風景，而是中國思想與中國文化。比較少碰觸具體的現象，主要還是圍繞著抽象理念的探究。

尤瑟納（Marguerite Yourcenar）創作了一個中國故事——〈王福獲救記〉（Comment Wang-Fô fut sauvé）。這個「五彩繽紛」的「小品」中，視覺意象與聽覺意象皆十分豐富。飄渺的中國山水與水墨營造出神祕的氛圍：群山峻嶺、煙霧裊裊，十分引人入勝。故事中，貧困的老畫家和忠心耿耿的門徒一心一意獻身藝術，忘情於山林之間。但好景不常，兩人被捕，承受酷刑。原來天子遷怒於畫家，因為他從小與王福的畫朝夕為伍，長大後卻發現從皇城階梯看到的白雲還不如王福所畫出來的（Yourcenar 16）。我們不禁要問：阿鐸是否也一直閉鎖於中國的再現之中，古老的中國，現代的中國，哲學的中國，時事的中國，攝影的中國，阿鐸認識的究竟是怎樣的中國？哪一個中國是真實的？哪一個又是虛幻的？如果阿鐸生前真的踏上了古老帝國的滾滾黃土地，他會不會像失落的中國皇帝，發現眼前的中國還不如從法國看到的中國美好？

無論如何，即便阿鐸一輩子從未去過中國，「中國卻盤據著他。像個遙遠的夢。孩提時期的夢想，一直持續到他生命的最後時光」（Mèredieu 2006: 48）。或許，沒有機會從這個夢中醒來，是他困頓的生命中微小的幸福。

在對中國文化的頌揚與理想化之外，卻有一個文本似乎呈現出相當不同的樣貌。阿鐸在〈上海之愛〉（L'amour à Changhai）刻劃想像的十里洋場中廉價的妓院。重點不再是心靈的交流，而是肉體的歡愉。在這個大都會的一角，各種聲音此起彼落，空氣中混雜著各種氣味。裡頭描述場景似乎同樣可以移植到其他城市：紐約、巴黎或者阿

姆斯特丹。阿鐸以他熟悉的景觀來構想上海的小妓院：「小小的妓女戶就像普羅旺斯鄉間的旅店，也像義大利Tyrol地區寒酸的房子」（VIII 43）。而另外一間俄國移民經營的妓院，尋歡客付錢走進一個房間，就像走進「歐洲的咖啡館」，如同「美國電影」中所呈現的景象（VIII 44）。他的描述結合了現實與想像，既熟悉又陌生，由既有的經驗與意象出發，構思千里之外，從未造訪過的一個東方城市。

這篇作品呈現出怪異、神祕、鬼魅的他者，令人不安，又難以捉摸。身體面臨被吞蝕淹沒的威脅，死亡的氣味近在咫尺，如影隨形，揮之不去。

若果許多歐美思想家、文學家、知識份子身上看到對中國文化的狂熱與膜拜。另一逆反的趨勢是將其視為毒蛇猛獸，罪惡淵藪，災難的源頭。在這種視野之下，為數眾多的中國人，更令人望而生畏，許多人不斷鼓吹、加深非理性的恐懼，即為一般所謂的「黃禍」（Le péril jaune）。十九世紀下半葉，許多歐美人在中國時常受到攻擊，後來爆發義和團事件。同時間日本因武力崛起，虎視眈眈，再再加深了西方人對亞洲人的疑懼。想像中國人、日本人終究會構成其威脅，入侵歐洲，侵門踏戶，蠶食鯨吞。「黃禍」其實暗示西方的墮落，原先種族階層順序也因而翻轉（Brunel 617）。換言之，將惡加諸於他者身上其實指向西方文明遭逢的危機：「黃禍表現西方之缺乏內在主宰」；「隨著西方自我意識的失落而增長」（Brunel 620）。

歸根究底，對中國超乎尋常的高估與低估，非理性的迷戀與恐懼，皆顯現西方的匱乏、焦慮與墮落以及面臨的認同危機，形式雖然有別，內涵其實相近。

歷史巨輪不斷前進，改朝換代，但對中國的過度高估與低估卻沒有太大改變。新中國建立新的秩序，代表著新希望。文化大革命引發西方知識份子的激情，一時之間，毛澤東成了革命反叛的代表，反帝國主義、反資本主義的急先鋒。《如是》（*Tel Quel*）的成員在文化大革命如火如荼之時，率先深入中國。他們對毛崇拜有加，尤其是索

列斯。甚至晚近中國逐漸對外開放，過去神祕面紗漸漸掀開，過去醜惡殘酷的一頁歷史慢慢披露，索列斯仍然未改其原來的立場。

值得玩味的是，《如是》對阿鐸產生濃厚興趣。[19] 68年學運的青年學生也在阿鐸身上找到認同的對象。從他身上找到反叛、質疑、拒絕、反抗權威、翻轉既定的秩序，摧毀一切的正當性。

反諷的是，毛澤東和阿鐸，都成了青年學子的導師，拒抗體制、霸權與反叛精神的代表。一個在政治上握有無比權力，掌握千萬人生殺大權，一個卻一直位處在社會的邊緣，囚禁、困頓、不被了解，一無所有，窮困潦倒。

阿鐸像是立足在自己土地上的陌生人，難以抗拒遠方的聲聲召喚。但遠赴他方並非單純表示逃離到另一處所。遠行離不開內在欲求，與自我緊緊相繫：「我為了重建平衡和擊碎厄運而到墨西哥來。就是這麼一回事。外在和內在的厄運。外在也是從我而來」（VIII 313）。就像他談論墨西哥，不時回到法國的情境以及面臨的問題，法國的年輕人與知識份子（VIII 230）。

如果他不辭勞苦遠赴重洋，絕不只是為了尋找歐洲的影子，或歐洲的替代：「我不是來這裡尋找歐洲文化，而是原初的墨西哥文化和文明」（VIII 216）。他者已不再是需要征服、收服、馴化的對象。這些民族並不落後，恰恰相反，他們足以作自我檢視的借鏡。

他者是自身的鏡子，映照出其焦慮、匱乏與不滿。從這面魔法鏡子可以隱約辨識出自我的形影，甚且穿透層層障礙，直指其內心深處，一切皆無所遁形。[20]

一方面，他者及他者所蘊含的差異挑戰自我原有的習慣、信仰與

---

19 戰後，阿鐸許多未出版的作品與信件在《如是》上發表。《如是》的成員（如索列斯）也陸續發表討論其思想的文章。參見《Tel Quel的歷史》（Forest 201-202）。

20 畢度（Michel Butor）發現，對於法國作家，日本代表「他們的夢想或縈迴的特別地區」（13）。他們筆下的日本「一直是想像的國度，有點像是面魔鏡，人們隨心所欲」，因而常常謬誤百出，荒誕無稽（14）。從日本呈現出的不同形象顯現法國和日本「這兩個國家關係的改變，一個國家在另一國家內部再現的改變」（14）。

思維方式，甚至動搖存在的基礎。陌生的語言、文化、環境、氛圍有助於透過情境擺脫原有習慣與模式。如程抱一所言，若果放棄原來的「語言是種犧牲的話，熱烈地採用另一個語言帶來了報償」（Cheng 38）。另一方面，自我與他者並非截然對立。他者身上烙刻著我的印記，反之亦然。

步步趨近他者的同時，阿鐸並未放棄對他者的想像：「我們對墨西哥文明一無所知。無疑的這是假設幻想的良機」（VIII 18）。另一文章，他又自承對歷史學到的墨西哥了然於胸，但他以詩人的態度，「想像歷史沒有教授的」（VIII 215）。「想像」或「本能」可以讓他千里之外自由馳騁（VIII 215）。換言之，知識的受限或欠缺或許不一定構成障礙。誤會與誤解有些時候非但無礙於創造，甚至會構成創造的誘因和動力。

同樣的，異國情調並不總是負面的情感，不切實際的幻想和投射。異國情調是文化接觸與對話無法規避的一部分，是我們無法全然洗滌的標記。洗刷不掉，並不是因為污穢不堪，或屈辱羞愧使然，而是因為歷史重量的沉澱，像是肉體上身不由己的胎記，標示出時間與空間的刻痕，或者，存在的印記。

# 五、文化混雜

值得注意的是，阿鐸也聲稱：「真正的文化從來就沒有祖國，它並不是人的，而是心靈的」（VIII 279）。換言之，世界即其祖國，文化超越地理疆界與語言的藩籬。任何文化都不是特定族群或社會的專屬資產，而他人完全被排除在外，既無從置喙，也無法理解。文化間存在著共通性，尤其在推往文化源頭時，更是如此。不難理解為何他會提出所謂的「普同文化」（V 207）。也就是說，文本超越個別的文化或文明，指向普遍的宇宙觀。正因如此，具體的現實與歷史情境可以暫時擱置，因為心靈活動沒有國界，也沒有曆法，可以超脫物

質的限制。當然，無可否認，當阿鐸以化約的方式，排除差異，強調普同的文化時，無可避免會縮小或低估文化間的差異。

阿鐸也許是沒有祖國的人，自在地遊走在各類疆界與範疇之間。他上通古今，下通地理，「博覽群籍」（Sollers 880）。如果，如索列斯所言，要了解一個時代，就要閱讀這個時代的作家，那麼，阿鐸也深刻而貼切的表現他的時代（Sollers 878）。很明顯的，他留意當時流行、主宰的價值，並未自我隔絕在外。他「意識到一切，意識到一切周遭發生的事，不論是右邊或左邊，前面或後面，近在咫尺或遠在天邊。他就所有方向，從所有方向捕捉現在。他具有蚊蠅般銳利的眼睛」（Barrault 63）。從他的書寫可以看出多重的互文關係，並不侷限於東方文化，只不過《劇場及其複象》的巨大影響，使得一旦提及阿鐸時，首先浮現我們腦海的往往是東方戲劇或東方思想。

阿鐸承續浪漫主義。故鄉、故土不再是長住久居的地方，家園反倒意味著不自在。無法安身立命，因而透過遷徙、旅行，離開家鄉，遠赴他鄉。

他一度參與超現實主義運動，但時間並不長。他自己說：「我從1924年到1926年參加超寫實主義運動，狂風暴雨陪伴著它」（VIII 143）。爾後因超寫實主義運動政治色彩過於鮮明，而分道揚鑣。但其實在離開之前，阿鐸積極參與政治，簽名支持波蘭、羅馬尼亞、匈牙利反對外來政權的壓迫（Alain et Odette Virmaux 1987: 66）。1928年他被布列東（André Breton）逐出。職是之故，他常被歸為超寫實主義運動的邊緣人物，所以也無法簡單將阿鐸納入超寫實主義的歷史（Sollers 858-859）。但是無可否認的，在他思想的醞釀和演進上，超寫實主義的痕跡歷歷可見。[21] 他對理性、理性主義、理性文化的反動與超寫實主義的根本訴求是一致的。超現實主義欲打破種種習以為

---

21 必須強調的是，作為一個文化運動，超寫實主義也不斷在演進過程中吸納、融合其他的潮流，其中有些與超寫實主義差異極大（Alain et Odette Virmaux 1987: 64）。

常和牢不可破的觀念與慣性，種種正常的法則與模式，「掃除商品制度以及布爾喬亞和基督教文明」，邁向新的生命的徹底重建（Dupuis 49）。死亡，而後重生，死亡蘊含無限的可能。阿鐸對於語言的態度也延續超現實主義對語言的質疑與批判，反陳腔濫調、現成的說法。布列東在阿鐸釋放回到巴黎後公開向他致敬，講稿中，他提到每回提及超寫實主義最純粹與不妥協的精神與訴求時，首先浮上腦海的就是阿鐸（Breton 737）。

超寫實主義蘊含神祕的面向，超越時間。阿鐸對自然的崇信與超寫實主義「收復」（récupération）的觀念不謀而合。超寫實主義相信有一個「失落的樂土，人曾經生活在其中，與自然的力量和神聖的能量水乳交融」（Carrouges 35）。現在的世界是墮落的樂土。必須重拾已經失落的事物，回到原初的狀態，尋求真正的自我。

煉金術與超寫實主義亦關係密切。超寫實煉金術「在其語言材料上常接收過去煉金學者偏好之礦物和元素」（Carrouges 75）。儘管煉金術受到貶抑質疑，布列東仍對煉金術情有獨鍾（Carrouges 73）。

如同其他超寫實主義者，如布列東和雷希斯（Michel Leiris），阿鐸也恣意地使用精神分析辭彙，如「閹割」、「壓抑」、「無意識」等。而他企圖中止身體與心理的分離狀態，重新理解兩者的連結與相互作用，這也與精神分析的基本訴求不謀而合。[22] 甚至陰陽兩極的觀念其實也接近當時精神分析流行的雙性和雌雄同體的觀念（「Peyotl的根源是雌雄同體的」〔IX 81〕）。

阿鐸對於神話，神祕起源的興趣則在三十年代許多作家（例如考克多）身上都可以看到。阿鐸的看法相去不遠。他看到法國新戲劇正在「尋找神話」（VIII 212），而其他文明，例如墨西哥，正可以讓

---

22 阿隆地本身即為精神分析師。莫宏也對精神分析很感興趣，並且撰寫一篇文章，討論中國對夢的研究（Mèredieu 2006: 28）。

神話重生（VIII 129）。而東方戲劇中同樣蘊含豐富的象徵以及儀式的面向。不論中國戲劇或日本戲劇都不是現實的複製或再現。

　　阿鐸同時代劇場工作者（Meyerhold、Copeau、Dullin、Pitoëff等）對他的影響不容忽視（Alain and Odette Virmaux 1985: 51）。無疑地，「很難否認阿鐸的書寫與劇場也隸屬於他的時代」（Alain and Odette Virmaux 1985: 51）。二十世紀初亞洲戲劇在西方世界逐漸崛起。對東方劇場的興趣與迷戀，受到東方劇場的啟發，阿鐸絕非一個個案。許多西方戲劇工作者皆陸續投向東方劇場的懷抱，比如極為風格化的日本戲劇令歐洲十分著迷，布景極度簡約，也與歐洲戲劇大異其趣。日本戲劇中以不同面具代表不同人物性格。因為空間安排的緣故，演員與觀眾並非遙遙相對，截然分開。戲劇並不侷限於演員和演出舞台上。「而此種舞台與劇場不分離的意願對阿鐸越來越趨重要」；他甚至依照這個原則來構思「單一地點」（Mèredieu 2006: 35）。陸續有歐洲導演搬演日本戲劇，督蘭（Charles Dullin）尤其對東方戲劇情有獨鍾（Mèredieu 2006: 16）。阿鐸也受益於日本戲劇。「阿鐸對東方，對日本戲劇和文化的認識部分來自於書本，但同時也是透過1920-1935年間流行於歐洲戲劇世界的氣氛或氛圍，混合謠言和知識的整體」（Mèredieu 2006: 16）。阿鐸在督蘭的劇團發現「日本戲劇中演員的表演和面具的風格化」（Mèredieu 2006: 16）。在執導《武士》（*Samouraï* ou *Le Drame du sentiment*）一劇時他巧妙應用面具，面具讓人物忽大忽小，「讓人物偽裝、出現、消失」（Mèredieu 2006: 25）。「在督蘭的教導下，阿鐸大力稱讚日本演員顯現出的一絲不苟」（Mèredieu 2006: 36）。1935年阿鐸的 *Cenci* 搬上舞台時，也採用接近風格化的演出方式，並特意突顯視覺面向（Mèredieu 2006: 39）。

　　阿鐸似有意無意將不同文化融於一爐。由其書寫可以看到法國（乃至於歐洲、西方、世界）近代思想演進的歷程。阿鐸似乎想結合不同文化，由各個基本元素出發（如火、風、太陽）出發，尋找之間

的交集[23]，朝向「一種普同的語言，建立在能量與人的氣息的形式之上」（V 208），尋求原初之和諧一統。他在不同文化與傳統中所看到的不是歧異和矛盾，而是人類的精髓與根本，超越個別的民族、歷史的限制。儘管他有時以二元對立的方式理解。例如，陰陽一組相對的有物質／精神，男性／女性以及負／正（VIII 109）。他並不是以物理或化學來理解這些物質或元素，而是著眼於人與宇宙的一統與和諧。取法自然，一如道家哲學。他從東西古文明中探索宇宙普遍的力量的奧祕。在阿鐸眼中，「我們西方因物質而轉離形上學」。相對的，「我們可以這樣定義東方：世上唯一形上學屬於日常生活實踐的國度」（VIII 62）。

從自然、宇宙的探索再回到劇場。演出變成了儀式，以戲劇來展現各種的力量，藉此扭轉現代生活與戲劇中，自然、魔法、力量似乎都消失無蹤的趨向。「戲劇首先是儀式和魔法的，也就是說，連結到各種力量，建立在宗教、實際信仰之上，其有效性彰顯於姿勢上，直接連結到戲劇儀式，而戲劇儀式乃心靈魔法需要之實踐本身與表現方式」（V 16）。

# 結論

阿鐸的思想有多重源頭，不自我設限，不同的文化、潮流自然的混雜在一起，超越了東方文化與西方文化的分野。

阿鐸並不是特異獨行的先知，並不是永遠與流行當道的潮流或思想採取對峙或敵對的態度。他也留意時事和時局的變化。他的思想大致吻合當時的趨向與價值。一如所有作家和藝術家，阿鐸對歷史的變

---

23 在這一點上，阿鐸的論述很容易讓人聯想到同時期的法國哲學家巴盧拉（Gaston Bachelard）對水、火、土、空氣等基本元素的探究。阿鐸也談到元素間的轉化（例如：「火透過空氣轉為海」，VIII 121），只是巴盧拉主要討論與引述文本仍以歐洲文學、詩歌為主，另外，他也不時援引容格精神分析的原型和集體無意識理論。

動十分敏銳。他自己也說：「一個藝術家若沒有傾聽時代的脈動」就不是真正的藝術家（VIII 233）。嚴格說來，他並未超越他的時代。他只是在東潮西漸之下，很自然地融合多方思想，想像一個戲劇和文化的東方烏托邦。逝世一甲子之後，阿鐸的影響仍未消褪，他對於戲劇的身體觀廣為人們接受，他的思想逐漸在世界各地落地生根。就像尤瑟納筆下的中國老畫家，四處都有忠實的門徒，追隨阿鐸的腳步。花開葉散，橫豎交錯，已分不清東方西方。

# 參考書目

老子，《道德經》，余培林註釋，台北：三民書局，1973。

朱忠春、范玉櫻、彭美鳳、楊光正，《中醫基礎理論學》，台北：東大，
　2002。

李仲明、譚秀英。《梅蘭芳：蜚聲世界劇壇的藝術大師》，台北：立緒，
　2001。

李伶伶，《梅蘭芳的藝術和情感》，台北：知兵堂，2008。

何芳川、萬明，《古代中西文化交流》，台北：台灣商務印書館，1993。

Antonin Artaud著，劉俐譯，《劇場及其複象》，台北：聯經，2003。

Artaud, Antonin, *Le théâtre et son double*, Paris: Gallimard, 1964.

Artaud, Antonin, *Œuvres complètes*, Vol. IV, Paris: Gallimard, 1978.

Artaud, Antonin, *Œuvres complètes*, Vol. V, Paris: Gallimard, 1964 and 1979.

Artaud, Antonin, *Œuvres complètes*, Vol. VIII, Paris: Gallimard, 1971 and 1980.

Artaud, Antonin, *Œuvres complètes*, Vol. IX, Paris: Gallimard, 1971 and 1979.

Artaud, Antonin, *Œuvres complètes*, Vol. XIII, Paris: Gallimard, 1974.

Audoin, Philippe, *Les Surréalistes*, Paris: Seuil, 1973.

Barrault, Jean-Louis, *Réflexions sur le théâtre*, Boulogne: Éditions du levant, 1996.

Barthes, Roland, *Écrits sur le théâtre*, Paris: Seuil, 2002.

Brecht, Bertolt, *Écrits sur le théâtre*, Vol. 1, Paris: L'Arche, 1963, 1972.

Breton, André, « Hommage à Antonin Artaud » , *Œuvres complètes*, III, Paris:
　Gallimard, pp. 736-739.

Brunel, Pierre, *Dictionnaire des mythes d'aujourd'hui*, Monaco: Éditions du Rocher,
　1999.

Butor, Michel, *Le Japon depuis la France. Un rêve à l'ancre*, Paris: Hatier, 1995.

Carrouges, Michel, *André Breton et les données fondamentales du surréalisme*, Paris:
　Gallimard, 1950.

Cheng, François, *Le Dialogue*, Paris: Desclée de Brouwer, 2002.

Couprie, Alain, *Le théâtre. Texte, dramaturgie, histoire*, Paris: Nathan, 1995.

Dejean, Jean-Luc, *Le Théâtre français depuis 1945*, Paris: Nathan, 1987.

Derrida, Jacques, *L'écriture et la différence*, Paris: Seuil, 1967.

Dupuis, Jules-François, *Histoire désinvolte du surréalisme*, Paris: Éditions de l'Instant, 1988.

Étiemble, René, *Retours du monde*, Paris: Gallimard, 1969.

Forest, Philippe, *Histoire de Tel Quel, 1960-1982*, Paris: Seuil, 1995.

Gerbod, Françoise and Gerbod, Paul, *Introduction à la vie littéraire du XX$^e$ siècle*, Paris: Bordas, 1986.

Grenier, Jean, *L'esprit du Tao*, Paris: Flammarion, 1973.

Hergé, *Le Lotus bleu*, Paris: Casterman, 1946.

Lao-tseu, *Tao-tö king*, Paris: Gallimard, 1967.

Malraux, André, *La Tentation de l'Occident*, Paris: Grasset, 1926.

Mèredieu, Florence de, *Voyages*, Paris: Blusson, 1992.

Mèredieu, Florence de, *La Chine et le Japon d'Antonin Artaud*, Paris: Blusson, 2006.

Mèredieu, Florence de, *Sur l'électrochoc. Le cas Antonin Artaud*, Paris: Blusson, 2006.

Michaux, Henri, *Un barbare en Asie*, Paris: Gallimard, 1933.

Mignon, Paul-Louis, *Charles Dullin*, Paris: La Manufacture, 1990.

Roubine, Jean-Jacques, *Introductions aux grandes théories du théâtre*, Paris: Bordas, 1990.

Roudinesco, Elisabeth, *Histoire de la psychanalyse*, 2, Paris: Fayard, 1994.

Roudinesco, Elisabeth and Plon, Michel, *Dictionnaire de la psychanalyse*, Paris: Fayard, 1997.

Segalen, Victor, *Lettres de Chine*, Paris: Plon, 1967.

Sollers, Philippe, *Éloge de l'infini*, Paris: Gallimard, 2001.

Thévenin, Paule, *Antonin Artaud, ce Désespéré qui vous parle*, Paris: Seuil, 1993.

Todorov, Tzvetan, *Nous et les autres. La réflexion française sur la diversité humaine*, Paris: Seuil, 1989.

Valéry, Paul, *Regards sur le monde actuel*, Paris: Gallimard, 1945.

Virmaux, Alain et Virmaux, Odette, *Antonin Artaud*, Lyon: La Manufacture, 1985.

Virmaux, Alain et Virmaux, Odette, *La Constellation surréaliste*, Lyon: La Manufacture, 1987.

Yourcenar, Marguerite, *Comment Wang-Fô fut sauvé*, Paris: Gallimard, 1952.

# 法國華裔之跨界對話：
# 析論《天一言》、《生命二重奏》的「永恆」主題

張彣卉[*]

## 摘要

程抱一（François Cheng），一位出生在中國，發跡於法國的作家、詩人、評論家。《天一言》（Le Dit de Tianyi）為程抱一的第一部小說，描寫天一從成長到成熟的全部過程，以他一生所經歷過的肉身體驗和心靈感應，表現一個有關永恆生命主題的寓言；侯錦郎（Chin-Lang Hou），一位出生自台灣，在法國度過餘生的學者兼藝術家，創造「人體分割」的自我畫風，將一生的歷程濃縮於單一畫面，從分割的圖像中獲得永恆的生命。《生命二重奏》是侯錦郎主要的畫冊，匯集其一生的重要作品，從學生時期的初試啼聲到撒手人寰前的巔峰之作。

兩位來自中華文化的學者兼藝術家，分別透過文字與繪畫的形式，共同展現長期身處於漢法雙重文化場域下，對於個人「永恆」生命的關注：是一種「輪迴」的生命循環，還是一種「回歸」的象徵意義？本文擬從跨文本的視角，析論程抱一《天一言》小說與侯錦郎《生命二重奏》畫作中的部分作品，從蘊含生命原初的母親和故土，探討文本和畫作中對於輪迴的闡釋。同時，希冀藉由剖析情節、對話、色彩、形體的變異，試圖窺探面對跨文化的召喚，程抱一和侯錦郎如何解構文字與圖像中河流、死亡的象徵意義，在漂流／回歸的具象脈絡下，以「永恆」的主題，再現擺盪於異鄉與懷鄉的身分認同議題。

**關鍵詞**：程抱一、侯錦郎、永恆主題、身分認同、法國華裔

＊輔仁大學全人教育中心／大同大學應用外語系兼任助理教授

# 法文摘要

Cet article se propose à une étude transculturelle sur *Le Dit de Tianyi* de François Cheng et les peintures de Chin-Lang Hou dans *La Vie Duale*. Nous espérons d'une part pouvoir décrire le thème -"Eternité" à travers l'intrigue, le dialogue, et la variation de forme de couleur dans les œuvres de ces deux franco-chinois, d'autre part pourvoir engager une réflexion sur leur identités.

**Mots-clés:** Chin-Lang Hou, Eternité, franco-chinois, François Cheng, identité

# 緒言

程抱一（François Cheng）[1]，一位出生在中國的法國法蘭西學院（Académie Française）院士[2]，是位作家、詩人、評論家、翻譯家、藝術家；來自中國卻以非母語——法語創作，寫的近乎是東方的題材。《天一言》（*Le Dit de Tianyi*）[3]是程抱一的第一部法文小說，描寫主人公天一成長的過程，以其一生所經歷過的肉身體驗和心靈感應，表現一則關於永恆生命主題的寓言。由於小說人物天一與作者程抱一的思想、經歷十分相似：對藝術的熱愛、對大自然的探索、留學法國、在法國生活上的境遇等，均有程抱一的影子，讓讀者閱讀的同時不由得聯想到作者對自身的隱喻。程抱一從自身中／法的生命經驗，融合中國道家虛／實的思想，以及基督教三位一體的概念，透過小說的書寫，以寫作刻劃生命、以文字作為人們贖罪的工具，進而達到永恆的人生，體現循環之道；侯錦郎（Chin-Lang Hou）[4]，一位出生於台灣，在法國度過餘生的學者兼藝術家，以畫筆銘刻其不朽的生命歷程。侯錦郎的研究範圍以中國、台灣藝術文化為主軸，從考古、人類、宗教等角度分析論述，為法國學術界來自台灣，致力於中國藝術宗教研究的重要學者之一。病後的侯錦郎，轉而投入繪畫的世界，秉

---

1 程抱一（1929-），為法國法蘭西學院院士。以法文著有*Le Dit de Tianyi*、*L'Eternité n'est pas de trop*兩部小說，以及*Vide et plein*、*Trente-six poèmes d'amour*等多部法文詩集。

2 「樞機主教黎塞留（Cardinal de Richelieu）1634年建立的文學院。1635年成為獨立機構。除在法國大革命期間停辦了一段時間外，一直延續至今。其成立目的是維護文學鑑賞標準並確立文學語言。院士以四十人為限，常以保守的面目出現，反對文學內容和形式上的革新，但院士中卻包括了法國文學中的多數名人，如高乃依、拉辛、伏爾泰、馬多布里昂、雨果、雷南和柏格森。在眾多歐洲文學院中，它在漫長的時期始終保持至為崇高的聲望。」參見《大英百科全書》，4-493。

3 「透過主角『天一』在中國追尋人生目的、愛情、自我慾望的實現，以及在歐洲接觸到藝術和音樂的影響，東西方文化的差異和交融，縮影在一個脆弱而敏感的人身上。同時因時局的流變、愛情與友誼的牽扯糾纏，使天一選擇回到那片苦難的大地，完成他曲折苦難的一生。」參見程抱一，《天一言》，楊年熙譯（台北：聯經，2001），封底。

4 侯錦郎（1937-2008），學生時期受吳梅嶺老施啟蒙而愛上繪畫，並接受台南師範藝術科、台灣師範大學美術系的專業藝術訓練。1967年赴法求學，曾獲聘為法國國家科學研究院（CNRS）的研究員。1984年腦瘤切除手術導致右半身無法行動，重新以左手學習繪畫。

持棄而不捨的研究精神，侯錦郎將纏身的病痛透過色彩、形象的轉化，融合西方野獸派（Fauvism）[5]、立體派（Cubism）[6] 的特色，創造出「人體分割」的自我畫風。人物畫為侯錦郎的主要創作類型，從單一到數個人物畫的組合又可分割成二到三個面孔，不同的表情傳達出畫中主體外在與內心世界的差異，同時藝術家利用色彩的技巧，尤其是對比色來突顯人物和形體的多面性，將一生的歷程濃縮於單一畫面，從分割的圖像中獲得永恆的生命。國立歷史博物館於侯錦郎逝世周年，以《生命二重奏》為題替此位旅法藝術家兼學者舉辦紀念展，展覽畫冊匯集其學生時期的初試啼聲到撒手人寰前的重要作品。

兩位來自中華文化的學者兼藝術家，分別透過文字與繪畫的形式，共同展現長期身處於漢法雙重文化場域下，對於個人「永恆」生命的關注：是一種「輪迴」的生命循環，還是一種「回歸」的象徵意義？本文擬從跨文本的視角，析論程抱一《天一言》小說與侯錦郎《生命二重奏》畫作中的部分作品，從蘊含生命原初的母親和故土，探討文本和畫作中對於輪迴的闡釋。同時，希冀藉由剖析情節、對話、色彩、形體的變異，試圖窺探面對跨文化的召喚，程抱一和侯錦郎如何解構文字與圖像中河流、死亡的象徵意義，在漂流／回歸的具象脈絡下，以「永恆」為框架，再現擺盪於異鄉與懷鄉的身分認同議題。

## 母親形象的再生象徵

程抱一堅信輪迴、循環的觀念，在小說中一再印證生命皆來自同

---

5 「一群革命性畫家，尤指在二十世紀的前十年間，他們的作品深受梵谷、高更與塞尚這些印象派大師的影響，不過野獸主義反對印象派的造型取向……野獸主義者也反對印象派畫家的混色技法，他們用認為能夠表達出物件內在特質的色彩——通常鮮豔、具爆炸性——來繪製該物件。」參見梅耶，《藝術名詞與技法辭典》，貓頭鷹編譯小組譯（台北：貓頭鷹，2005），頁168。

6 「早期立體派曾受巴黎畫家塞尚、秀拉以及非洲雕刻的鼓舞。而拼貼或黏貼技法以及使用像匙沙粒、布料之類的媒材也是立體派首創的。」參見註5，頁124。

一個「原初」的道理：「……道家奠基人老子《道德經》的第四十二章。在那裡，他以簡短而決定性的方式確立了這一宇宙論的基本內容：『道生一，一生二，二生三，三生萬物。萬物負陽而抱陰，沖氣以為和』」（程抱一 2006：24）。[7] 母親的角色在《天一言》中的象徵意義可從兩個角度分析起，一則為永恆生命的寄託，母親與中國的關係，在《天一言》中以故土、宗教等形象，不斷轉化得到印證。每當天一離開故土，腦海中第一個浮現的必為母親的身影。首先，為尋找玉梅的下落，天一首次離家，與浩郎到遙遠的N市，三人雖然見了面，但玉梅與浩郎之間日漸滋生的情意，迫使天一不得不選擇離開，自我放逐。[8] 當他決心遠走天涯的時候，天一憶起母親，「她還在那裡，在這塊土地上。對於她，生活無非是漫長而無奈的等待。我突然意識到心中的自私」（程抱一 2001：112），在絕望之際，母親成為其心靈的依託，母親規勸的話語不斷在天一耳畔迴盪，激勵其面對生命的挑戰。其次，天一決心前往敦煌學畫，為其第二次的離家。在出發前，天一特別回到家鄉探望母親，這時的母親歷經歲月的操勞和憂慮，蒼老不少，面對天一的再次遠離，她也只能默默接受，「她的一生就是在點頭同意和望眼欲穿的等待中度過」（程抱一 2001：119）。作者在此呼應天一首次離鄉的情景，再次點明母親與中國（故土／家鄉）的關係，無論天一身在何方，這位中國母親，將永遠在家鄉等待，「回歸不僅如神話般令人嚮往，而且如神話般遙不可

---

[7] 程抱一曾針對三元的概念進一步解釋：「中國思想幾乎從開始就避免對立與衝突，很快就走向『執中』理想，走向三元式的交互溝通。這在《易經》、《尚書》中已發萌。到了道家，在《道德經》裡引申出的『道』的運行方式則是：一為元氣，二為陰陽，三為陰陽參以沖氣，無可否認是三元的。至於儒家思想所達到的天、地、人的三才論，以及結晶於『中庸』裡的推理亦是三元的。」參見程抱一，《中國詩畫語言研究》，涂衛群譯（南京：江蘇人民出版社，2006），頁8。

[8] 劉陽曾表示：「《天一言》描述了二十世紀曲折多變的個人家庭背景和社會背景，展現了一個華裔文化人的生活道路和心路歷程，表達了一代藝術家對生命意義和藝術真諦的探求。小說以天一青少年時代的苦難和追求，漂泊巴黎的孤獨與辛酸，重返故土後所經受的磨難與痛苦這三段人生經歷為中心，結合他與浩郎、玉梅之間的生死相依的友誼與愛情的描寫，講述了一代漂泊者的生命歷險和藝術歷險故事。」參見劉陽，〈雙重身分，雙重視角〉，《國外文學》101.1 (2006)：32。

及。這就像書中所說的，象徵原生的女性……生命的真義、原生的奧祕，就像女人一樣」（鄒琰 2006: 96），她是家園的化身，永遠張開雙臂迎接這位飄流者歸鄉。

母親形象的另一則象徵意涵為離鄉者永恆的故土。程抱一曾明確表達母親形象與故土的連結關係：「一刻也沒忘記我是炎黃子孫，我是長江黃河的子民，我的血管裡始終流淌著黃河長江的養分。我一刻也沒忘記餵養我成長的中國——我的母親，半個多世紀來，她始終陪伴著我在異國土地上跋涉、探索」（錢林森、程抱一 2004: 66），是以在《天一言》中，天一以「古老的中國」形容母親，在她身上「古老的中國」得以周而復始的運轉。此種循環永續的觀念，在天一前往敦煌學畫前，與母親的互動中首次出現。天一為說服母親，僅告訴母親欲前往中國佛教的起源地，篤信佛教的母親，要求天一替她抄寫腦海中的祈禱文。在抄寫的過程中，天一感覺更接近母親，更了解此位集佛教菁華於一身的中國女性，於是天一用毛筆，逐句將經文清晰地寫在裝訂精美的筆記本中，以保存這份珍貴的中國象徵物。從小在母親呵護下成長的天一，視母親為中國女性的代表，吃齋唸佛的母親匯集中國女性所有的美德。雖然從未接受過教育，但她卻能堅強、執著地維持家計，獨立支撐家庭，並秉持佛教慈悲為懷的精神，幫助芸芸眾生。「救人一命勝造七級浮屠」，「佛陀燭光不怕風」、「老天有眼」均為母親堅信的佛教道理，即使為文盲，亦不一定明瞭其中意義，但母親卻將「既是給的，丟失不了」、「色即是空，空即是色」等佛家話語視為箴言。天一的母親以身作則，以行動依循佛教道理，行善布施：「一有路人乞討，她必定慷慨供應。幾年後，她甚至在地方上建立了相當的名聲。路過的人形形色色，無奇不有：包括朝聖者、臨時工、逃兵、私奔的戀人、被追緝的強盜、想遺世獨立的文人、苦行僧等。古老的中國似乎也在這個窮鄉僻壤中毫無變化地永續下去」（程抱一 2001: 13）。母親無悔的付出，落實佛教的精神，拯救社會的邊緣人，使他們得以再生，獲得永恆生命，並重新面對人生

的挑戰。據此，1947年天一接到母親過世的消息，痛苦不已，彷彿「這個將我留在世上的，最深、最牢固、最能滋養我血緣的根，突然間被奪走了」（程抱一 2001: 130）。

母親對天一而言，是他得以生存的根，亦為其生命的根源，如故鄉的泥土，是孕育萬物的源頭，猶如中國人對於宗教的寄託，為心靈的支柱。母親的逝世，似乎象徵著故鄉的離去，意即世界原初的「一」的消逝，[9] 因此天一必須面對，一個「虛無」的生命。然而，作者在《天一言》進一步以「宇宙本身看來也是沒有根的。所有的星辰，和我周圍無目的地不停打轉的人一樣，僅只是附著在一個盲目的引力上，構成一個無止境的虛空。對於我，流星的形象比任何時候都更是唯一可觸知的現實」（程抱一 2001: 130），說明母親的逝世，並不是生命的結束，而是生命的另一個開始。正是此種循環的觀念，《天一言》小說中的母親形象，得以使生命再生，「將他摟進懷裡，用她的肌膚來溫暖他，讓他返回子宮重生」（程抱一 2001: 184），甚至作者將母親的形象昇華為基督教的聖母。天一在教堂中面對懷孕聖母的壁畫，「一隻手放在肚子上，在長袍敞開處，手勢既是給予又是保護，但是她沒有選擇的餘地」（程抱一 2001: 170），聖母無私的給予，使他聯想到過世的母親，天一撫摸著聖母的手和藍色的袍子，決心替母親做一幅畫像，藉此與宇宙萬物重新會合，再度回到宇宙生生不息的「永恆」大循環中。

---

9 依據蔣向艷對程抱一作品的分析：「程抱一將老子主張的『道』理解為『至高之虛』（le Vide suprême），從『至高之虛』中產生『元氣』（le Souffle primordial），亦即老子所說的『一』；由『元氣』產生『二』，即陰陽二氣，陰陽二氣化合而生出萬物。在『二』和萬物之間存在著『三』——陰陽二氣和萬物之間的『第三元』」。參見蔣向艷，《程抱一的唐詩翻譯和唐詩研究》（上海：華東師範大學出版社，2008），頁51。據此，筆者認為此處的「一」乃程抱一主張的道家思想「道生一，一生二，二生三，三生萬物」，混沌宇宙的原初性。

## 孕育新生的母愛意涵

鑽研於中國民間信仰探究的侯錦郎，同樣對於輪迴、生死等哲學議題有濃厚的興趣，侯錦郎早期曾發表多篇探討「自我」、「存在」的學術論文，「他一頭栽入思想世界裡，想要尋得宇宙的本源與人類的存在價值，理解人與世界、主體與萬物的關係，進而回答他最核心的問題：創作是一個什麼樣的過程？」（鄭麗君 2009: 43）病後的他面對身軀的轉變、異化，更描繪出多幅探索生命存在意義的作品。在侯錦郎的作品中，藝術家藉由母親所孕育生命的形象，以彼此眼神的凝視，再現禁錮於殘缺軀體的自我，企圖擺脫一種被觀看的凝視，去尋找原初的生命意義，[10]與程抱一藉由母親形象詮釋再生的生命意義相仿。

「熱愛家庭的侯錦郎，對『家』這個社會最基本的組合單元，每隔一段時期都畫有作品」（陳英德 2009: 181），從結構觀察《母與子》[11]（1992），該幅畫描繪一位母親抱著坐在膝上的孩子，畫面右方站著一位戴著面具的人物。「畫家大膽地以陰陽劃分人臉，亮者沐浴在日的光華下，暗者隱藏在夜的晦色中，甚至巧妙地再安置上不同顏色的臉側面，靜態的人物有了虛實真假的變化與動感」（陳英德民81: 445），畫面上三位人物臉部皆分割成多重面向，坐在母親膝上的孩童右手伸直，彷彿正要抓取身旁的物品，孩童表情徬徨，似乎想要掙脫母親的懷抱。而右邊的人物，手拿面具，傾斜著頭看著這位孩童，像是正在觀察他的一舉一動。至於切割成三個臉部的母親，則被分別塗上黃色、深綠、白色，表現出左右張望的神情，相似於孩童的

---

10 在《重構失憶家園——侯錦郎個展》畫冊序言中，當時的台北市市長陳水扁先生，曾如此形容侯錦郎：「他從生長於美麗純樸的農村到歷經年輕喪親，成為青年藝術家，去國後變成有家歸不得的黑名單，而後作為一位博學、治學專注的學者，到大病之後驚人地創作。他每一段人生的機緣彷彿都是他生命階段的轉進……」參見侯錦郎，《重構失憶家園——侯錦郎個展》（台北：台北市立美術館，1998），頁4。

11 參見附錄圖1。

表情。究竟母子倆為何焦慮不安，而右邊的小人物，究竟在看何事物？從與此幅畫相似構圖的《濃》[12] 作品，可依稀找尋出侯錦郎作畫的用意。此為侯錦郎1999年的作品，畫面中間描繪一位身穿藍色衣裳的長髮女性，低垂著頭憂鬱地注視懷中熟睡的嬰兒，左上角出現一位男子的側面，正要伸手觸摸這位嬰兒。此位母親為何絲毫未流露為人母的幸福與喜悅，反而面容哀傷憔悴，順著母親的目光可以在嬰兒身上找到線索：新生兒四肢迥異、雙手僅各四隻手指、下半身連為一體、雙腳無法分辨是因衣物導致看似連在一起，抑或實際上為畸形所致，唯一可以確認的是，新生兒並非一般健全的孩兒；除此之外，襁褓中的嬰兒僅頭部靠在母親的後手臂，並未觸及母親的前手臂，呈現浮空的狀態，反而有一隻隱形的手，穿越母親的懷中，緊握著嬰兒的下半身，讓他依偎在母親懷中。這隻手與中央的母親共同擁有一具身軀，但頭部卻是一左一右的兩個面向，相異於母親臉部較為明亮的色調，另一面為暗沉的冷色系，與黑暗中抓住嬰兒的手同一色系。母親俯視著新生兒，面對其殘缺，內心百感交集，她環抱著嬰兒，希望能帶給新生兒一段新的生命力量。

在《母與子》與《濃》兩幅畫，出現不同於一般新生兒的嬰兒，如同藝術家本人，束縛在無能的身軀，自比如出世的嬰兒，需要家人悉心的照顧，而此位女性如同陪伴在他身邊的妻子。細心的侯錦郎，同時體會到妻子面對他的病痛時，自己內心所承受的打擊，是故他以分身的畫法，將妻子內在衝突世界具體呈現。誠如前述《母與子》右方的人物及《濃》畫面左上方的側面男子，皆是跳脫身體禁錮的侯錦郎，藝術家如神靈般，在一旁觀察生病的自己，這是藝術家想像的身影，僅局部出現於畫面的一角。靠著想像的「靈魂」，侯錦郎再現他與家人若合若離的關係，《濃》作品中看似依偎在母親懷中的孩子，實則與母親保有一段距離，如同當時生病的他，雖已逐漸好轉，卻無

---

12 參見附錄圖3。

法回到過去正常的家庭生活。從侯錦郎的作品可發現，母親與嬰兒的形象是藝術家藉以闡釋其對生命的信念，透過足以滋養一個全新生命的母愛，失去行動能力的侯錦郎猶若再生，重獲其生存的永恆價值。

　　類似的家庭關係，亦出現在侯錦郎晚期2001年名為《育》[13] 的作品，畫面單純的表達一位正在哺乳的母親形象。惟她懷中的嬰兒身形怪異，僵直的背部與腳成垂直，而伸出的一隻手不見手指狀，茂密的髮量更與他的年齡不符合。這位嬰兒正在接受母親愛的滋養，卻表現出反抗的動作，垂直的手臂，與看似緊握的拳頭，似乎想要推離母親的哺育，其張大的雙眼凝視母親，猶若欲向母親傾訴反抗的原由。《呵護》[14] 中再度出現的母親與孩子形象，該幅畫同樣以一位母子關係為題，惟此位女性所擁抱的不是嬰兒，而是一位成熟男子，母親本身亦被分割成更多的層次與面向。延續前兩幅畫的技巧，「畸形」的嬰兒轉變成「巨大」孩童，攀附在中間白衣女子的腰際，從他微向後傾的身軀，可得知此位「巨大」孩童，無法抓緊女性的腰際，使身子搖搖欲墜，然而，女子輕扶住其背部，讓他不致於跌落。「畸形」嬰兒、「巨大」孩童、「老」嬰孩等形象不斷在侯錦郎的作品中重複出現，依據黃海鳴教授的看法，上述形象正是侯錦郎本人的投影：「他清楚的把自身稍畸型的身體造型及行動特徵投射到他所畫的對象之上。除此之外，所畫的身體中有很多是缺一隻手或腳的，並且常有一半的身體隱藏在陰影中，或完全消失。這是用自己內感覺所掌握的身體意象……」（黃海鳴 1998: 16）。如此巧妙的關係，與前幅畫若合若離的技巧相互呼應，藝術家本人成熟的身軀依附在女性身上，呈現不協調的畫面，但卻是藝術家刻意的安排：如同孩童般需要旁人照顧的侯錦郎，雖擁有成人的體型，卻無法自由行動，仰賴家人的呵護。侯錦郎以「新生兒」象徵重新面對人生的自我，[15] 不難想像大病初癒

---

13 參見附錄圖2。
14 參見附錄圖4。
15 在侯錦郎另一部作品《新生》（1998）亦出現相似的構圖方式。

的他，歷經兩次生死交戰的手術，以及多年的復健過程，對於生命的體悟，以及對於自己新生命的期許。於是，他以母子的形象，詮釋重獲新生的自己，母親是孕育生命的起源，她以慈愛的眼神凝視懷中的「新生兒」，在母親悉心關照下成長，使兩者產生共存的關係，[16] 並進而使其生命達到永恆之境界。

侯錦郎透過新生兒／巨嬰等衝突的形象，表現其內心的矛盾，雖然藝術家想要擺脫束縛，跳脫親友們的照料，自由自在的生活，但礙於現實的不允許，使他仍必須依靠家人。[17] 從1992年到2001年的母子關係作品中，侯錦郎逐漸由共生共存的連體技巧，轉向分裂切割若合若離的畫法。《母與子》、《濃》流露出侯錦郎對於新生命的渴望與期待，他擅於以旁觀者的角色，凝視畫面的主體——藝術家本人。透過變形、不協調的畫面，書寫受病痛驅使，無法行動自如的身軀。經過二十幾年的歲月，侯錦郎明瞭自己終究無法獨立過日子，如同一位嬰兒，必須仰賴母親的照料，他內心的矛盾與衝突，在《濃》一幅畫中呈現嬰兒意欲脫離母親的畫面，甚至在《呵護》作品中，直接以「巨大」孩童攀附在女性身上，表達他與家人彼此依附纏繞的形象，更揭示母親賦予新生命的相對關係。

---

16 母子共存的相似概念，在侯錦郎的陶塑作品中亦展露無疑。黃海鳴曾表示：「他（侯錦郎）的陶塑人像的臉部表情非常多樣，那不是外部的摹寫，而是內觀個人身心狀態的外顯。經常，整個臉部呈現一種還未獲得明確形式之前的渾沌狀態。經常，侯錦郎的身體與扶持他的家人的身體融合在一起。」參見黃海鳴，〈透過創作活出無限生命綿延——讀侯錦郎陶塑作品中的身體與大地意象〉，《生命二重奏——旅法藝術家侯錦郎紀念展》（台北：國立歷史博物館，2009），頁152。

17 彭萬墀亦曾表示：「由於他（侯錦郎）的健康因素更使他把繪畫成為最主要的生命表現。他在這個時期，病痛帶給他特殊的感受，他放棄過去所有學習的規範，以最直接最本能的方式傾吐對生命的感應……」參見彭萬墀，〈談談侯錦郎對藝事的追求〉，《生命二重奏——旅法藝術家侯錦郎紀念展》，戈思明主編（台北：國立歷史博物館，2009），頁30。

# 死亡的「永恆」輪迴[18]

　　在程抱一與侯錦郎的作品中，可得知母親的形象不僅是故土的象徵，用以形塑一個人的原鄉記憶，並以其孕育的象徵意義，做為生命輪迴的轉喻手法，建構循環的生命思維，正如同河水的川流不息，重塑回歸脈絡下的永續生命。[19]「道和河流一樣與時間有關。我們不是說：時間的長河？表面上，看著河，我們總覺得它往前直線奔流，永不回頭，而道家則說大而逝，逝而遠，遠而返，所以道是循著一個迴繞的運動」（程抱一 2001: 136）。根據道家沖虛的觀念，時間之流並非單向的，正是藉由沖虛之氣，使時間得以循環。在海和山之間、陰和陽的大循環中，兩種實體，由於河的聯繫，形成沖虛之氣，使海水得以蒸發到空中，再經由降雨落到山上，成為河的源頭，是以，萬物構成一個重複循環的圓。「他（程抱一）作為一位造詣精深的藝術家……以包容宇宙的博大情懷，將東西方的哲學思想和藝術探索融為一體」（吳岳添 2008: 104），《天一言》並不單單只有道家的思想，作者同時提及基督教、佛教對於死亡的觀念。「……但是除了死亡，人對孤獨的意識特別敏銳，他能避得開孤獨的折磨嗎？」（程抱一 2001: 167），天一在歐洲教堂壁畫前，思索著宇宙與人的關係，他認為許多藝術家都是孤獨的，所以常常在畫作中呈現自戀的主題。但是，死後的人類，是否一樣孤獨？於是，天一在中國宋元藝術家的作品中尋找解答。中國人的宇宙觀可從繪畫中空間的安排得知：「創

---

18 相似的永恆概念在《此情可待》中曾出現：「重要的是知道我們已經在一起，就如同你和我面對面一樣。此生，來生，靈魂一旦結合，就再也分不開……」。參見程抱一，《此情可待》，劉自強譯（北京：人民文學出版社，2009），頁159-160。

19 依據牛竟凡的看法：「程抱一認為，回到道家本體論意義上，陰性是道家的中心思想，是天地之始，亦是天地之終，是元極。儒家講陽，道家講陰，在哲理層面上已經相當高深。……如果說陽性是生命的表現，那麼女性可以說是對死亡的超越，代表著一種無限性。誕生在西方文化中被視為最崇高的現象，誕生與死亡是人的兩極，由女性承擔，因為女性具有包容性。在程抱一看來：包容性與無限性是女性的兩大特質，這一認識不是非理性，而是超理性。」參見牛竟凡，《對話與融合：程抱一創作實踐研究》（上海：上海社會科學院，2008），頁97。

造來自元氣，元氣則來自太虛？這股元氣再分化為陰和陽的生命二元力量，以及其他元素，進而達到無限的可能性。如此相連起來，一和無限實為一體」（程抱一 2001: 167）。[20] 因此，藝術家們作畫重點並不在於呈現一個無窮的宇宙，而是如何掌握宇宙的運作。宇宙中的沖虛元素，正是使陰陽五行運行的核心，如同一幅畫中「將一片竹葉纖細的美和野鶴無止境的飛翔連在一起」（程抱一 2001: 167），野鶴的飛翔帶動畫中的虛實元素，使靜止的畫面有了生氣，它便是所謂的沖虛，是真實生命的依歸。天一頓悟死亡並非孤獨的，因為它只是一個沖虛的過程，是真實的生命，正如後來母親的過世、玉梅的自殺皆僅僅以另一個形式再現於世間。[21]

　　雖然玉梅過世，但是依據程抱一的觀點，死亡只是重新回到泥土，回到原初的狀態，這是一個大循環，「汗水、眼淚、鮮血和人類其他的分泌物，這些有史以來灌溉著生命之流的物質，是否蒸發為雲了呢？……他們是否在流轉之氣的托載下，仍然記得歸回發源地，而完成大循環？」（程抱一 2001: 294）。一段生命的結束其實是另一個開始，是一個生生不息的循環，只是轉化成不同的形式再現，「沖虛之氣充盈著這個世界，正是老子所說的『大盈若沖』的境界」（牛竟凡 2008: 105）。由此推斷，玉梅從未真正離開，只是以別的形體出現在天一和浩郎身邊，他們三人行的關係是永恆不變的。當天一看

---

20 程抱一在受訪時進一步表示：「西方有三位一體的思想，但主要是建立在二元上面，從亞里斯多德開始，要求主客體分開，不然，我們沒法觀察世界，事實上，柏拉圖時便已經將人當主體來思考了。」參見熊培云，〈直面歷史中的善惡與和諧——對話法蘭西學院院士程抱一〉，《南風窗》，4.1 (2004): 77-78。

21 程抱一曾表示：「西方崇拜『陽』，也就是男性、力量、對物質的征服，與西方不同，中國思想奉陰為上。『陰』被比喻為一個山谷，既是一個收納的地方，也是一個孕育繁殖的場所。它有香氣、有光、有回聲，就像樹在生長中間和露水及風嬉戲，也像溪水蒸發了變成霧和雲，然後再化成雨落回地面，重新充實源頭，完成一次大循環。」參見Argand Catherine著，劉陽教，〈程抱一訪談〉（http://www.lexpress.fr/culture/livre/entretien-avec-francois-cheng_805280.html），2008年2月25日下載；關於死亡與輪迴的概念，程抱一亦曾表示贊同詩人里爾克（Rainer Maria Rilke）的觀點：「在他（里爾克）心目中，死亡並不是終結和幻滅，相反，是生命的另一面；生命因它才有結成果實的慾望，因它才有進入大變化的可能。為了達到真生，必須爭取至高的開放。」參見程抱一，《和亞丁談里爾克》（台北：純文學，1972），頁6。

清其中的關係，他得以重新感受玉梅的存在：「她在、你在、我在，不可分割又永遠泉湧的核心。三人一體（Trois en un）、一人成三（Un en trois）……」（程抱一 2001: 296），天一的體悟呼應玉梅當初所期望的三人關係，單一個體命運相連的三人，彼此的情感是「泉湧」，永不停歇的，且無論以何種形式存在，「『玉梅—浩郎—天一』；『天一—玉梅—浩郎』；『浩郎—天一—玉梅』……何時？何地？這裡！這裡！這裡！終於同在了（Enfin unis）；終於獨一無二了（Enfin unique）……」（程抱一 2001: 296），無論在哪裡，他們都是獨一無二的三角關係。作者在此巧妙地將永恆的生命觀，轉以道家的沖虛概念，透過玉梅的沖虛、輪迴角色，意旨死亡並非生命的結束而是另一個循環的開始。浩郎最後於勞改營的一次意外喪生、玉梅早已自殺、天一發瘋進收容所，三人的命運有了不同的結果，但是對天一來說，他們只是各自回到宇宙混沌的原初狀態，回到每個個體的「起源地」。

　　《天一言》中另一闡述死亡與輪迴概念的實例為勞改營的老丁。代表智者的老丁在飢荒中，選擇放棄生命，走向死亡。死亡是老丁的選擇，並將畢生理念，透過留下的一本書，告訴天一：此書即為老丁生前不離身的《約翰福音》。《約翰福音》是《聖經・新約》的第四部福音，其中第一章一至三節提到：「太初有道，道與上帝同在，道就是上帝。這道太初與上帝同在。萬物是藉著祂造的；凡被造的，沒有一樣不是藉著祂造的」（《約翰福音》一：1-3）。基督教中此處的「道」，意謂著什麼？老丁刻意留下此書又有何用意？文本中，作者藉由天一，連接到紀德 （André Gide） [22] 的《如果麥子不死》（*Si le grain ne meurt*）[23]：「一粒麥子不落在地裡死了，仍舊是一粒。若是（落在土裡）死了，就結出許多子粒來……」（《約翰福音》十二：

---

22 紀德（André Paul Guillaume Gide, 1869-1954），為法國作家，保護同性戀權益代表人物。

23 「本書出版於1926年，是紀德非常大膽的自傳性表白，書中描寫紀德從少年時代到訂婚時期的生涯，是一本小說體的自傳。」參見紀德，《如果麥子不死》，孟祥森譯（台北：志文，1993），封底。

24）。一粒麥子，如果只堅持自己的完整，仍舊是一粒麥子，如果能落在土裡，便可結出更多子粒，生命亦能得到永恆。紀德在書中曾言，人類要達到永恆，必先嚐盡罪惡的滋味。據此，《約翰福音》中的「道」是「生命之道」，《約翰一書》的第一句話也明確揭示：「我們寫這封信向你們陳述那從起初就存在的生命之道。」（《約翰一書》一：1）。[24] 耶穌的復活，是基督教生命之道，永恆奧祕的最佳見證。

　　「小說在描寫天一這一代文化人經歷的同時表達了作者對生命意義與藝術真諦的思考」（劉陽 2003: 142），《天一言》中由老丁傳達基督教的永生之道，而篤信佛教的母親，是引介佛經的重要人物，天一則是道家思想的代言人。曾幫母親抄寫佛經的天一，從老丁的《約翰福音》，聯想到佛教的話語，但文本並未提到佛教的哪一部經文，僅提及天一終於了解老丁選擇死亡的初衷：「力求保存生命的人會失去它，而在現世為真理失去生命的人將獲得永生」（程抱一 2001: 265-266）。此處的「永生」之道，回應《天一言》不斷強調能引生萬物的「太初」循環之道，也呼應母親行善布施，對「救人一命勝造七級浮屠」、「老天有眼」（程抱一 2001: 12）的佛教輪迴信念。佛教相信人死後是會輪迴的，能進入極樂世界，便能得到永生，所以人在世的時候，要多做善事，將來才會有善終。[25] 道家講求清境無為，死後才會永生，就像天一在咖啡廳認識的男子，他能忍受極度勞力卻只有微薄薪水的生活，生活簡樸，不看醫生、只穿舊衣服，天一形容他「忍受痛苦的能耐非常驚人」（程抱一 2001: 152），因為

---

24 在《此情可待》中程抱一以「道生」作為男主角之名，可見其「道」觀念的強調。

25 程抱一曾言：「正是人的位置顯示了對數字三的第二種解釋的特點。根據這樣一種觀點──更像是屬於儒家的觀念，不過道家也採用了它──從二派生的三，指的是天（陰）、地（陽）和人（他在精神上擁有天和地的德行，在心靈中擁有沖虛）。這樣，是天地人三者的優越關係為萬物作出榜樣。在其中，人被提升到一個特殊的尊貴地位，因為他第三個參與了造化之傳業。他的角色完全都是被動的。……因此，虛實、陰陽和天地人構成相關的和分等級的三個軸，圍繞著它們組織起一種建立在氣的觀念基礎上的宇宙論思想。」參見註7，頁24-25。

此位男子凡事無所求的態度，鍛鍊其堅強的意識，讓天一聯想到道教的聖賢之語：「為學日益，為道日損」（程抱一 2001: 152）。依據道教的信念，該男將會以平靜的方式離開人間，因為他能夠懂得遺忘、懂得放手，一切生命的苦果，將會由他人來承擔，他則可以平靜安詳地到達永恆之境。文本以老丁的死亡做為關鍵，使作者得以從基督教、佛教觀點，印證道家的永生觀念。[26] 而浩郎氣終前，發出的野狼般怒吼聲，不也是一種回歸到大自然原初狀態的例證。對於死亡亦是進入極樂世界的看法，作者從不同宗教觀詮釋，也透過天一再度替道家做了結論：「僅此一時，或者永遠，他們變成了道家所說的：食盡煙火，躺臥雲間」（程抱一 2001: 296）。

## 靈魂的「永恆」回歸

江河和時間的關係，在《天一言》中除了引出人類原初的概念，亦傳達輪迴循環的理念。[27] 河流向單一的方向奔流，如同時間一樣，光陰一分一秒的過去，永不停留。侯錦郎將同樣的概念應用於探討生與死的作品中，以河流做為生命永恆的圖像。侯錦郎以自我之於萬物的相對位置，跨越時空與地域的藩籬，讓自我游走於生命的三個主要階段，藉以闡釋個人回歸原鄉土壤的認同感。[28] 然而，侯錦郎的歸鄉，包含身、心、靈三個層次：一為身體實際上的返鄉，一為透過回憶的心理歸返，最後則是靈魂的解脫，以死亡回到生命的原點，進而獲得永恆的生命。《死與生》[29] 一幅是侯錦郎開刀康復之後（1999

---

26 景春雨認為：「玉梅離開了這個世界，但離天一和浩郎卻似乎比任何時候都更近。對於天一和浩郎而言，玉梅已經超越了她原有的形象，融入了整個世界中。」參見景春雨，〈在無盡的對話中尋找生命的體悟〉，《法國研究》（2005年2月）：225。

27 程抱一在評論法國詩人藍波（Arthur Rimbaud）時，亦曾強調大自然與宇宙萬物之間的關係：「不久，少年詩人發現了那永恆的啟示者：大自然。」參見程抱一，《和亞丁談法國詩》（台北：純文學叢書，1970），頁66。

28 相似的概念亦可參考侯錦郎畫作《生命三部曲》、《天、地和人》。

29 參見附錄圖5。

年）的作品，描繪他在醫院與死神搏鬥的景象。藝術家陳英德曾對此作品如此評論：「《死與生》可以說是對他（侯錦郎）自身遭遇的最佳寫照，病榻上的人物，周遭的親人，臉孔被光所分割，明與暗，陰與陽的對應，似乎表現了生與死之一線差異。的確，1985年的第二次開刀後，他昏迷了一個多月……」（陳英德 2009: 24）。倘若仔細探究畫面中央為躺在病床上的侯錦郎，臉部被切割成兩面，一隻眼睛向下看著自己，另一隻眼緊閉像沉思狀。這位病人周遭環繞著四個人物，畫面最右邊為一位黃色衣服的女子，從披肩的長髮可推測其性別，其一面朝向病患，一面出現蒼老的容貌。女子的後方站著一位高瘦的男子，同樣穿著黃色系的衣服。該男擁有三面臉，主要明亮的臉部面向病患，後方的陰影，像是視線的重影，另一面朝向畫面右方，意即背向病患。

　　法國文化部文化資產總監戴浩石 （Jean-Paul Desroches）先生認為：「……但是他堅持將這回憶與當今的戰鬥相聯繫，臉孔拆成兩部分，顏面重複數張，他畫的人物經常為右前臂僵硬，曲折，如同他本人。他甚至在一幅穿白衣的自畫像中，畫自己站立，帶著這隻同樣的癱瘓右臂。在此，他肯定自己的存在……」（戴浩石 2009: 14）。侯錦郎為了肯定自己的存在，採用冷峻、黑冷色調來控馭畫面，黑暗、厚實、凝重，表現出陽剛與堅強的一面，是侯錦郎面對自我的一項實驗。至於畫面左方的兩位人物，後方為一位紅衣女子，傾斜著頭俯視患者，前方為一位模糊身軀的男子。此位模糊身影的形象為本幅畫中最具爭議的人物。他沒有明確的軀體，色彩、線條陰暗不顯眼，露出的半張臉上，嘴巴微開，像是正在喃喃私語，視線則穿透前方，飄向畫面的右上角，其另一半臉，被一張飄浮的「面具」遮住。該張下巴布滿長鬚的年老「面具」，飄在畫面左方兩位人物之間，像是移動的幽靈，低垂著雙眼凝視畫面中央的病患。據此，可推斷該身影為派來帶走侯錦郎生命的神靈：沒有身軀，從上往下俯視正在受苦的病患，而充滿智慧象徵的鬍鬚，意味著對人生的看透與掌握。眼看躺在病床

上，受盡苦痛的侯錦郎，此位神靈希望以其智慧協助藝術家脫離困境，超脫人世間的枷鎖。[30] 然而，病患身旁的家人，卻給了他繼續生存的動力。紅衣女子關懷的表情、黃衣女子體貼的照料，使侯錦郎對於生命產生眷戀，掙扎於生、死的邊緣。後方的黃衣男是侯錦郎的靈魂，是故，其站在病床後方，觀看周遭的一切，思考自我生命的去留。

　　出生務農世家的侯錦郎，從小在台灣南部田園成長，自然萬物的奧妙、山川流水的變化，賦予他最初的美感經驗，鄉野田園生生不息的生命力，在他童稚的心靈激起片片漣漪，從年輕時期美術班的作品，已逐漸流露他對於這片土地的關懷。侯錦郎在開刀生病後，喪失部分記憶之餘，卻意外挖掘出他最深層的記憶——對家園土地的熱愛，意欲透過畫作重新貼近他原生的土地，再現源源不絕的鄉土情懷，其作品與《天一言》同樣展現對「人」的關懷與體現。從事冥紙、民間宗教研究的侯錦郎，十分相信生命的輪迴之道，死亡雖是生命的結束，在哲學層面，卻也是追求永恆生命的開始，是自我生命的另一種延續方式。侯錦郎因腦瘤壓迫神經，威脅生命，歷經兩次重大的手術，以及長期昏迷後的甦醒，對於人生有了體悟。[31] 原本在學術研究的巔峰，侯錦郎頓時必須面對一個殘缺的身軀，以及喪失正常的表達能力，如此巨大的轉變，無疑對侯錦郎造成極大的打擊，也造成他對於生存的遲疑，於是，藝術家以此幅畫詮釋處在生、死拉鋸戰的自己。透過多重切割的技巧，暗示因病被分割的軀體，並以雙面交錯的臉部，再現分裂的自我認同，應該以靈魂作為生命的回歸，還是以

---

30 黃海鳴則以「相互視線」的角度詮釋此幅畫：「一方面表現在圍繞四周從上面俯視下方垂死病人的眼神；而從病人這一方，假如他還『模糊地』能看到一點的話，那是從低角度仰望圍繞四周，一副又高、又大，又近卻又模糊的悲傷慈苦的面孔。」參見黃海鳴，〈重構失憶家園——侯錦郎個展〉，《重構失憶家園侯錦郎個展》（台北：臺北市立美術館，1998），頁25。

31 陳英德曾表示：「他（侯錦郎）用心關照這些幫他身心康復的無言朋友，通過自己的感受，主觀地改變其位置、色彩、造形和構圖，想像力使這些簡單的靜物，充滿了溫暖的色感……」參見陳英德，〈水盡疑無路，花明又一村〉，《藝術家》29: 2（民78.07）：90。

保留的記憶作為內心的返回？

　　《死亡》[32] 是侯錦郎1994年的作品，表現出個人對於存在與虛無的永恆探索。畫面中央橫躺一位瀕臨死亡的白衣男子，前方為一位青年背向觀者，坐在他身旁仔細端詳著白衣男平靜安詳的面容。畫面左前方的人物線條模糊，色彩陰暗，只可辨識出他以陰鬱的眼神，凝視即將被死神帶走的男子。在畫面的中後方出現一位帶著斗笠的黑色渺小身影，他正朝著畫面的盡頭前進。在構圖的安排上，坐在主角身旁的男子，身體由右下往左上傾斜，與畫面左下方出現的陰暗人物，分別延伸出的兩條斜線，在畫面中後方相交會，兩條線的交點正是戴斗笠的黑色人影。順著畫面背景的路徑，可回溯黑色人影的來源：他來自白衣男身軀上方覆蓋的一層黑影，是逐漸脫離形體的一道靈魂。因此，可推論戴斗笠的黑色人影象徵白衣男子的靈魂。白衣男是與病魔搏鬥的侯錦郎，與《死與生》一幅畫中，躺在病床上的病患，有同樣的自我投射作用。至於在旁觀看的兩位人物，亦是侯錦郎本人。穿著白色短褲的年輕男子，色調較為明亮，象徵存在的生命，年輕男子正努力召喚離開肉體的靈魂。另一位陰暗的黑色人影，象徵逝去的生命，其正催趕著靈魂搭上死亡的列車。在死亡的那一刻，出竅的靈魂如同死者生前的生活一樣，會被一惡一善的靈所包圍。

　　侯錦郎利用三角的構圖技巧，使畫面兩位凝視主角的人物與他的靈魂相互連結，傳達白衣男於分裂的兩個自我中掙扎的情景。畫面主角渺小的黑色靈魂行走於浩瀚的山川流水間，朝向無止境的山河盡頭，意味著回歸自然的生命。奔流的河川是時間的象徵，亦是萬物永恆循環的源起，它聯繫天地間的迴繞，透過水氣的蒸發，凝結成雲，雲再降下雨，滋養河流，形成永恆的輪迴。在循環的大自然中，河水經過轉化、改變，以雨水的形式，回到河流的源頭，展開一個新的循環，如此週而復始，卻不重複的運轉，使生命得以再生，連綿不斷地

---

32 參見附錄圖6。

暢流下去。據此，走向河流盡頭的黑色靈魂，將自己託付給高山流水，使自身得以和生命最初的景象合而為一，到了盡頭，真正的生命才剛開始，歸回到流轉之氣托載下的發源地。

## 結論

程抱一的《天一言》和侯錦郎的《生命二重奏》，同樣以探討生命的永恆為主題，強調生命是一個不斷循環的圓，從人的原初經過身心的磨難，以達到生命的永恆。程抱一以母親與異鄉人的相對關係：永恆生命的寄託、永久的歸屬地，闡釋母親形象在文本中的再生象徵意義，並以母親行善救人的慈悲精神，提升其造福人群的崇高形象，作為生命大循環的永恆起源地。侯錦郎以圖像方式詮釋記憶中的母親形象，藉由畫作中母親與嬰兒的依偎關係，再現孕育新生的母愛意涵，同時透過暗色系與身體的變形技巧，揭示受病痛所苦的藝術家主體，與家人及母親間彼此依附纏繞的形象。針對死亡的議題，程抱一偏向以中國虛實觀，言說生命輪迴的道理，透過文本中玉梅、浩郎、老丁等人的過世，可得知死亡是生命的另一個開始，是進入宇宙的大循環之中。相似於程抱一的概念，侯錦郎則以河流、神靈等圖像的符碼，強調生命的回歸。兩幅關於死亡的作品，以凝視的眼神、三角的構圖等技巧，突顯無法行動的藝術家對於自我的豁達心態，將認同議題由最初的自我，擴展到大自然的天地之間，使探索原初生命價值的「我」，不再是單獨、被切割成多重面向的個體，而是身處在天、地環繞中的「我」，是回歸萬物渾沌之始，循環輪迴的生命起點。侯錦郎透過自我存在的探索歷程，回溯孕育生命的土壤，以人與靈作為伏筆，揭示其回歸重返生命起源地的原鄉認同。

程抱一在《天一言》的中文版序，對於生命與文字如此寫到：「如同法國作家普魯斯特所設想的。他撰寫《追憶似水年華》時一再表示：『真正的生命是再活過的生命。而那再活過的生命是由記憶語

言之再創造而獲得的』」（程抱一 2001: 1）。由母親和故土形象拼貼而成的記憶，是生命得以重生，達到永恆境界的主要元素，因此，生命的循環是經由對母體，亦即對原鄉記憶的回歸，遂得以重生，進而永恆不朽。對於罹患腦瘤而行動不便的侯錦郎，正是透過畫筆刻劃記憶中的家園，來創造自己「新」生命的價值。經歷命運的捉弄，承受了許多苦痛，侯錦郎回應了生命的呼喚，從極端的死亡邊緣被推到家人身邊，在河流的盡頭重新展開循環，將分開的肉體與靈魂匯合起來，讓生命再度流動。「再生」的侯錦郎，拾回繼續生存的信心，透過繪畫創作，回溯帶給他生命的源頭——家園，並進而找尋失落的自己。程抱一和侯錦郎皆透過對大自然的探尋，反思天、地、人的哲學道理，企圖追溯在跨文化框架下的自身位置。透過母親、故土的原初形象，以及河流相對於生命的意涵，揭示人在世上接觸到的不同文化，都是促使他回歸原鄉的力量。惟有回溯來自的那片土地，人們才能在一種自身的週期下運轉，傳承來自原鄉也歸於原鄉的循環，使自身在想像的家園記憶和自我追尋中，得以不斷地昇華，創造出如同河流般循環不息的永恆生命。

## 參考書目

牛竟凡，〈國內外程抱一研究述評〉，《雲夢學刊》，2008年1月。

──，《對話與融合：程抱一創作實踐研究》，上海：上海社會科學院，2008。

吳岳添，〈程抱一作品的魅力〉，《湘潭大學學報》32.5，2008年9月。

陳英德，〈水盡疑無路，花明又一村〉，《藝術家》29：2，民78年7月。

──，〈蟄居所鎮的藝術家──侯錦郎〉，《藝術家》35：5，民81年11月。

──，〈漢學者與藝術家──歷史博物館侯錦郎紀念展〉，《藝術家》68：4，2009年4月。

──，〈我看侯錦郎繪畫〉，《生命二重奏──旅法藝術家侯錦郎紀念展》，台北：國立歷史博物館，2009。

侯錦郎，《重構失憶家園──侯錦郎個展》，台北：台北市立美術館，1998。

──，《生命二重奏──旅法藝術家侯錦郎紀念展》，台北：國立歷史博物館，2009。

梅耶，《藝術名詞與技法辭典》，貓頭鷹編譯小組譯，台北：貓頭鷹，2005。

景春雨，〈在無盡的對話中尋找生命的體悟〉，《法國研究》，2005年2月。

黃海鳴，〈重構失憶家園──侯錦郎個展〉，《重構失憶家園侯錦郎個展》，台北：台北市立美術館，1998。

──，〈透過創作活出無限生命綿延──讀侯錦郎陶塑作品中的身體與大地意象〉，《生命二重奏──旅法藝術家侯錦郎紀念展》，台北：國立歷史博物館，2009。

程抱一，《和亞丁談法國詩》，台北：純文學，1970。

──，《和亞丁談里爾克》，台北：純文學，1972。

──，《中國詩畫語言研究》，涂衛群譯，南京：江蘇人民出版社，2006。

——，《天一言》，楊年熙譯，台北：聯經，2001。

——，〈借東方佳釀 澆西人塊壘——關於法國作家與中國文化關係的對話〉，錢林森譯，《中國比較文學》3，2004。

——，《此情可待》，劉自強譯，北京：人民文學出版社，2009。

鄒琰，〈從獨語到對話〉，《當代外國文學》，2006年1月。

彭萬墀，〈談談侯錦郎對藝事的追求〉，《生命二重奏——旅法藝術家侯錦郎紀念展》，台北：國立歷史博物館，2009。

劉陽，〈『天一言』對生命真諦與藝術意義的探尋〉，《當代外國文學》，2003年6月。

——，〈雙重身分，雙重視角〉，《國外文學》101.1，2006。

熊培云，〈直面歷史中的善惡與和諧——對話法蘭西學院院士程抱一〉，《南風窗》4.1，2004。

蔣向艷，《程抱一的唐詩翻譯和唐詩研究》，上海：華東師範大學出版社，2008。

鄭麗君，〈形體與精神的試探——侯錦郎的創作源起〉，《生命二重奏——旅法藝術家侯錦郎紀念展》，台北：國立歷史博物館，2009。

戴浩石，〈一首生命頌〉，《生命二重奏——旅法藝術家侯錦郎紀念展》，戈思明主編，台北：國立歷史博物館，2009。

Catherine Argand著，劉陽譯，〈程抱一訪談〉，http://www.lexpress.fr/culture/livre/entretien-avec-francois-cheng_805280.html，2008年2月25日下載。

François, Cheng, *Le Dit de Tianyi*, Paris: Albin Michel, 1998.

附錄

圖1　《母與子》，1992
油彩、畫布，72×91cm，p. 103

圖2　《育》，2001
油彩、畫布，52×69cm，p. 145

圖3　《濃》，1999
油彩、畫布，100×66cm，p. 128

圖4　《呵護》，2000
油彩、畫布，130×97cm，p. 136

圖5 《死與生》，1989
油彩、畫布，97×146cm，p. 97

圖6 《死亡》，1994
油彩、畫布，114×145cm，p. 110

# 翻譯馬里伏戲劇中的文字遊戲——以 *La Double Inconstance* 和 *Le Jeu de l'amour et du hasard* 為例

林志芸[*]

## 摘要

「馬里伏式的風格」（le marivaudage）特色之一就是「重複對話者的台詞」（la reprise des mots）。在這類對話中，人物以重複對方台詞中的少數幾個關鍵字開始，再導入自己的意見。對戲的雙方因個人身分地位、社會背景或立場之不同，對於相同的文字也可能有不同的理解或詮釋方式，因而形成有趣的文字遊戲，製造不少喜劇效果。

本論文嘗試以馬里伏的兩部劇作 *La Double Inconstance* 和 *Le Jeu de l'amour et du hasard* 為例，分析馬里伏「重複對話者的台詞」中的文字遊戲之翻譯問題，大致可分為三類：

一、人物B重複人物A的台詞，但卻因為角色、情境或社會背景之不同，錯誤地有不同的領會或詮釋。這類多半是將文字片語的抽象意義按字面意義來解釋。

二、人物B重複人物A的台詞時，為了調侃或暗示對方，利用文字不同的解釋，達到一語雙關的目的。但是對方往往因為深陷馬里伏「戲中戲」的迷惘中而無法明白，只有「導戲者」（meneur du jeu）和明瞭全局的觀眾能有會心一笑。這類文字遊戲也可能出於同一人物，目的是為了表達自己複雜的心情。

三、因為「遊戲」的關係，對戲的雙方對於此文字遊戲都知情，

---

[*]中央大學法國語文學系副教授

以此達到打情罵俏的目的。

**關鍵詞：**馬里伏、翻譯、文字遊戲

# 法文摘要

Prenant comme exemple *La Double Inconstance* et Le *Jeu de l'amour et du hasard*, le présent article traite de la traduction du jeu de mots chez Marivaux. Des mots à double entente occasionnés par la circonstance, le milieu social ou la position des personnages se révèlent l'une des principales difficultés de la traduction des pièces de Marivaux.

**Mots-clés:** Marivaux, traduction, jeu de mots

十八世紀法國喜劇泰斗馬里伏（Pierre Carlet de Marivaux）一向以其愛情喜劇中對感情細膩的描寫聞名，為了貼切地表達人物心中思緒和情感的演進，他創造了自己特有的語言——「馬里伏式的風格」（Le marivaudage）[1]，以優雅、細緻、精巧而講究的技巧來表達人物複雜的心情和彼此之間的微妙關係。

　　馬里伏戲劇中的台詞不同於一般古典戲劇的長篇陳述文（récit d'exposition），它少有長篇獨白，多半是簡短而緊湊、切割中斷式（style coupé）的接應對話，其中「重複對話者的台詞」（la reprise des mots）是最大特色。在這類對話中，人物應答時，並非圍繞著同一個主題長篇大論闡述意見或陳述事實，而是以重複對方最後一句話的少數幾個關鍵字或整句話為開始，先評論對方的話，再直接導入自己的意見。[2] 對戲的雙方台詞你來我往一句句地相互追逐、串連，配合緊密地一搭一唱；他們仔細地聆聽對方說話，在關鍵時刻切入，有如網球比賽交戰的雙方，在瞄準對方發球後，迅速而精準地將球回擊，而球在雙方的球場都不至於逗留太久。我們在此列舉*La Double Inconstance* 一段代表性的文字加以說明：

> 席勒薇雅：「……人們說他一表人才，這才糟糕呢！」
>
> 麗芷特：「糟糕！糟糕！您的**想法**可真奇怪啊！」
>
> 席勒薇雅：「這**想法**完全合情合理。我注意到，長得**一表人才**的男子，通常**自命不凡**。」
>
> 麗芷特：「**自命不凡**的確不對，可是他長得**一表人才**呢！」

---

1　動詞 « marivauder » 和名詞 « le marivaudage » 均由馬里伏的名字Marivaux衍伸而來，在馬里伏的時代便已流傳。馬里伏獨特且創新的寫作風格，並不能見容於奉行古典主義的十八世紀（特別是以Voltaire為首的哲學家們），因此兩字彙在流傳之初帶有貶意，指的是「如馬里伏般地說話表達或處理劇情」、「吹毛求疵、矯柔造作地傳情達意或寫作」。

2　Frédéric Deloffre引述Marmontel的話評論馬里伏劇中的對話：「人物之間接話是針對文字（字詞），而非針對事情。」(C'est sur le mot qu'on réplique, et non sur la chose.) *Une préciosité nouvelle, Marivaux et le marivaudage*, Genève: Slatkine Reprints, 1993, p. 100.

......

席勒薇雅：「英俊瀟灑、風度翩翩，全是**多餘的外在條件**，我
　　　　　並不要求這些。」

麗芷特：「該死！如果我結婚，這些**多餘的東西**，全都是我的
　　　　　**必要條件**。」[3]

　　這種接話方式除了受沙龍式談話[4] 的影響外，也源自於義大利喜
劇。馬里伏的劇本原是為當時義大利劇團（la commedia della'arte）的
演員而寫，傳統上，義大利喜劇並沒有完整的腳本，演員只是依循主
題和大綱[5] 的提示，憑著個人機智，隨興接續對戲演員上一段台詞即
席發表。[6] 馬里伏適切地掌握義式喜劇這項特點，利用人物間「重複
對話者的台詞」的技巧，充分發揮他對文字的敏感度，除了使劇情更
加活潑緊湊外，對戲的雙方可能因個人身分地位、社會背景或立場、
情境之不同，對於相同的文字有不同的理解或詮釋方式，因而形成有
趣的文字遊戲。對於這些文字遊戲，大約可有三種不同的理解層次：
一是說話者本身、二是和他（她）對戲的一方，再來就是掌控全局、
對男女主角的心理變化有通盤了解的「導戲者」[7]。而觀眾和導戲者

---

3 林志芸譯，《馬里伏劇作精選：〈雙重背叛〉及〈愛情與偶然狂想曲〉》（台北：聯經，2002），頁
　140。為突顯「重複對話者台詞」之技巧，筆者在此特別將重複之處以粗體字標示。

4 依照馬里伏自己的說法，如此自然串連、自動自發的表達方式，正是一般會話、交談的方式（style de la
　conversation, langage des conversations）。L'Avertissement des *Serments indiscrets*, Marivaux: *Théâtre complet I*, Paris:
　Bordas, 1989, p. 967.

5 即 « canevas »，只寫出各場和各幕的大綱。

6 對馬里伏而言，最重要的是發自內心的淳樸與自然流露（simplicité, naïveté spontanée），而非古典戲劇所
　著重的上流社會思想，及優雅合宜、但卻拘謹的談吐舉止（l'esprit mondain, élégance et le bon ton），義式
　喜劇的即席創作精神正符合馬里伏的理想。Maurice Descotes, *Les Grands Rôles dans le théâtre de Marivaux*,
　Paris: P.U.F., 1972, pp. 52-53.

7 Meneur du jeu，或如Jean Rousset所稱「旁觀者」（personnage regardant）或「目擊者」（personnage té-
　moin）。Jean Rousset, *Marivaux ou la structure du double registre, Forme et Signification*, Paris: José Corti, 1962, pp.
　45-64. 在*La Double Inconstance*中，導戲者是奉親王之命主導全局的Flaminia；在*Le Jeu* 中，則是同意男女主
　角Dorante及Silvia和其僕人對換角色、協助雙方隱瞞事實，並任由他們在愛情迷惘中痛苦掙扎的奧何岡老
　爺（M. Organ）和Silvia的兄長馬里歐（Mario）。

同樣了解所有事件的前因後果，才能體會這些文字遊戲之精妙，完全掌握三個不同層次的意涵，欣賞其喜劇效果。

對於並非以法語為母語的讀者而言，要了解此類文字遊戲之旨趣，不但必須掌握劇情之來龍去脈，還得對法語有足夠的認識，這就成了翻譯馬里伏作品最大的難題之一。通常，單從人物的中譯台詞中，無法呈現出法語原文的文字遊戲或多重意涵，譯者往往必須靠注解加以說明。

筆者曾翻譯馬里伏的劇本 *La Double Inconstance* 和 *Le Jeu de l'amour et du hasard*。[8] 在本篇論文中，筆者將以過去的翻譯經驗，分析馬里伏戲劇中的文字遊戲。這些文字遊戲大致可分為三大類：第一類是對戲的一方錯誤地領會或詮釋對方話語的含意，第二類是人物藉由一語雙關達到說話的目的，最後第三類則是對戲雙方共同玩弄的文字遊戲。

# 一、不同的領會或詮釋

當人物B於接話中重複人物A的台詞時，會因為立場、情境或社會背景之不同，錯誤（或故意）地有不同的領會或詮釋。這類文字遊戲佔兩齣戲的多數，且多半是將文字片語的抽象意義按字面意義來解釋。

例一·1（*Double Inconstance*，第一幕第一場）（*DI* 256）[9]

Trivelin – Il ne vous enlève que pour vous donner **la main**.

Silvia – Eh! que veut-il que je fasse de **cette main**, si je n'ai pas envie d'avancer **la mienne** pour **la** prendre? [...]

---

8 參見註3。

9 Marivaux, *Théâtre complet II*, Paris: Bordas, 1989. 本文中將以*DI*表示*La Double Inconstance*，以*Jeu*代表*Le Jeu de l'amour et du hasard*，為突顯文字遊戲，筆者將所有關鍵字以粗體表示。

在*La Double Inconstance*戲裡，Silvia原本和Arlequin是一對戀人，但親王愛戀她，將兩人分別挾持至王宮。Trivelin是親王的臣子，他的任務是遊說Silvia接受親王的情意嫁給親王，但是Silvia堅持不從。在此引文中，Trivelin向Silvia說明親王挾持她的目的，乃是為了娶她為妻（vous donner **la main**）；但Silvia接續Trivelin的用語，卻以 « la main » 這個字的具體意義回答，拒絕接受。如果為保留馬里伏「重複對話者台詞」的技巧，按照法文字面直譯，將會是：

> Trivelin：「親王挾持您，只為了要把**手**給您。」
> Silvia：「如果我不想伸**手**接受，我該如何處理**他的手**？」

這譯法雖保留雙方重複使用的「手」字，但卻沒有任何意義，讀者也無法掌握文字遊戲的旨趣。因此直接譯出片語的意思，再以注解說明原文重複台詞的部分，是個不得已的作法：

> Trivelin：「親王挾持您，是為了娶您為妻啊！」
> Silvia：「如果我不想接受他的求婚，他要我怎麼辦？」

例一・2（*Double Inconstance*，第一幕第一場）（*DI* 256）

> Trivelin – Oh parbleu! je n'en sais pas davantage, voilà tout **l'esprit** que j'ai.
> Silvia – Sur ce pied-là, vous seriez tout aussi avancé de n'**en** point avoir du tout.

此處仍是Trivelin遊說Silvia嫁給親王的段落。Silvia對於Trivelin的說詞感到不耐煩，問他是否盡是只會說些歪理，Trivelin回答說他的確「只會說這些」。這裡的 « esprit » 應解釋為 « impression, manière de penser »，即「想法、見解」，整句的翻譯為「我就只會說這些了」

或「我就只有這些想法了」；氣急敗壞的Silvia回答時用代名詞 « en »
重複Trivelin的 « esprit » 一字，但卻取 « esprit » 的另解 « intelligence »
（聰明才智），嘲笑Trivelin，說他「只有這麼一點聰明才智」，結果
就會像「完全沒有聰明才智」一樣。如果只就兩人各自的意思翻譯，
即「我想我就只會說這些了」對照「既然這樣，結果就和毫無聰明才
智沒有兩樣」，讀者恐怕無法明白為何Silvia的回答和Trivelin所說不
太有關聯，因此必須借助於注解加以說明。

例一‧3（*Double Inconstance*，第三幕第二場）（*DI* 301）

> Arlequin – Vous saurez que je m'appelle Arlequin.
>
> Trivelin – Doucement! Vous devez dire: **Votre Grandeur**
> saura.
>
> Arlequin – **Votre Grandeur** saura. C'est donc **un géant**, ce
> secrétaire d'Etat?

　　Trivelin除了奉命勸說Silvia接受親王的情意外，也被安排在Silvia
的情人Arlequin身邊，表面上是伺候他，事實上也藉機遊說他放棄
Silvia、成全親王。Arlequin在宮中待得不耐煩，便喚來Trivelin幫他準
備筆墨和紙張，打算寫信給宰相，請宰相將他的處境和心意稟告親
王。然而他目不識丁，只好請Trivelin代筆。此處是Arlequin口述信件
內容，由Trivelin聽寫的段落。Trivelin糾正他不該直呼宰相「您」
（vous），應該稱呼「閣下」（Votre Grandeur）；Arlequin從善如
流，但是卻反問「這宰相是個巨人嗎？」原來，出身鄉下的他不懂得
宮廷的繁文褥節，不明白 « grandeur » 是對身分地位崇高人士的尊
稱，只從表面領會Trivelin口中的 « grandeur »，以為Trivelin所指是「身
材高大」。當讀者讀到Trivelin的台詞之譯文為「崇高偉大的閣下」，
但是接著Arlequin複述卻成為「高高大大的閣下」，一定會覺得困

惑，所以此處又得借助注解的說明。[10]

例一·4（*Double Inconstance*，第三幕第四場）（*DI* 303-304）

> Le Seigneur – [...] Vous ferez plaisir au Prince; refuseriez-
> vous ce qui fait l'ambition de tous les gens
> de **coeur**?
>
> Arlequin – J'ai pourtant bon **coeur** aussi [...]

　　這是因社會背景的差異，導致對同一字詞有不同詮釋的另一例。這一場的重點是一位爵爺奉親王之命帶來幾只「封侯令」（lettre de noblesse），他勸告Arlequin勿拒絕親王的好意，應像所有「德高望重之士」（gens de coeur）收下封侯令。此處 « coeur » 是取「心」字在「品德、操守、良心」（conscience, dispositions morales）方面的意義；但Arlequin在回答中重複了 « coeur » 一字，取的卻是 « coeur » 做「心地」、「心腸」（tendresse, affection）的解釋。如果單單譯出爵爺和Arlequin各自對 « coeur » 的詮釋，結果會是：

> Le Seigneur：「凡**德高望重之士**，皆以獲此殊榮為抱負，難道
> 　　　　　　　您要拒絕嗎？」
>
> Arlequin：「我也是**心地善良的人**啊！」

讀者將無法明白Arlequin的附和（「也是」）和爵爺所言有任何關係，因此除了以注解說明外，筆者選擇在Arlequin的回答前另外加上一句話（「**比起德高望重**，我也算心地善良啊！」），才能讓

---

10 Arlequin一角的滑稽之處在於其粗俗愚笨和其欲模仿貴族士紳的自命不凡所形成的強烈對比，他戴了主人（貴族）的面具、穿了主人（貴族）的衣服，卻仍然說著僕人（平民）的語言。在他和Trivelin、Silvia或Dorante的對話中，這類可笑的優越感特別明顯，馬里伏充分掌握階級差異對文字的不同詮釋，屢次利用文字遊戲來突顯Arlequin愚昧無知和自命不凡所造成的喜劇效果。

Arlequin的接話顯得比較通順。

例一‧5（*Jeu*，第三幕第八場）（*Jeu* 844）

Dorante – [...] **mon coeur et ma main** t'appartiennent.

Silvia – En vérité, ne mériteriez-vous pas que je **les** prise?
[...]

在*Le Jeu*劇中，Dorante 和Silvia兩人均不願貿然接受各自父親所安排的婚事。他們很有默契地都在對方不知情的情況下，分別和自己的僕人或婢女交換身分，希望先以偽裝的身分來認識、了解對方。在這齣戲的末了，經過重重考驗，兩人均肯定對方的人品決定以身相許，於是Dorante說「從此以後，我的心手相屬」，而Silvia也回以「您的確值得我也以心手相回報」，意即兩人均同意婚事。這是全劇難得一處，筆者可以將「心手」兩字呈現在譯文中，既保留「重複對話者台詞」的技巧，又能傳達原文的意思。

例一‧6（*Jeu*，第一幕第一／二場）（*Jeu* 801/802）

Silvia – [...] c'est une **âme** glacée, solitaire, inaccessible. (*Jeu*, 801)

----------

Lisette – [...] un visage qui fait trembler, un autre qui fait mourir de foid, une **âme** gelée qui se tient à l'écart [...] (*Jeu*, 802)

在*Jeu*開始時，男女主角Dorante和Silvia均逃避愛情，對婚姻存著戒心。這裡是Silvia排斥父親所安排的婚事，對女僕Lisette講述男人婚後判若兩人的可怕模樣，她舉例提到Léandre在人前和在家裡兩個樣，說他是個「冷漠、孤僻、難以親近的人」──« âme » 是矯揉造

作文學的常用字眼，意思其實就是「人」（personne）。接著在第二
場，當Silvia的父親M. Organ問起女兒為何沉默不語、愁眉不展時，女
僕Lisette就概述女主人在前一場對悲劇婚姻的描述。但Silvia是富家千
金，她的用字屬於沙龍裡的「矯揉造作」用法（style précieux），而
Lisette是女僕，無法全然了解女主人用字的含意，雖重複主人所使用
的字眼 « âme »，卻極可能以其背景和程度去理解這個字，也就是它
平常的解釋——「靈魂」。因此筆者翻譯Lisette重複女主人的用字
時，不再翻譯為「人」，而譯成「靈魂」，以區隔不同階級對同一字
彙的不同用法。

例一・7（*Jeu*，第二幕第四場）（*Jeu* 817）

> Dorante – Je n'ai qu'**un mot** à vous dire.
>
> Arlequin – Madame, s'il **en dit deux**, son congé sera **le troisième**. Voyons.

　　和主人Dorante交換角色的Arlequin正和Silvia的女僕Lisette（同樣
也是交換角色）談情說愛，對自己居然能夠虜獲貴族小姐芳心而沾沾
自喜，不料此時主人Dorante前來打擾。Dorante口中的 «un mot» 指的
是「簡短的話語」；但Arlequin感到不耐煩，急著要打發他，以免他
壞了自己的好事，便將 « un mot » 做「一個字」解釋，在Lisette面前
炫耀自己當主人的威權，稱說「如果他再多說一個字」（也就是「第
二個字」），他就「說第三個字炒他魷魚」。筆者無法同時譯出
Dorante和Arlequin對 « un mot » 不同的詮釋（「簡短的話」／「一個
字」）[11]，因此也無法接著翻譯出Arlequin口中的「第二個字」、「第
三個字」這樣的文字遊戲，只能再次借助注解說明。

---

11 多杭特：「我只有簡短的話要說。」／阿樂甘：「小姐，如果他多說第二個字，我就說第三個字炒他魷
　　魚。」

# 二、一語雙關、話中有話

馬里伏的戲劇經常是「戲中戲」[12]，人物有時礙於身分地位或角色偽裝[13] 的關係，無法暢所欲言；有時則是冷眼旁觀他人的迷惘，因而話中有話。此時他們就會利用一語雙關的文字遊戲，藉此發抒內心情感或達到諷刺的目的。對戲的另一方往往因為身陷這場「戲」的迷陣中而無法明白，只有從頭到尾明瞭全局的「導戲者」[14] 和觀眾才能領會其中的旨趣，而這也是馬里伏戲劇幽默甚或殘酷[15] 之處。

例二‧1（*Double Inconstance*，第二幕第一場）（*DI* 279）

> Silvia – [...] c'est dommage que je n'aie pu l'aimer dans le fond, et je le plains plus que le Prince.
>
> Flaminia, *souriant en cachette*. – Oh! Silvia, je vous assure que vous plaindrez le Prince autant que lui quand vous le **connaîtrez**.

親王將Silvia挾持至王宮後，多次假扮成一位軍官[16] 向她表達愛慕之意。Silvia對他的翩翩風度頗有好感，此處她向親王暗中派來的另一位「導戲者」Flaminia吐露內心真情，認為這位軍官對她情深意濃

---

12 參見林志芸譯，《馬里伏劇作精選：〈雙重背叛〉及〈愛情與偶然狂想曲〉》（台北：聯經，2002），導讀。

13 「喬裝改扮」（le travestissement）是義式喜劇慣有的主題。馬里伏戲劇中的偽裝包括身分隱瞞（如 *Le Prince travesti*、*La Double Inconstance*）、性別喬裝（如 *La Fausse Suivante*）和社會階層之變換（如 *Le Jeu de l'amour et du hasard* 和 *La Double Inconstance*）。Françoise Rubellin, *Marivaux dramaturge*, Paris: Champion, 1996, p. 204.

14 參見註7。

15 Maurice Descotes分析，馬里伏的戲劇同時結合「殘酷」與「詼諧滑稽」、「想像力」（fantaisie）與「情感」等多重元素，因此如何拿捏滑稽有趣、愛情與憂鬱感傷之間的比例，正是詮釋馬里伏戲劇的一大難處。*op.cit.*, p. 25.

16 先前親王打獵時，已經以王室軍官的喬裝身分見過Silvia多次。他因此愛上Silvia，並贏得她的好感。

卻不敢僭越，「比親王更值得同情」。Flaminia眼見自己的計謀已有眉目，暗自竊喜，回答「等妳**認識**親王後，我保證妳會覺得他一樣令人同情。」她口中的「認識」（connaître），其實指的是「知道其真正身分」（l'identifier），也就是「得知軍官和親王是同一人」，Silvia當然無法聽懂這弦外之音，只把 « connaître » 當作「了解其為人處事」（être renseigné sur sa nature, son aspect, ses qualités et ses défauts）來了解。唯有和Flaminia同步掌握來龍去脈的觀眾，才能聽得懂Flaminia話中有話，因而會心一笑。

例二・2（*Double Inconstance*，第二幕第二場）（*DI* 281）

> Lisette – [...] j'avais la curiosité de voir cette petite fille qu'**on** aime tant, qui fait naître une si forte passion [...]

這裡牽涉到代名詞 « on » 的用法：« on » 若取代單數名詞（即 « quelqu'un » 或 « il »），可以指親王、或Lisette千方百計想要討好的Arlequin[17]；若取代複數名詞（即 « les gens » 或 « ils »），則可指朝廷任何對Silvia的嬌羞淳樸感到賞心悅目的人。筆者譯出Lisette表面的說法「我聽說親王看上這位小姑娘，對她意亂情迷，好奇地前來一窺究竟……」；但必須用注解另外說明Lisette也可能同時指Arlequin或朝廷其他人士——由於Arlequin對Silvia情有獨鍾，無視Lisette的千嬌百媚，還直接了當地羞辱她，因此她極可能同時用嫉妒、酸溜溜的口氣表達其不滿。

例二・3（*Double Inconstance*，第三幕第十場）（*DI* 315）

---

17 Lisette 是Flaminina用來拆散Silvia和Arlequin的一步棋子，她奉命前來對Arlequin賣弄風情，試圖讓他移情別戀。

Silvia – [...] il n'y a plus de **raison** à moi.

在*La Double Inconstance*整齣戲的末了，Silvia和Arlequin均移情別戀（因此是《雙重背叛》），分別愛上親王和Flaminia。Silvia剛得知自己所愛的軍官其實就是親王本人，對於情況急速的轉變，欣喜之餘正六神無主，此時Arlequin又突然出現目睹一切，她只得坦承自己已變心，說道 « il n'y a plus de raison à moi. »。« raison » 除指 « pensée, jugement, discernement »（理智）外，也可以指 « cause ou motif légitime »（理由、道理）。因此這裡除了譯作「我現在心亂如麻」來表達Silvia的手足無措外，也可譯作「我自認理虧」，表示Silvia同時向Arlequin坦承自己的背叛和不是。

例二・4（*Jeu*，第一幕第七場）（*Jeu* 810）

> Silvia – Ah! je me fâcherai ; tu m'impatientes. Encore une
> fois, laisse là ton amour.
> Dorante – Quitte donc ta figure.
> Silvia, *à part* – A la fin, je crois qu'il **m'amuse**... [...]

為了好好觀察雙方父親所安排的對象，Silvia和 Dorante分別和自己的女僕及僕役交換身分。但是Dorante很快就愛上Silvia所扮演的女僕而無法自拔，不斷找她談情說愛；而Silivia也發現自己對Dorante所扮演的僕人頗有好感，內心矛盾不已。身為貴族，她無法接受一個男僕對自己獻殷勤，千方百計要制止他，然而Dorante就是情不自禁。因此她說 « il m'amuse »（il me divertit）「他逗我開心」，表明她對Dorante愛憐之意；對她而言，Dorante身為下人，卻能談吐舉止高雅地對女主人談情說愛，的確逗人開心；但另一方面，Silvia也可能因為Dorante屢勸不從，而自己也情不自禁、半推半就地縱容而感到懊惱。因此 « amuser » 也可解釋為 « faire perdre le temps, duper »，「他在

消遣我、浪費我的時間」，說明Silvia的無奈。

例二·5（*Jeu*，第一幕第八場）（*Jeu* 812）

Arlequin – [...] Croyez-vous que je **plaise** ici? Comment
me trouvez-vous?

Silvia – Je vous trouve ... **plaisant**.

Arlequin對於自己的貴公子扮像志得意滿。他初抵Organ府上，便請問扮演女僕的Silvia自己看起來如何（「妳覺得我怎麼樣？大家會喜歡我嗎？」）；Silvia對這位言行舉止粗俗的未婚夫印象惡劣，但由於她喬裝成女僕，不好直說犯上，只能一語雙關地說 « Je vous trouve... plaisant »。表面上她讚美Arlequin討人喜歡（plaisant = agréable）（「我覺得您……討人喜歡」），事實上卻在取笑他「滑稽逗趣、可笑極了」（plaisant = divertissant, amusant）。粗俗的Arlequin自然不能領會Silvia話中有話[18]，只有觀眾和在一旁氣急敗壞的真正男主人Dorante才能明白Silvia此番話的真正用意。

例二·6（*Jeu*，第三幕第六場）（*Jeu* 838）

Lisette – Encore une fois, monsieur, **je me connais**.

Arlequin – Eh! **je me connais** bien aussi, et je n'ai pas là
**une fameuse connaissance**; ni vous non plus,
quand vous l'aurez faite ; [...]

扮演主人的Lisette和Arlequin均互相愛上對方，也都以為對方是貴族，對自己的真正身分自慚形穢，遲遲不敢向對方承認。他們想招供取得對方的諒解和接納，但是欲言又止──Lisette先說她「有自知之

---

18 參見註10。

明」，Arlequin回應說他「也有自知之明」，兩人都低聲下氣欲向對方暗示其實自己出身低下。Arlequin更進一步說「我才疏學淺，一旦您認識我，恐怕也會和我一樣」），表面上是謙稱自己沒什麼才識（« connaissance » 在此指 « choses connues, savoir »，即「知識、學識」），但他同時也心急的想向Lisette暗示自己身分卑微，平時交往的對象並非貴族士紳。所以這 « connaissance » 也可解釋為 « relations, liaisons »（即「交遊、往來的對象」），整句的翻譯為「我所交往的對象都沒什麼了不起」。同樣地，Lisette一心以為Arlequin是貴族，因此也無法聽懂他的暗示。

例二·7（*Jeu*，第三幕第八場）（*Jeu* 841）

> Silvia – [...] Je vous avertis même qu'on parle d'envoyer chez le notaire, et qu'il est temps de **vous déclarer**.

Dorante眼見假扮主人的Arlequin和千金小姐Silvia（其實是女僕Lisette所扮演）情投意合，且Organ老爺幾乎就要被蒙在鼓裡贊同婚事，反觀自己卻得不到女僕Lisette（其實是千金小姐Silvia）的青睞，覺得自己有義務要向Organ老爺揭穿事實真相，終於向心上人Silvia表明身分。Silvia在得知Dorante的真實身分後鬆了一口氣，但是卻未同樣地坦承身分，因她希望Dorante繼續以為她是女僕，並且無視懸殊的身分地位和家人的反對娶她為妻，以證明她自己的價值。身陷痛苦深淵的Dorante最後決定離開，Silvia眼見心上人即將一走了之，著急的催促他 « se déclarer »，表面上要他趕快「表明（其貴族）身分」（« se déclarer » = faire connaître sa véritable identité），勿讓Arlequin假冒其名，矇騙Organ老爺，事實上，她也一語雙關催促Dorante「公開『他』的情意」（« se déclarer = faire une déclaration d'amour / avouer ouvertement son amour »），向她及眾人表態要娶她為妻。

以上這類「一語雙關」的文字遊戲，對戲的一方多半對「戲」的

全局不知情，僅領悟該字句的表面意思，因此筆者只能選擇譯出這看似天真無害的表面意思，而將該角色所沒能聽懂的文字遊戲、但觀眾理應領會的弦外之音另用注解說明。

## 三、遊戲

馬里伏的戲劇中的「戲中戲」，有時也可以是「遊戲」。當多愁善感、內心充滿矛盾的男女主角身陷愛情迷惘而痛苦掙扎時，他們的僕人相對地可就輕鬆自在許多。思緒不若主人複雜的他們，除了懂得捉住機會，利用文字遊戲偷閒打情罵俏外，也會認分地接受命運，甚至不以為意地自我調侃、安慰。[19]

> 例三・1（*Double Inconstance*，第二幕第六場）（*DI* 285）
>
> Flaminia – [...] si vous **lisiez** dans mon coeur!
>
> Arlequin – Hélas ! je ne sais point **lire**, mais vous me l'expliqueriez.

「導戲者」Flaminia眼見Arlequin對Flaminia的魅力無動於衷，便親自出馬打算征服Arlequin。她安撫Arlequin煩躁不安的心，並佯稱Arlequin長相神似自己已逝的心上人，以此爭取他的同情和好感。在此她提到自己「沒權沒勢」，說Arlequin不明白她的苦衷，但願Arlequin能「讀透『她』的心」（« si vous lisiez dans mon coeur! »，« lire » = pénétrer le sens，了解、察知）。Arlequin在回答中重複Flaminia的« lire »，但卻用 « lire » 的基本意義「識字」取代Flaminia原來的用法：

---

19 在馬里伏的戲劇中，兩對情侶（主與主、僕與僕）之間的愛情境遇經常平行對照進行。但僕人性情不若主人抑鬱，面對愛情迷惘，頭腦也比主人清醒，他們多半比主人更早發現並承認「愛的驚喜」（la surprise de l'amour），最後往往能在關鍵時刻為主人指點迷津，或者殘酷地插上一腳成為導戲者（如Arlequin在*Jeu*第三幕第七場的表現）V. P. Brady, *Love in the Theatre of Marivaux*, Genève: Droz, 1970, pp. 219-221.

「可惜我不識字，沒法子**讀**」，接著又說「不過妳可以解釋給我聽」。在這一場的開始，他已表明Silvia不在身邊時，唯有Flaminia的陪伴能令他釋懷。其實他極享受Flaminia的陪伴，這句「妳可以解釋給我聽」更給予Flaminia機會訴說心事吐露真情，以致於在這一場的末了，Arlequin已開始萌生背叛Silvia之意，他說「這地方配不上這個女孩，萬一不幸席勒薇雅離開我，我想我在絕望之餘，就會帶她回家去。」[20]

例三・2（*Double Inconstance*，第三幕第八場）（*DI* 313）

Flaminia – Oh! vous allez le charmer ; il **mourra de joie**.

Silvia – Il **mourrait de tristesse**, et c'est encore pis.

Flaminia – Il n'y a pas de comparaison.

*La Double Inconstance*到了劇末，在導戲者Flaminia的重重布局下，不僅Arlequin背叛Silvia選擇了Flaminia，Silvia也離棄Arlequin決定回應軍官的追求[21]。她告訴Flaminia自己將不再拒絕軍官、令他傷心，Flaminia讚賞她的決定，認為此舉將令軍官「心花怒放、**樂不可支**」。« mourir de + nom»意為「感受一（強烈的）情感」（«éprouver un sentiment violent »），此處 « mourir de joie » 直譯為「快樂死了」；Silvia玩弄文字遊戲，接續Flaminia所用的詞組 « mourir de » 回答「如果我讓他**悲痛欲絕**，那才糟糕呢！」« mourir de tristesse » 直譯則是「憂傷死了」或「憂傷而死」。兩人均使用 « mourir de » 的詞組，只是前者加的是 « joie »，後者加的是 « tristesse »，「喜樂」與「憂愁」兩個相反的情感或原因。因此Flaminia接續說道「這真是天壤之別啊！」（« Il n'y a pas de comparaison. »），直譯為「這兩者無法相

---

20 « Ce pays-ci n'est pas digne d'avoir cette fille-là; si par quelque malheur Silvia venait à manquer, dans mon désespoir je crois que je me retirerais avec elle. » (*DI* 287)

21 但她尚未知道自己心儀的軍官其實就是苦心追求她的親王。

比」），意即——同樣是死，「樂極而死」和「悲傷致死」的確有天壤之別；或，同是情緒的抒發，「樂不可支」和「悲痛欲絕」全然不同。在中譯文裡無法直接譯出Silvia和Flaminia的文字遊戲，只能藉助譯注來說明。

例三‧3（*Jeu*，第三幕第六場）（*Jeu* 838）

> Lisette – [...] je viens de lui (M.Organ) parler, et j'ai son aveu pour vous dire que vous pouvez lui **demander ma main** quand vous voudrez.
>
> Arlequin – Avant que **je la demande à lui**, souffrez que **je la demande à vous**; je veux **lui** rendre mes grâces de la charité qu'elle aura de vouloir bien entrer dans **la mienne**, qui en est véritablement indigne.
>
> Lisette – Je ne refuse pas de vous la prêter un moment, à condition que vous la prendrez pour toujours.
>
> Arlequin – Chère petite **main** rondelette et potelée, je vous prends sans marchander. Je ne suis pas en peine de l'honneur que vous me ferez; il n'y a que celui que je vous rendrai qui m'inquiète.

　　在第一部分「不同的領會或詮釋」的第一例中，我們已經看到Silvia如何圍繞著 « demander la main à qqn. » 這詞組，利用 « la main » 的具體和抽象意義玩弄「重複對話者台詞」的文字遊戲。在這段引文當中，Arlequin和Lisette則充分發揮這文字遊戲打情罵俏——與主人對調角色的他們，各自以為對方是Silvia 和Dorante，甚至開始論及婚嫁。Lisette說她已獲得Organ老爺首肯，提醒Arlequin隨時可以「向他（M.Organ）提親」（« lui demander ma main »）。Arlequin則捉住此

機會以「手」字大作文章，表面上說「在我向令尊提親之前，容我先向您求婚」以及「您願意下嫁給我，令我感激涕零」，卻是語帶雙關地利用「手」字的具體意義，順帶牽起Lisette的手，說「在我向令尊要您的手之前，容我先牽您的手」及「您願意讓我牽手，令我感激涕零」。而Lisette也善意地回應Arlequin這文字遊戲，她說道：「只要您願意娶我，我並不介意先把手借您一會兒。」（直譯：只要您永遠緊握我的手，我並不介意先把它借您一會兒。）於是Arlequin大膽地執起Lisette的手讚美道：「圓潤豐腴的親親小手，我絲毫不討價還價，就這麼緊握住您」，同時也意味著「我絲毫不討價還價（因他以為自己要娶的是富家千金），就決定要娶您為妻。」

就表面而言，兩人看似在談情說愛，圍繞著「手」字打情罵俏，事實上這卻是他們的拖延戰術——他們分別在各自的主人Dorante和Organ老爺的要求下[22]，必須要向對方坦承身分後才可成婚；但兩人都害怕此舉會讓自己失去對方，同時也失去幾乎到手的財富和地位。因此，在表面輕鬆的對話後，隱藏的是兩人的猶豫與害怕。相對地，觀眾既能聽懂言下之意，又同時看到兩人卿卿我的舞台手勢和動作，必能從中獲得不少樂趣，這是馬里伏戲劇殘酷的又一例。

例三‧4（*Jeu*，第三幕第六場）（*Jeu* 840）

> Lisette – [...] laissons les choses comme elles sont. Je crois que le voici qui entre. **Monsieur, je suis votre servante**.
>
> Arelquin – **Et moi votre valet madame**. (*Riant*) Ah! ah! ah!

« je suis votre serviteur » 本是一句傳統的客套語，意為「我願意為您效勞」、「靜候您的差遣」，用在道別告辭時，或表示肯定的附

---

22 第三幕第一場及第三幕第五場。

和。在這一場，Lisette和 Arlequin兩人不斷支吾其詞、欲言又止，最後終於互相承認自己的僕役身分，雖然兩人均大失所望，卻仍接受事實也接受彼此，正如Arlequin所說：「妳的名字是變了，可是臉蛋沒變。我們雖然彼此看走了眼（錯認對方身分），卻已經立下海誓山盟。」[23] 因此，Lisette告辭離開說道 « je suis votre servante »，而Arlequin也快活地回以 « et moi votre valet »，兩人除繼續扮演其偽裝角色、刻意模仿貴族人家的客套用語來道別外，也一語雙關（兩句話直譯為「我是您的丫環」、「我是您的僕役」）再次點出自己才剛被拆穿的真實身分，為先前的猶豫和難堪自我解嘲。

## 結論

　　成功地用他國語言翻譯或演出馬里伏的劇本，幾乎是不可能的任務。馬里伏的戲劇充滿「戲中戲」（「戲劇」或「遊戲」），陷在「戲」之迷惘中的角色對此「戲」通常並不知情，或因立場和社會背景的差異無法領悟，往往只有旁觀的「導戲者」和通曉全局的觀眾能體會其中旨趣。但是由於語言的差異性，除極少數的例子外，無論是「重複對話者台詞」時不同的詮釋，或暗示性的一語雙關、話中有話，以及輕鬆的文字遊戲，均難以在譯文中直接呈現遊戲的雙面意義，大多得用注解加以說明。而戲劇演出時，單從翻譯的台詞中，演員難以兩全其美地詮釋所有的一語雙關，僅能道出「戲」之一個面向，觀眾也只能領會演員所傳達的唯一面向。因此，無論是欣賞文本或戲劇演出，想用華語認識馬里伏的戲劇，似乎都會有所缺憾；而多虧注解的說明，閱讀似乎又是比觀看演出更好的選擇。

---

23 « Pardi oui, en changeant de nom tu n'as pas changé de visage, et tu sais bien que nou nous sommes promis fidélité en dépit de toutes les fautes d'orthographe. » (*Jeu* 840)

# 參考書目

林志芸譯，《馬里伏劇作精選：〈雙重背叛〉及〈愛情與偶然狂想曲〉》，台北：聯經，2002。

Brady, Valentini Papadopoulou, *Love in the Theatre of Marivaux*, Genève: Droz, 1970.

Deloffre, Frédéric, *Une préciosité nouvelle, Marivaux et le marivaudage*, Genève: Slatkine Reprints, 1993.

Descotes, Maurice, *Les Grands Rôles dans le théâtre de Marivaux*, Paris: P.U.F., 1972.

Frantz, Pierre, *Marivaux: jeu et surprises de l'amour*, Paris: P.U. Paris-Sorbonne, 2009.

Goldzink, Jean, *De chair et d'ombre: essais sur Marivaux, Challe, Rousseau, Beaumarchais, Rétif et Godoni*, Orléans: Paradigme, 2000.

Howlett, Sylvie, *Maîtres et valets dans la comédie française du XVIII<sup>e</sup> siècle: Lesage, Marivaux, Beaumarchais*, Paris: Ellipses, 1999.

Jamal, Daddah El, *Le Vocabulaire du sentiment dans le théâtre de Marivaux*, Paris: Honoré Champion, 2000.

Lambert, Pauline, *Réalité et ironie: les jeux de l'illusion dans le théâtre de Marivaux*, Fribourg: Editions universitaires de Fribourg, 1973.

Marivaux, *Théâtre complet I*, Paris: Bordas, 1989.

Marivaux, *Théâtre complet II*, Paris: Garnier Frères, 1981.

Meiner, Carsten, *Les Mutations de clarté: exemple, induction et schématisme dans l'oeuvre de Marivaux*, Paris: Honoré Champion, 2007.

Meyer, Arielle, *Le Spectacle du secret: Marivaux, Gautier, Barbey-d'Aurevilly, Stendhal et Zola*, Genève: Droz, 2003.

Rousset, Jean, *Marivaux ou la structure du double registre, forme et signification*, Paris: José Corti, 1962.

Roy, Claude, *Lire Marivaux*, Paris: Jacqueline Chambon, 2004.

Rubellin, Françise, *Marivaux dramaturge*, Paris: Honoré Champion, 1996.

Salaün, Frank (sous la direction de), *Marivaux subversif* ? Paris: Desjonquères, coll.

L'Esprit de Lettres, 2003.

Scheffel, Gerda, *Pierre Carlet de Marivaux, l'art de lire dans l'esprit des gens*, Paris: Jacqueline Chambon, 1992.

# 漢法筵席飲酒禮俗差異

蔡倩玟[*]

## 摘要

　　酒在人類飲食文化中佔有重要地位。傳統上華人與法國人飲用的酒類不同，前者習飲穀物釀造酒，後者慣飲葡萄釀造酒。飲酒種類與習慣可多方比較探討，除了悠久歷史演變可供追尋，與農經、宗教、社會及精神生活等都有密切關係，比較結果將有助於了解文化差異性。

　　本文探討對照漢法正式餐宴中，飲酒禮儀及酒餚搭配演進情形。飲酒禮節如敬酒及勸酒是華人酒文化一大特色，法國酒文化則從宗教起源，酒餚搭配是近代重要演變之一。從飲酒差異中可分析酒品在兩方宴飲中的規範性及享樂性功能，進而了解酒在漢法文化中不同的象徵涵義，促進彼此飲食文化交流。

**關鍵詞：**酒、葡萄酒、飲酒禮儀、酒餚搭配

＊高雄餐旅大學台灣飲食文化產業研究所助理教授

# 法文摘要

Les boissons alcoolisées font partie de la culture alimentaire de l'humanité. Les Chinois (au sens large) consomment traditionnellement les boissons fermentées à partir des céréales lors des banquets. Les Français ont l'habitude de boire du vin. Notre recherche essaie de dégager la différence entre la façon de boire des Français et du monde Chinois. Elle faciliterait un échange culturel autour de l'alimentation.

**Mots-clés:** alcool, vin, politesse sur le thème des boissons alcoolisées, accord mets-vins

« Je suis le premier à lever un verre rempli à moitié d'un fameux bordeaux ou d'un bourgogne exceptionnel, servi avec le plat principal, et à demander le silence pour que l'un des convives, moi y compris, porte un toast. C'est une manière de saluer le vin, d'attirer l'attention sur lui et de l'associer au plaisir et, parfois, à l'émotion d'un vœu collectif. »[1]

B. Pivot, « A la tienne! la nôtre! la vôtre » ,
*Dictionnaire amoureux du vin*, 2006, p. 17

# 前言

葡萄酒是法國重要的文化象徵之一。著名的文化評論家畢佛（Bernard Pivot）同時也是葡萄酒的愛好者，上文擷取自其以文化觀點論酒的著作《戀酒事典》（*Dictionnaire amoureux du vin*），貼切描繪出葡萄酒在法國筵席中的功能（搭配菜餚）及地位（向酒致敬），與華人飲酒方式相當不同。

# 一、研究範圍及定義

酒精性飲料（boissons alcoolisées）在人類飲食文化中佔有重要地位，除了歷史久遠、散見於各類神話記憶與飲食記憶以外，與農經、宗教、政治、社會、精神生活等都有相當密切的關係，也是飲料中最具爭議性者（愉悅或危害，鼓勵或禁制？）。華人文化裡的酒一般指

---

1 「如果搭配主菜的是波爾多或勃艮地的好酒，我一定率先舉起半滿的酒杯，請大家安靜，讓其中一位賓客（也包括我在內）說兩句祝酒詞。這是向葡萄酒致敬的一種習慣，讓眾人把注意力集中到葡萄酒的身上，讓酒和愉悅連結起來，有時候則是把一個共同的願望和大家的情感連結起來。」畢佛，〈祝福你！祝福大家！祝福您！〉，《戀酒事典》（2008），頁19。

的是穀物釀造酒（alcool de céréales²），法國日常飲用的則是葡萄釀造酒（vin³），除了均含酒精成分外，使用原料及釀造方式相當不同。下文除非特別說明，華人酒專指穀物釀造酒，法國酒專指葡萄酒。

酒類相關知識浩瀚無邊，從釀酒到品酒均涉及不同領域研究。本文將著重探討漢法正式餐宴（banquet）中飲酒禮儀（étiquette d'alcool de céréales/vin）及酒餚搭配（accord mets et vins/alcool de céréales）情形。飲酒禮節如餐宴途中敬酒（proposer de boire à quelqu'un）方式是華人飲酒一大特色，酒餚搭配則以法國為主。比較飲酒方式將可歸納出雙方對酒的認知差異。

## 二、飲酒禮儀（étiquette d'alcool de céréales/vin）

筵席中飲酒的行為往往受到禮儀的規範，如酒器用法、飲酒方式、選酒的原則等均有約定俗成的模式可依循。

華人飲酒與「禮」有密切關係。「禮」的觀念在中國有悠久歷史，最初為祭祀鬼神的儀式，因人之生存以飲食為第一要務，自然會以飲食之道敬事鬼神。《禮記‧禮運》中可見以（祭祀）飲食作為禮之起源的論述：「夫禮之初，始諸飲食」（劉昕嵐 2010: 152），而當時祭祀的飲料以各種濃度的酒為主（劉思量 2009: 39）。

由於酒精特殊成分能振奮人的精神狀態，使心理得到一種暫時性的快感，人們開始在祭祀禮儀之外飲酒。餐宴中酒器的使用及飲酒方式受到明確規範，商周時期（約西元前三至十九世紀）青銅酒器有高度發展，宴飲時依照身分高低使用不同形狀酒器（姚偉鈞 1999: 48-

---

2 包含黍、稷、粟、高粱、麥及稻米（王恆餘 2009: 46-58）。其中米釀造酒有兩種方法，一為發酵，一為蒸餾（王恆餘 83）。

3 法文裡的vin獨指葡萄汁發酵製成的酒（*Le Petit Robert*, 1996），一般常見把穀物酒如米酒、高粱酒翻譯為vin的錯誤。如Pitte (2009: 122) 指出「許多中文文本譯為法文時，均使用"vin"一字表示（穀物）發酵性飲料」，這是不正確的。根據法國1889年8月14日通過法律規定，只有葡萄汁發酵性飲料可使用此字。（……）法文缺乏表示穀物發酵性飲料用字。」（作者自譯）

54），地位高及較年長者先飲用（姚偉鈞 85）。之後漢魏兩晉南北朝盛行漆器，唐朝（約七～十世紀）以後瓷器興起。早期只有上層社會宴飲會使用漆器瓷器，明代（約十四～十七世紀）瓷器盛行後漸達到貴賤通用程度（郭泮溪 1990: 62-72）。現代宴飲用酒杯以玻璃杯為主，酒精濃度高的蒸餾酒可使用小瓷杯。

飲酒方式受到禮儀影響的層面主要有勸／敬酒方式及順序。如地位高者必須先入座，勸／敬酒先從首席起，酒巡來時必須飲用（但可少飲）等（郭泮溪 176）。勸／敬酒是華人飲酒習俗一大特點，主人勸客人飲酒，客敬主人酒，賓客互相勸酒……似乎不醉不休。然而何時敬？向誰敬？如何敬？其中暗含的文化意義耐人尋味。

在其關於勸酒心理的探討中，郭泮溪（1990: 235-237）指出華人勸／敬酒習俗來自「禮」與「好客」傳統相互作用。「禮」的觀念強調儀度修養，酒宴中主客謙恭相待，主人不勸酒，客人不便多飲。好客的主人因而千方百計勸酒，如以行酒令為手段，演變至今日甚至不需特殊理由，針對特定對象舉杯即可勸／敬酒，而自行飲酒而未先敬人酒的行為可被視為無禮。戒酒者被敬酒時可以其他飲料代替回敬，但若想自行飲用非酒精性飲料並不需要先敬人，可見源於「禮」的酒在筵席中仍具有特殊意義。

然而酒除了與「禮」密切關聯，成為社會秩序的象徵以外，也因酒精成分能夠興奮甚至麻醉人的精神，使人產生生理上快感及暫時從焦慮情緒中解脫，很容易發生飲用過量情況。縱酒醉酒後往往產生危害社會秩序現象，反對者從道德角度加以批判，加上宗教（佛教、道教）視酒為亂性之物而提倡禁酒，使酒在中國同時帶有負面、否定禮／秩序的色彩，具有雙重文化意義，其中負面意義影響了酒在宴飲中的普及程度，對有些人而言喝酒是需要節制甚至禁止的事。

另一方面茶的普及使人們逐漸將其視為酒的對等物或替代物。茶飲清淡高雅、有助於提神的特性，在文人雅士倡導之下成為中國文化重要象徵，也成為最普遍的飲品。

法國種植葡萄及釀酒的歷史可追溯至西元前六世紀希臘時期，之後羅馬統治時期（約西元前一世紀至西元五世紀）種植面積及飲用普及度大大提升，成為餐宴必備飲料，並成為神聖性的宗教象徵（從希羅神話的酒神祭到基督教聖血涵意[4]）。《聖經》中有許多葡萄園及葡萄酒相關譬喻，耶穌自比為葡萄樹，門徒則是樹枝。

隨著天主教教會勢力擴展，掌有葡萄園的權貴階級成為主教，開啓了修道院釀酒的悠久傳統。較為自由、中間路線的修會允許修士適量飲酒，甚至在某些特殊情況，如逢年過節時可以增加飲酒量。許多著名葡萄酒是天主教修士心血結晶（尚一侯伯・彼特，2006：78-82），如勃根第頂級名酒梧玖莊園（Clos de vougeot[5]）過去由西篤會（Cîteaux）修士主導，香檳區名酒唐貝里儂[6]（Dom Pérignon）由本篤會（Bénédictin）修士精心釀造。

法國餐宴葡萄酒與禮儀相關之處在於酒的種類。中古世紀（約西元六～十五世紀）時期葡萄酒由教會及權貴家族栽種釀造，用途[7]之一是提供來訪的國王及高階貴族飲用（Garrier 1998: 65-66），也稱為敬飲之酒（vin d'honneur[8]），也因此有了宴飲葡萄酒的分級（l'hiérarchie）概念，最上等的是某些特定產區甜白酒，專用來進奉給國王，與十八世紀以後珍貴名酒以紅酒為主的情況大不相同。

葡萄酒精細的分級制度及彰顯社會地位的功能延續至今，在外交政治上也扮演舉足輕重角色。法國十八、九世紀著名外交官Talleyrand（Charles-Maurice de Talleyrand-Périgord, 1754-1838）向來以運用美食談判，為法國爭取利益著稱。據說一次重要宴會中，他向一位對品

---

4 參見Pivot 2006: 148-154。

5 今已成為八十餘人共享產業。Pitte, *ibid.* , p. 80.

6 常見中譯為「香檳王」。

7 事實上，當時葡萄酒最常使用於天主教徒領聖體（la communion）儀式（Garrier 1998: 43），因不在本文討論範圍「宴飲」中，不深入研討。與今日相當不同的是當時使用白酒，因白酒產量較大也較不易弄髒衣物。詳細推論見Garrier 1998: 50。

8 (Vin) offert en l'honneur de qqn (*Le Petit Robert*, 1996).

酒藝術不甚了解的貴賓解釋，將美酒送入口中之前，需要先凝視一番，再好好聞嗅酒香。「然後呢？可以喝了嗎？」，迫不及待的貴賓問道。「還不行，先生，我們把酒杯放在桌上後，先來談談酒」，Talleyrand回答[9]。無論上述傳說是否真實，葡萄酒在外交場合中，突顯法國文化優勢地位的功能是毋庸置疑的。

西川惠探討法國國宴的著作中，比較歷任總統對於邀請來訪元首用餐菜餚與酒單的安排，指出「宴會分級、排序、顯示高低差異，全都只要利用（葡萄）酒和香檳的等級來作區隔」（西川惠 2001：133），除了等級以外，酒的年份也相當重要。國宴事實上是一場政治較勁，把酒單與國際局勢連結，可發現國宴用酒的選擇反映了微妙的國際關係，宴請英國伊利莎白女王、王儲、日本天皇夫婦、首相或中國總理使用的葡萄酒，都與貴賓的地位及當時情勢有密切關係。

宴飲中飲酒相關規範還有上酒服務、酒杯陳列方式及飲酒方式。如十九世紀著名食評家葛里莫德拉漢尼耶（Alexandre Balthazar Grimod de la Reynière, 1758-1837）探討宴客禮儀之著作《宴客主人手冊》（*Manuel des amphitryons*, 1808：292-300）中，對於餐桌侍酒服務及飲酒原則已有詳細描述。

法國對於日常生活禮節相當講究，Picard分析比較1897-1994年間十八本[10]重要禮儀著作，指出女性地位的提升，對於禮儀規範有相當大的影響。當代職場上男女平起平坐，有些禮儀觀念已不再適用，但是用餐時選酒及倒酒（若無服務生代勞）基本上仍是男性的工作（Picard 1995：188-189）。酒杯的選用[11]（Denéchaud 2000: 168, 170, 182）及排列[12]（Picard 132-133）也都有通用規則。餐宴中酒杯拿法

---

9 引用自Pitte 2009：227。作者自譯。

10 包含史塔夫男爵夫人（Baronne Staffe, 1843-1911，此為筆名）傳世最重要著作，探討十九世紀末禮儀專書《處世之道，現代社交禮節》（*Usage du monde. Règles du savoir-vivre dans la société moderne*, 1899）。

11 最基本的規則以大小區分，水杯（le verre à eau）＞紅酒杯（le verre à vin rouge）＞白酒杯（le verre à vin blanc）。另外香檳杯（la flûte à champagne）則為高窄狀。

12 通常排列於餐盤上方，由左向右依序為水杯、紅酒杯、白酒杯。香檳杯可置於最右邊或最左邊。

需握住杯身[13]，最好先進食再飲酒（Picard 134）。基本上除了用餐前後，為特定事件或人士，可有全體舉杯敬酒（porter un toast[14]）的儀式外，用餐時飲酒不需敬／勸酒。

## 三、酒餚搭配（accords mets-vins）

筵席中飲酒可與品嘗菜餚分開，也可與菜餚結合。後者若搭配得宜可提升整體美味程度，反之則破壞菜餚滋味。葡萄酒由於釀酒葡萄品種（cépage）及風土（terroir）差異，可有紅、白及粉紅三種類，及酸、甜、澀（限紅酒）三味交融，比穀物酒適合搭配食物。

傳統上華人酒文化雖很少空腹飲酒，習慣搭配下酒菜，但並不太講究搭配食物的方式，對於不同酒類飲用順序也較隨意。《中國飲酒習俗》（郭泮溪 1990）一書中，飲酒方式以酒器、家具及濾酒溫酒介紹為主。〈中國飲酒禮俗小考〉（曾永義 2009: 91-114）一文中列舉十則禮俗，從一般性如行酒令、罰酒到曲水流觴、杯鞋行酒等。飲酒習俗禮俗洋洋灑灑可成一書，然而對搭配食物隻字未提，似乎毫不相干。

前述中國飲酒與「禮」關係深刻，即使在筵席間酒的功能仍以交際儀式為主，不被視為食物，不須搭配特定菜餚。反倒是飲用進口葡萄酒的習慣較為普遍後，出現了葡萄酒配中式菜餚的現象。在法國宴飲習慣裡，品嘗中式菜餚通常飲用的也是各種葡萄酒[15]，而非傳統穀物酒。近年來台灣常見預先配好葡萄酒及菜餚的餐酒會（法義居多），若配合適當講解（如分析味覺協調原則），或可漸漸帶動起酒

---

13 另一種從杯腳舉起酒杯的方式是專用來品酒的，可避免體溫影響酒溫。

14 法文中與敬酒相關字詞另有碰杯（trinquer）。相關含意可參閱Lagrange 2000: 147, 167；Pivot 2006: 417-418。

15 世界最佳侍酒師Philippe Faure-Brac作品《世界各地酒餚搭配》（2004）中，四道中式菜餚（鮮蝦湯麵、北京烤鴨、四川花椒牛肉及蠔油炒肉片鮮蔬，頁36, 72, 84, 92）建議搭配的是各國葡萄酒，甚至有一瓶少見的日本白葡萄酒yamanashi koshù（配鮮蝦湯麵）。同書中日本壽司建議搭配日本清酒。

餚搭配風氣。

　　法國飲用葡萄酒則相當注重酒餚搭配，如同著名美食作家葛里莫德拉漢尼耶的名言「沒有配酒的一桌佳餚，如同少了配樂的舞會」[16]。另一位十九世紀著名美食作家布里亞－薩瓦航（Jean-Anthelme Brillat-Savarin, 1755-1826），在其名著《味覺生理學》（*Physiologie du goût*, 1825）中，雖對葡萄酒本身著墨不多，確有不少酒與食物搭配、品酒溫度、上酒順序等有趣見解[17]。

　　1992年當選為世界最佳侍酒師的Philippe Faure-Brac在其大作《世界各地酒餚搭配》（*Vins et Mets du Monde*, 2004: 6）序言裡有如下陳述：「尋找葡萄酒與菜餚間完美的搭配，是侍酒師行業裡不可或缺的一部分（……），我先前已說明過，如何在滿足香氣、滋味與口感所有要求下，建立一套豐富而出色的配對。」[18] 法國菜向來講究味覺、視覺及嗅覺搭配無間，選擇出足以匹配的（多瓶）葡萄酒需要相當知識學養及經驗。Peynaud & Blouin (1999/2005: 221-225) 以科學角度探討品酒學著作《發現葡萄酒滋味》（*Découvrir le goût du vin*）中，對於酒與食物配對原則有詳細分析。

　　2010年11月聯合國教科文組織（Unesco）通過「法國盛餐」（Le repas gastronomique des Français）列入「非物質性文化遺產」（Patrimoine culturel immatériel，以下簡稱PCI）申請[19]，這是該組織首次將飲食文化納入文化遺產名單之中，認可法國美食足以代表及傳承法國文化，並彰顯其於世界文化發展中之重要地位。其中關於「法國盛餐」的定義分為情感及儀式兩方面，儀式內容特別指出盛餐講究菜

---

16　作者自譯。原文如下：« Le meilleur repas sans vins est comme un bal sans orchestre. » *Almanach des gourmands*, 1803. Cité dans Garrier 1998: 264.

17　見Pitte 2009：230-239之分析。

18　作者自譯。原文如下：« La recherche des plus belles harmonies entre les vins et les mets fait partie intégrante de l'art du sommelier [...] J'avais expliqué comment bâtir une entité complexe et réussie, satisfaisante sur tous les plans: parfums, saveurs, textures. »

19　詳情請參閱http://www.unesco.org/culture/ich/fr/RL/00437

餚與葡萄酒的搭配（mariage des mets et des vins），此為法國飲食文化一大特色。文豪大仲馬（Alexandre Dumas père , 1802-1870）甚至在其《廚藝字典》（*Grand Dictionnaire de Cuisine*）「葡萄酒」（vin）詞條中，界定「葡萄酒是一餐中精神性部分，菜餚（肉類）只不過是物質性層面」[20]。

然而在法國葡萄酒歷史深淵中，將其納入整體菜單考量是相當晚近的事。文學作品中關於餐宴菜餚的描述相當豐富，然而對葡萄酒往往輕描淡寫，甚至一筆帶過[21]。直到第二次世界大戰前（1936）才出現公認的以菜選酒規則（Garrier 1998：281-285，見下述）。

直至中古世紀，筵席中選酒多以飲用者社會地位、職業及年紀為依據。「輕淡細緻的白酒及淡紅酒較適合勞心多於勞力、挑剔講究的上層階級。滋補的深色酒則較適合勞動者」[22]（Redon, Sabban et Serventi 1991: 31）。人們不以菜餚選酒，酒通常在開始及結束用餐時飲用，飲用方式為多人傳飲一杯酒，可視為一種集體儀式性行為（個人酒杯要到十四世紀末才出現）。餐宴中搭配濃重辛香（中古世紀食物多以大量香料烹調）菜餚的多半是水（Garrier 70）。

文藝復興時期的宴飲菜單／食譜也不會特別指出搭配的酒（Sabban & Serventi 1997: 59）。酒在宴飲中是必備品，對於酒溫及酒等級與滋味的探討，多少反映了酒與菜餚必須相輔相成構成美味一餐，只是搭配細節尚未成形（Rambourg 2005: 142-143）。

這個現象持續到十九世紀末期，菜單上開始出現酒名。然而酒名大都放置在全部菜名之後[23]，或是以傳統第一道菜（普通酒vin

---

20 引用自Garrier 1998：255-256。作者自譯。

21 見Lagrange 2000: 10-42；Pivot 2006: 337-340。

22 作者自譯。原文如下：« Les blancs et les clairets, plus légers et plus délicats, conviennent mieux aux membres des classes supérieures, plus « délicats » et plus « raffinés » , qui utilisent davantage leur tête que leur muscles. Les vins noirs, plus nourrissants, profitent davantage aux travailleurs manuels. »

23 如1896年法國總統Félix Faure（1841-1899）於艾麗榭宮（Palais de l'Elysée）款待俄國皇室成員的國宴菜單（Parienté & de Ternant 1994: 300）。

d'ordinaire）、第二道菜（中場酒vin d'entremets，通常為波爾多或勃根第紅酒）及甜點（甜點酒vin de dessert）順序安排，不是針對特定菜餚口味選擇（Garrier 228-229）。

　　上述情況與法國用餐服務方式轉變也有密切關係。十九世紀中上菜方式逐漸由傳統「法式上菜」（service à la françasie）轉變為「俄式上菜」（servive à la russe）（Flandrin 2002：147）。前者分三輪出菜，每一輪同時上十道以上菜餚，排場浩大極具視覺震撼效果，賓客可依自身喜好取用。缺點是若人數眾多，往往有些角落位置取菜不易[24]，另外菜的溫度也不易維持。後者是當時廣泛流行於德瑞、北歐的上菜方式（Flandrin 148），先將菜餚在廚房或邊桌上個別分盤後再上桌。十九世紀後餐廳大量出現，為了讓顧客享用最佳狀況的菜餚，漸漸將菜餚道數減少，烹調完成後分盤直接送至顧客眼前，這種方式更有利於講究菜餚與葡萄酒的搭配[25]。

　　二十世紀初期開始出現探討食物與特定酒款搭配的出版品，這與觀光旅遊業的興起與汽車普及化有很大關係。美食與葡萄酒愛好者藉旅遊之便嚐試地方特產，1928年的米其林指南（Guide Michelin）開始出現「美酒佳餚」（bonne cave, bonne table）專欄。

　　但較明確的酒餚搭配原則要等到二戰前（Garrier 284-285），如比利時籍作家Maurice des Ombiaux[26]、法籍食評家Pierre Andrieu[27]等作品多所著墨。後者甚至比照品酒學劃分垂直／水平搭配（l'accord vertical/ horizontal），垂直搭配注重從前菜到甜點不同配酒之間的順序（如先白酒後紅酒、先淡後濃等），水平搭配重視菜餚與酒必須相

---

24 類似傳統中式菜餚上菜方式，但中式多為圓桌取菜較易（甚至可利用轉盤），法式以長方形桌居多，邊緣位置菜色選擇有限，只能請鄰座幫忙。

25 詳細法式及俄式上菜分別，可參閱尚－皮耶・普蘭&艾德蒙・納寧克 2009: 73-78，115-125。

26 *L'Amphitryon d'aujourd'hui. Introduction à la vie gourmande, du Porto au havane*, Paris: Dorbon Aîné, 1936. 見Garrier 284註5。

27 *Les vins de France et ailleurs. Comment les choisir, les servir les déguster et les utiliser en cuisine*, Paris: Flammarion, 1939. 見Garrier 285註1。

得益彰。

　　事實上以今日葡萄酒及食材的多樣性，酒餚搭配有無限的可能性，並無絕對的規則[28]，例外也時有所聞。法式餐宴中配合上菜會有換酒及酒杯的服務，而飲酒主要目的是為了讓菜餚更加美味，每個人用餐的節奏不一定相同，自然不會出現頻繁的敬／勸酒行為。

## 四、規範vs.享樂

　　綜上所述，華人筵席中飲酒注重人際關係的經營，飲酒之前必先舉杯向同席者敬／勸酒。古代以酒器辨別尊卑（社會地位、年紀等），現代以「行禮如儀的乾杯」（les toasts rituels）[29] 致意時，也確認了彼此關係的本質，飲酒前若未先行敬酒，或被敬酒時未回敬飲用，往往被視為無禮的行為。酒在餐宴中扮演了規範（alcool règle）的角色。

　　法國餐宴中的葡萄酒，除了選用等級可以配合賓客社會地位高低外，用餐時可視為餐桌上食物的一部分。上文中規範如上酒服務、酒杯陳列方式及飲酒方式，甚至高級餐館中設有專業侍酒師（somme-lier）一職，負責採購、管理酒窖及建議顧客選酒等，主要目的都是使酒與菜餚的搭配更近完美，提升味覺的享受程度及用餐愉悅感覺，餐宴進行中並不強調敬酒及回敬的儀式，酒的享樂功能（vin plaisir）特別突出。

　　葡萄酒最初宗教神聖象徵意義，如希臘羅馬神話傳說、基督教聖血含意等已逐漸式微（Pitte 2009：227），取而代之的則是最精緻化的新消費儀式（le raffinement suprême du nouveau rituel de cosommation du vin）。

---

28 除了少數幾種食物無法搭配任何葡萄酒，如油醋醬汁生菜沙拉、蛋類菜餚、咖哩等（Lichine 1998: 88）。可於食品化學、味覺生理學中得到合理解釋。
29 取自《戀酒事典》（Pivot 17，中譯本頁19）中，作者對於中式敬酒儀式的（負面）看法。

酒在漢法筵席中的功能影響了酒在社會中的形象。華人社會中對於酒的認知較為負面，強調節制飲用及可能有害健康。傳統宗教如佛、道教教義多提倡禁酒。其實以筵席用酒來看，華人敬／勸酒方式很容易飲用過量，而且不注重飲用順序（不同酒精濃度酒類混合飲用），導致有害健康或酒後失序，並促使酒量差的人選擇完全不飲酒，以免因無法喝多而失禮。

法國對於酒類消費基本上是鼓勵的（廣告中往往強調其歡樂形象，另一方面葡萄酒是相當重要的經濟產業，政府處理飲酒相關宣導需要特別小心），一般看法多認為適量飲用對健康無害甚至有益。法文中飲酒祝語"à la nôtre/à la vôtre/à la tienne!"等，祝福的正是健康。

宗教（天主教）上雖認定酒醉狀態屬輕罪（L'ivresse est un péché）[30]，但從未明令「禁止」飲酒，只提倡飲用「適量」，教士被允許可飲用葡萄酒，甚至有許多享譽國際的佳釀最初由修道院製出。另外法國餐宴特別注重酒餚搭配，可以自己調節飲用量及速度，較不易有過量情形。

值得注意的是飲酒禮俗的文化差異[31] 可能造成溝通或用餐障礙情形。近來華人地區飲用葡萄酒量有顯著上升情形[32]，各類型餐廳甚至中式筵席中，供應進口[33] 葡萄酒的情況日益普遍，但依循的仍是既有的敬／勸酒方式，而非與菜餚搭配飲用，不明就裡的外國人往往無所適從[34]。另外中式餐宴往往採共食制，眾人往桌中大盤取菜，此時高腳葡萄酒杯顯得相當礙手，改良的一人一份中菜西吃方式或可改善此

---

30 Garrier 1998: 53-54。

31 李亦園（2009: 10-11）曾以白蘭地（葡萄酒蒸餾烈酒，即干邑，cognac）為例，比較中國人飲酒觀念與外國不同之處。

32 可參見Pitte 2009: 253-270關於亞洲地區（日本、中國為主）葡萄酒發展歷史及現況（十七世紀至今）研究。

33 由於價格因素，一般餐宴較常見新世界（美國、南美、澳洲等）進口葡萄酒。

34 2010年8月赴高雄舉辦餐酒會的法國米其林三星主廚Christian Le Squer應邀參加數次中式餐宴後，曾有感而發（作者任其翻譯）：「我實在弄不懂台灣人用餐喝（葡萄）酒的方式。」（Je comprends rien à votre façon de boire du vin pendant le repas.）

問題。

## 五、結論

　　酒精性飲料在漢法筵席中有儀式性的涵義，如華人敬酒與回敬，法國餐前餐後舉杯祝賀。也有功能性搭配菜餚的作用，如法國每道菜（一般為前菜主菜甜點順序）選用合適的酒。

　　飲酒方式及對酒的認知則受到歷史文化演進的影響，也與釀造原料有相當關連。華人用酒源於祭祀禮節，傳統以穀物釀酒較不講究搭配菜餚。法國飲葡萄酒源於希臘羅馬文化，更與宗教緊密結合，不同種類與滋味的葡萄酒與菜餚發展出多樣性的酒餚搭配原則。

　　綜上所述，華人文化對酒的觀感及飲用與法國呈現相當大的差異性。目前品嚐葡萄酒的風潮逐漸興起，消費量也逐年上升，對於從事飲食文化交流、有志推廣品（葡萄）酒文化者，或可深思雙方飲酒觀念不同之處，藉由文化差異更認識彼此。

# 參考書目

王恆餘，〈殷周的酒〉，《茶酒文化》，黃清連主編，台北：中國飲食文化基金會，2009。

西川惠，《艾麗榭宮的餐桌》，尤可欣譯，台北：商周，2001。

李亦園，〈中國飲食文化的理論基礎與研究課題〉，《第一屆中國飲食文化學術研討會論文集》，台北：中國飲食文化基金會，1989。

貝爾納‧畢佛，《戀酒事典》，尉遲秀譯，台北：大辣，2008。

尚—皮耶‧普蘭，艾德蒙‧納寧克，《法國料理的祕密》，林惠敏、林思好譯，台北：如果，2009。

尚—侯伯‧彼特，《酒與神》，黃馨慧譯，台北：美麗殿文化事業，2006。

姚偉鈞，《中國傳統飲食禮俗研究》，武漢：華中師範大學出版社，1999。

郭泮溪，《中國飲酒習俗》，台北：文津出版社，1990。

曾永義，〈中國飲酒禮俗小考〉，《茶酒文化》，黃清連主編，台北：中國飲食文化基金會，2009。

劉昕嵐，〈論禮的起源〉，《止善》第8期，朝陽科技大學通識教育中心，2010。

劉思量，〈五行終始、五味調和——中國飲食美學初探〉，《飲食文化綜論》，王秋桂主編，台北：中國飲食文化基金會。

Brillat-Savarin, J.-A., *Physiologie du goût*, Paris: Flammarion, 1982 (1825).

Denéchaud, K., *Plaisirs de la table*, Paris: JC Lattès, 2000.

Faure-Brac, P., *Vins et mets du monde*, Paris: EPA, 2004.

Garrier, G., *Histoire sociale et culturelle du vin*, Paris: Larousse-Bordas (Bordas), 1998 (1995).

Grimod de la Reynière, A.B.L., *Manuel des amphitryons...*, Nabu Press, 2012 (1808).

Lagrange, M., *Paroles de vin, Bordeaux*, Editions Féret, 2000.

Lichine, A., *Encyclopédie des vins et des alcools*, Paris: Robert Laffont (Bouquins), 1998.

Parienté, H. & de Ternant, G., *Histoire de la cuisine française*, Paris: Ed. de la

Martinière, 1994.

Peynaud, E. & Blouin, J., *Découvrir le goût du vin*, Paris: Dunod, 2005 (1999).

Picard, D., *Les rituels du savoir-vivre*, Paris: Seuil, 1995.

Pitte, J.-R., *Le désir du vin à la conquête du monde*, Paris: Fayard, 2009.

Pivot, B., *Dictionnaire amoureux du vin*, Paris: Plon, 2006.

Rambourg, P., *De la cuisine à la gastronomie*, Paris: Ed. Audibert, 2005.

Redon, O., Sabban, F. & Serventi, S., *La gastronomie au Moyen Age*, Paris: Stock, 1991.

Sabban, F. & Serventi, S., *La gastronomie à la Renaissance*, Paris: Stock, 1997.

國家圖書館出版品預行編目（CIP）資料

跨時空的漢法文化對話 / 林志芸主編 . -- 初版 . -- 桃園縣中
壢市：中央大學出版中心；臺北市：遠流, 2013. 04
　冊；　公分
上冊, 影響與轉譯
下冊, 差異與傳承
ISBN 978-986-03-5886-5（上冊：平裝）
ISBN 978-986-03-5887-2（下冊：平裝）

1. 中國文學　2. 法國文學　3. 文學評論

820.7　　　　　　　　　　　　　　102000198

# 跨時空的漢法文化對話
## （上）影響與轉譯

主編：林志芸
執行編輯：許家泰
編輯協力：簡玉欣

出版單位：國立中央大學出版中心
　　　　　桃園縣中壢市中大路 300 號 國鼎圖書資料館 3 樓
　　　　　遠流出版事業股份有限公司
　　　　　台北市南昌路二段 81 號 6 樓

展售處／發行單位：遠流出版事業股份有限公司
地址：台北市南昌路二段 81 號 6 樓
電話：(02) 23926899　傳真：(02) 23926658
劃撥帳號：0189456-1

著作權顧問：蕭雄淋律師
法律顧問：董安丹律師

2013 年 4 月 初版一刷
行政院新聞局局版台業字第 1295 號
售價：新台幣 270 元

YL─遠流博識網 http://www.ylib.com E-mail: ylib@ylib.com